EM TUDO
HAVIA BELEZA

MANUEL VILAS
EM TUDO HAVIA BELEZA

Tradução
Sandra Martha Dolinsky

Copyright © 2018 Manuel Vilas
Casanovas & Lynch Agência Literária
Penguin Random House Grupo Editorial (Barcelona) © 2018
Copyright © Editora Planeta do Brasil, 2023
Copyright da tradução © Sandra Martha Dolinsky
Título original: *Ordesa*
Todos os direitos reservados.

Preparação: Fernanda Guerriero Antunes
Revisão: Elisa Martins e Mariana Rimoli
Projeto gráfico: Jussara Fino
Diagramação: Negrito Produção Editorial
Capa: adaptada do projeto gráfico original de Compañía
Imagem de capa: © bilwissedition/ imageBROKER/ Fotoarena

Dados Internacionais de Catalogação na Publicação (CIP)
Angélica Ilacqua CRB-8/7057

Vilas, Manuel
  Em tudo havia beleza / Manuel Vilas; tradução de Sandra Martha Dolinsky. – São Paulo: Planeta do Brasil, 2023.
  352 p.

  ISBN 978-85-422-2072-8
  Título original: Ordesa

  1. Escritores – Espanha 2. Vilas, Manuel – Biografia I. Título II. Dolinsky, Sandra Martha

  23-0396   CDD 809

Índices para catálogo sistemático:
1. Escritores – Espanha – Biografia

 Ao escolher este livro, você está apoiando o manejo responsável das florestas do mundo

2023
Todos os direitos desta edição reservados à
EDITORA PLANETA DO BRASIL LTDA.
Rua Bela Cintra, 986 – 4º andar
Consolação – 01415-002 – São Paulo-SP
www.planetadelivros.com.br
faleconosco@editoraplaneta.com.br

Gracias a la vida, que me ha dado tanto.
Me ha dado la risa y me ha dado el llanto.
Así yo distingo dicha de quebranto,
los dos materiales que
forman mi canto,
y el canto de ustedes, que es el mismo canto,
y el canto de todos, que es mi propio canto

VIOLETA PARRA

1

Quem dera se pudesse medir a dor humana com números claros, e não com palavras incertas. Quem dera houvesse uma maneira de saber quanto sofremos, e que a dor tivesse matéria e medição. Todo homem acaba, um dia ou outro, enfrentando a falta de substância de sua passagem pelo mundo. Alguns seres humanos podem suportar isso; eu nunca suportarei. Nunca suportei.

Olhava a cidade de Madri, e a irrealidade de suas ruas e de suas casas e de seus seres humanos enchia todo o meu corpo de chagas.

Fui um *Ecce homo*. Não entendi a vida.

As conversas com outros seres humanos tornaram-se chatas, lentas, daninhas.

Doía falar com os outros: via a inutilidade de todas as conversas humanas que foram e serão. Via o esquecimento das conversas quando estas ainda estavam presentes.

A queda antes da queda.

A vaidade das conversas, a vaidade daquele que fala, a vaidade do que responde. As vaidades pactuadas para que o mundo possa existir.

Foi quando voltei mais uma vez a pensar em meu pai. Porque pensei que as conversas que havia tido com ele foram as únicas que valeram a pena. Voltei a essas conversas, à espera de conseguir um momento de descanso no meio do desvanecimento geral de todas as coisas.

Achei que meu cérebro estava fossilizado, não era capaz de resolver operações cerebrais simples. Somava as placas dos carros, e essas operações matemáticas me faziam afundar em uma profunda tristeza. Cometia erros na hora de falar espanhol. Demorava para articular uma frase, ficava em silêncio, e meu interlocutor me olhava com pena ou desdém, e era ele quem acabava minha frase.

Gaguejava e repetia mil vezes a mesma oração. Talvez houvesse beleza nessa disfemia emocional. Pedi satisfações a meu pai. Pensava o tempo todo na vida de meu pai. Tentava encontrar em sua vida uma explicação da minha. Tornei-me um ser aterrorizado e visionário.

Olhava-me no espelho e via não meu envelhecimento, e sim o de outro ser que já havia estado neste mundo. Via o envelhecimento de meu pai. Assim podia recordá-lo perfeitamente, bastava eu me olhar no espelho e aparecia ele, como em uma liturgia desconhecida, como em uma cerimônia xamânica, como em uma ordem teológica invertida.

Não havia nenhuma alegria nem nenhuma felicidade no reencontro com meu pai no espelho, e sim mais um aperto de dor, mais um grau na descida, na hipotermia de dois cadáveres que falam.

Vejo o que não foi feito para a visibilidade, vejo a morte em extensão e em fundamentação da matéria, vejo a imponderabilidade global de todas as coisas. Estava lendo Teresa d'Ávila, e aconteciam coisas com essa mulher parecidas com as que acontecem comigo. Ela as chamava de uma maneira, e eu de outra.

Comecei a escrever; só escrevendo eu podia dar saída a tantas mensagens obscuras que provinham dos corpos humanos, das ruas, das cidades, da política, dos meios de comunicação, do que somos.

O grande fantasma do que somos: uma construção afastada da natureza. O grande fantasma é bem-sucedido: a humanidade está convencida de sua existência. É aí que começam meus problemas.

Havia no ano de 2015 uma tristeza que caminhava por todo o planeta e entrava nas sociedades humanas como se fosse um vírus.

Passei por um scanner cerebral. Consultei um neurologista. Era um homem corpulento, calvo, com as unhas bem cuidadas, com gravata por baixo do jaleco branco. Mandou-me fazer exames. Disse que não havia nada de estranho em minha cabeça. Que estava tudo bem.

E comecei a escrever este livro.

Pensei que o estado de minha alma era uma vaga recordação de algo que ocorreu em um lugar do norte da Espanha chamado Ordesa, um local cheio de montanhas, e era uma recordação amarela; a cor amarela invadia o nome de Ordesa, e por trás de Ordesa se desenhava a figura de meu pai em um verão de 1969.

Um estado mental que é um lugar: Ordesa. E também uma cor: o amarelo.

Tudo se tornou amarelo. O fato de as coisas e os seres humanos se tornarem amarelos significa que atingiram a inconsistência, ou o rancor.

A dor é amarela, é isso que quero dizer.

Escrevo estas palavras em 9 de maio do ano de 2015. Há setenta anos, a Alemanha assinava sua rendição incondicional. Em dois dias as fotos de Hitler seriam substituídas pelas de Stalin.

A História é também um corpo com remorso. Tenho cinquenta e dois anos e sou a história de mim mesmo.

Meus dois filhos estão entrando em casa agora mesmo; foram jogar pádel. Já está um calor horrível. A insistência do calor, sua vinda constante sobre os homens, sobre o planeta.

E o crescimento do calor sobre a humanidade. Não é só a mudança climática, é uma espécie de recordativo da História, uma espécie de vingança dos mitos velhos sobre os mitos novos. A mudança climática não é mais que uma atualização do apocalipse. Gostamos do apocalipse. Carregamos o apocalipse na genética.

O apartamento onde moro está sujo, cheio de pó. Tentei limpá-lo várias vezes, mas é impossível. Nunca soube limpar, e não porque não tenha tido interesse. Talvez haja em mim algum resíduo genético que me estabelece parentesco com a aristocracia. Acho isso bastante improvável.

Moro na avenida Ranillas, em uma cidade do norte da Espanha cujo nome não recordo agora: só há pó, calor e formigas aqui. Há um tempo teve uma infestação de formigas e as matei com o aspirador: centenas de formigas aspiradas, e me senti um legítimo genocida. Olho a frigideira que está na cozinha. A gordura grudada na frigideira. Preciso lavá-la. Não sei o que darei a meus filhos para comer. A banalidade da comida. Pela janela se vê um templo católico recebendo impertérrito a luz do sol, seu fogo ateu. O fogo do sol que Deus manda diretamente sobre a Terra como se fosse uma bola preta, suja, miserável, como se fosse podridão, lixo. Ninguém vê o lixo do sol?

Não há gente nas ruas. Onde moro não há ruas, e sim calçadas vazias, cheias de terra e gafanhotos mortos. As pessoas viajaram, de férias. Curtem nas praias a água do mar. Os gafanhotos mortos também fundaram famílias e tiveram dias de festa, dias de Natal e comemorações de aniversários.

Somos todos pobre gente, enfiados no túnel da existência. A existência é uma categoria moral. Existir nos obriga a fazer, a fazer coisas, seja o que for. Se há algo que percebi na vida é que todos os homens e mulheres são uma única existência. Essa única existência um dia terá uma representação política, e nesse dia daremos um passo à frente. Eu não o verei. Há muitas coisas que não verei e que estou vendo neste momento.

Sempre vi coisas.

Os mortos sempre falaram comigo.

Vi tantas coisas que o futuro acabou falando comigo como se fôssemos vizinhos ou até amigos.

Estou falando desses seres, dos fantasmas, dos mortos, de meus pais mortos, do amor que tive por eles, desse amor que não vai embora.

Ninguém sabe o que é o amor.

2

Depois de meu divórcio (ocorrido há um ano – se bem que nunca se sabe muito bem o tempo, porque não é uma data, e sim um processo. Se bem que oficialmente é uma data; para efeitos judiciais talvez seja um dia específico; de qualquer maneira, teríamos que levar em conta muitas datas significativas: a primeira vez que pensamos nisso, a segunda vez, o amontoamento das vezes, a próspera aquisição de fatos cheios de desavenças e discussões e tristezas que vão sedimentando o pensado, e por fim a saída de casa; e a partida é, talvez, o que precipita a cascata de acontecimentos que acabam em um taxativo acontecimento judicial, que parece o fim do ponto de vista legal; pois o ponto de vista legal é quase uma bússola no precipício, uma ciência, de vez em quando precisamos de uma ciência que dê racionalidade, um princípio de certeza), tornei-me o homem que já havia sido muitos anos atrás, ou seja, tive que comprar um esfregão e uma escovinha, e produtos de limpeza, muitos produtos de limpeza.

O porteiro do prédio estava à porta. Conversamos um pouco. Algo relacionado com um jogo de futebol. Eu também penso na vida das pessoas. O porteiro é de raça oriental, mas sua nacionalidade é equatoriana. Está há muito tempo na Espanha, não se lembra do Equador. Sei que, no fundo, ele tem inveja de meu apartamento. Por pior que seja nossa vida, sempre há alguém que nos inveja. É uma espécie de sarcasmo cósmico.

Meu filho me ajudou a limpar a casa. Havia um monte de correspondência amontoada, cheia de pó.

Eu pegava um envelope e sentia essa sensação nojenta que deixa o pó, quase a ponto de ser terra, nas pontas dos dedos.

Havia desbotadas cartas de amor antigo, inocentes e doces cartas da juventude, cartas da mãe de meu filho que foi minha mulher. Disse a meu filho que pusesse isso na gaveta de recordações. Pusemos ali também fotos de meu pai e uma bolsa de minha mãe. Uma espécie de cemitério da memória. Não quis, ou não pude, deter o olhar nesses objetos. Toquei-os com amor e com dor.

Você não sabe o que fazer com todas essas coisas, não é?, disse meu filho.

Há mais coisas ainda; os boletos e os papéis que parecem importantes, como os seguros, e as cartas do banco, eu disse a ele.

Os bancos arrasam nossa caixa de correspondência com cartas deprimentes. Um monte de extratos bancários. As cartas do banco me deixam nervoso. Vêm nos dizer o que somos. Impelem-nos à reflexão de nosso nulo sentido no mundo.

Fiquei olhando extratos bancários.

Por que gosta de manter o ar-condicionado tão frio?, perguntou ele.

Tenho pânico do calor, meu pai também tinha. Lembra-se de seu avô?

Essa é uma pergunta desagradável, porque meu filho pensa que com esse tipo de conversa busco algum tipo de vantagem, algum tipo de tratamento benévolo da parte dele.

Meu filho tem capacidade de resolução e de trabalho. Foi minucioso ajudando-me na limpeza de meu apartamento.

De repente, achei que meu apartamento não valia o dinheiro que estou pagando por ele. Imagino que essa certeza é a prova de maturidade mais óbvia de uma inteligência humana sob o peso do capitalismo. Mas graças ao capitalismo tenho casa.

Pensei, como sempre, na ruína econômica. A vida de um homem é, em essência, a tentativa de não cair na ruína econômica. Não importa com que trabalhe, esse é o grande fracasso. Se não sabemos alimentar nossos filhos, não temos nenhuma razão para existir em sociedade.

Ninguém sabe se é possível viver se não for socialmente. O apreço dos outros acaba sendo o único certificado de nossa existência. O apreço é um moral, configura os valores e o julgamento que existe sobre nós, e desse julgamento se depreende nossa posição no mundo. É uma luta entre o corpo, nosso corpo, onde reside a vida, e o valor dele para os outros. Se as pessoas nos cobiçam, se cobiçam nossa presença, está tudo bem.

No entanto, a morte – essa louca sociopata – iguala todos os apreços sociais e morais com a corrupção da carne, que continua ativa. Muito se fala da corrupção política e moral, e muito pouco da corrupção de um corpo nas mãos da morte: da inflamação, da explosão de gases nauseabundos e da conversão do cadáver em fedor.

Meu pai falava muito pouco de sua mãe. Só se lembrava de que cozinhava bem. Minha avó foi embora de Barbastro no fim dos anos 1960 e não voltou mais. Deve ter sido 1969. Foi morar com a filha.

Barbastro é o povoado onde nasci e onde me criei. Quando nasci, tinha dez mil habitantes. Agora tem 17 mil. Conforme o tempo passa, esse povoado vai tendo a força de um destino cósmico e ao mesmo tempo privado.

Esse desejo de transformar o informe em um personagem com forma os antigos chamaram de "alegoria". Porque para quase todos os seres humanos o passado tem a concreção de um personagem de romance.

Lembro-me de uma foto dos anos 1950 de meu pai dentro de seu Seat 600. Quase não dá pra ver, mas é ele. É uma foto estranha, comum daquela época, com ruas como se fossem novas. Ao fundo há um Renault Ondine e uma rodinha de mulheres; mulheres de costas, com suas bolsas, mulheres que agora já devem estar mortas ou ser idosas. Noto a cabeça de meu pai dentro do Seat 600 com placa de Barcelona. Nunca aludiu a esse fato – ao fato de que seu primeiro Seat 600 tinha placa de Barcelona. Não parece nem verão nem inverno. Pode ser fim de setembro ou fim de maio, calculo pela roupa das mulheres.

Pouco cabe dizer sobre o desmoronamento de todas as coisas que foram. Cabe apontar minha fascinação pessoal por esse automóvel, por esse Seat 600, que foi motivo de alegria para milhões de espanhóis, que foi motivo de esperança ateia e material, que foi motivo de fé no futuro das máquinas pessoais, que foi motivo para viagens, que foi motivo para o conhecimento de outros lugares e outras cidades, que foi motivo para pensar nos labirintos da geografia e dos caminhos, que foi motivo para visitar rios e praias, que foi motivo para fechar-se dentro de um cubículo separado do mundo.

A placa é de Barcelona, e o número é um número perdido: 186.025. Algo deve restar dessa placa em algum lugar, e pensar assim é como ter fé.

Consciência de classe é algo que nunca deve nos faltar. Meu pai fez o que pôde com a Espanha: arrumou um emprego, trabalhou, fundou uma família e morreu.

E há poucas alternativas para esses fatos.

A família é uma forma de felicidade testada. Quem decide ficar solteiro, como já se provou estatisticamente, morre cedo. E ninguém quer morrer antes da hora. Porque morrer não tem graça nenhuma e é coisa antiga. O desejo de morte é um anacronismo. E descobrimos isso há pouco tempo. É uma descoberta definitiva da cultura ocidental: é melhor não morrer.

Aconteça o que acontecer, não morra, especialmente por uma coisa bem simples de entender: não é necessário. Não é necessário morrer. Antes se acreditava que sim, antes se acreditava que era necessário morrer.

Antes a vida valia menos. Agora vale mais. A geração de riquezas, a abundância material, faz que os andrajosos históricos (aqueles a quem, há décadas, tanto fazia estar vivos ou mortos) adorem estar vivos.

A classe média espanhola dos anos 1950 e 1960 transmitiu a seus rebentos aspirações mais sofisticadas.

Minha avó morreu nem sei em que ano. Talvez em 1992 ou 1993, ou em 1999 ou em 2001, ou em 1996 ou em 2000, por aí. Minha tia ligou com a notícia da morte da mãe de meu pai. Meu pai e a irmã não se falavam. Ela deixou uma mensagem na secretária eletrônica. Eu ouvi a mensagem. Dizia que embora não se dessem bem, tinham a mesma mãe. Isso: tinham a mesma mãe, o que era motivo de aproximação. Fiquei pensativo quando ouvi essa mensagem; sempre entrava uma luz muito forte na casa de meus pais que fazia que os fatos perdessem consistência, porque a luz é mais poderosa que as ações humanas.

Meu pai se sentou em sua poltrona. Uma poltrona amarela. Não iria ao enterro, foi sua decisão. Ela havia morrido em uma cidade distante, a uns quinhentos quilômetros de Barbastro, a uns quinhentos quilômetros de onde, nesse momento, meu pai recebeu a notícia da morte de sua mãe. Simplesmente não quis ir. Não estava a fim de dirigir tanto. Ou ficar dentro de um ônibus durante horas. E ter que achar esse ônibus.

Esse fato gerou cataratas de outros fatos. Não me interessa julgar o que aconteceu, e sim narrar ou dizer ou celebrar. A moralidade dos fatos é sempre uma construção da cultura. Os fatos em si são seguros. Os fatos são natureza, sua interpretação é política.

Meu pai não foi ao enterro de minha avó. Que relação ele tinha com sua mãe? Não tinha nenhuma relação. Sim, claro, tiveram no início dos tempos, não sei, lá pelo ano de 1935 ou 1940, mas essa relação foi evaporando, desaparecendo. Acho que meu pai deveria ter ido a esse enterro. Não pela mãe morta, e sim por ele, e também por mim. Ao ignorar esse enterro estava decidindo também ignorar a vida em geral.

O mistério supremo é que meu pai amava a mãe dele. A razão por não ter ido ao enterro dela é que seu inconsciente rejeitava o corpo morto de sua mãe. E seu eu consciente era alimentado por uma preguiça invencível.

Misturam-se em minha cabeça mil histórias relacionadas com a pobreza e com como a pobreza acaba nos envenenando com o sonho da riqueza. Ou com como a pobreza engendra imobilidade, falta de vontade de entrar em um carro e rodar quinhentos quilômetros.

O capitalismo afundou na Espanha no ano de 2008; nós nos perdemos, já não sabíamos a que aspirar. Começou uma comédia política com a chegada da recessão econômica.

Quase sentimos inveja dos mortos.

Meu pai foi queimado em um forno a diesel. Ele nunca manifestou nenhum desejo do que queria que fizéssemos com seu corpo. Limitamo-nos a nos livrar do morto (o corpo jacente, aquilo que havia sido e já não sabíamos o que era), como faz todo mundo. Como farão comigo. Quando alguém morre, nossa obsessão é varrer o cadáver do mapa. Extinguir o corpo. Mas por que tanta pressa? Pela corrupção da carne? Não, porque agora existem geladeiras muito avançadas no depósito de cadáveres. Um cadáver nos assusta. O futuro nos assusta, aquilo em que nos transformaremos nos assusta. Ficamos aterrorizados com a revisão dos laços que nos uniram a esse cadáver. Assustam-nos os dias passados ao lado do cadáver, o monte de coisas que fizemos com esse cadáver: ir à praia com ele, almoçar com ele, viajar com ele, jantar com ele, inclusive dormir com ele.

No fim da vida das pessoas, o único problema real que surge é o que fazer com o cadáver. Na Espanha há duas possibilidades: a inumação ou a cremação. São duas belas palavras cujas raízes estão no latim: transformar-se em terra ou em cinzas.

A língua latina prestigia nossa morte.

Meu pai foi cremado em 19 de dezembro do ano de 2005. Agora me arrependo, foi uma decisão apressada, talvez. Por outro lado, o fato de meu pai não ir ao enterro de sua mãe, ou seja, minha avó, teve a ver com o fato de o termos cremado. O que é mais relevante: indicar meu parentesco e dizer "minha avó" ou indicar o de meu pai e dizer "sua mãe"? Não sei que ponto de vista escolher. Minha avó ou sua mãe, nessa escolha está tudo. Meu pai não foi ao enterro de minha avó e isso teve a ver com o que fizemos com o cadáver dele; teve a ver com a decisão de queimá-lo, cremá-lo. Não tem a ver com o amor, e sim com a catarata dos fatos. Fatos que geram outros fatos: a catarata da vida, água que está correndo o tempo todo enquanto enlouquecemos.

Também percebo neste instante que em minha vida não aconteceram grandes coisas; contudo, carrego um profundo sofrimento dentro de mim. A dor não é, em absoluto, um impedimento para a alegria – tal como eu entendo a dor –, pois para mim está vinculada à intensificação da consciência. O sofrimento é uma consciência expandida que alcança todas as coisas que foram e serão. É uma espécie de gentileza secreta com todas as coisas. Cortesia com tudo que foi. E da gentileza e cortesia nasce sempre a elegância.

É uma forma de consciência geral. O sofrimento é uma mão estendida. É gentileza para com os outros. Enquanto sorrimos, por dentro desfalecemos. Se escolhemos sorrir em vez de cair mortos no meio da rua é por elegância, por ternura, por cortesia, por amor aos outros, por respeito aos outros.

Nem sequer sei como estruturar o tempo, como defini-lo. Volto a esta tarde de maio de 2015 que estou vivendo neste instante e vejo espalhados em cima de minha cama, de um jeito caótico, um monte de medicamentos. De todos os tipos: antibióticos, anti-histamínicos, ansiolíticos, antidepressivos.

    E mesmo assim celebro estar vivo e sempre celebrarei. O tempo vai caindo sobre a morte de meu pai, e muitas vezes já tenho dificuldades para recordá-lo. No entanto, isso não me entristece. O fato de meu pai caminhar para a dissolução total enquanto eu e meu irmão somos os únicos que o recordamos me parece de uma imensa beleza.

    Minha mãe morreu há um ano. Quando ela era viva, algumas vezes eu quis falar de meu pai, mas ela se recusava. Com meu irmão também não posso falar muito de meu pai. Não é uma recriminação, em absoluto. Entendo o desconforto, e de certo modo o pudor. Porque falar de um morto, em algumas tradições culturais – pelo menos na que me coube –, implica um forte e acre grau de despudor.

    De modo que fiquei sozinho com meu pai. E sou a única pessoa deste mundo – ignoro quanto a meu irmão – que o recorda diariamente. E diariamente contempla seu desvanecimento, que acaba transformado em pureza. Não é que o recordo diariamente: é que está em mim de uma forma permanente, é que eu me retirei de mim mesmo para dar lugar a ele.

    É como se meu pai não houvesse querido estar vivo para mim – quero dizer que não quis me revelar sua vida, o sentido de sua vida: nenhum pai quer ser um homem para seu filho. Todo o meu passado afundou quando minha mãe fez o mesmo que meu pai: morreu.

3

Minha mãe morreu enquanto dormia. Estava farta de se arrastar, pois não podia mais andar. Eu nunca soube com exatidão quais eram suas doenças específicas. Minha mãe era uma narradora caótica. Eu também sou. Herdei de minha mãe o caos narrativo. Não o herdei de nenhuma tradição literária, nem clássica nem vanguardista. Uma degeneração mental provocada por uma degeneração política.

Em minha família nunca se narrou com precisão o que estava acontecendo. Daí vem a dificuldade que tenho para verbalizar as coisas que acontecem comigo. Minha mãe tinha muitas doenças que se sobrepunham e colidiam entre si em suas narrações. Não havia como ordenar o que acontecia com ela. Acabei decifrando o que acontecia: ela queria introduzir em suas narrações o desassossego pessoal, e queria também encontrar um sentido para os fatos narrados; interpretava e, no fim, tudo a conduzia ao silêncio; esquecia detalhes que contava passados vários dias, detalhes que achava que não a beneficiavam.

Manipulava os fatos. Tinha medo dos fatos. Tinha medo de que a realidade do ocorrido fosse contra seus interesses. Mas também não conseguia saber quais eram seus interesses mais que instintivamente.

Minha mãe omitia o que achava que não a favorecia. Herdei isso em minhas narrações. Não é mentir. É apenas medo de errar, medo de pisar na bola, terror do atávico julgamento dos outros por não ter feito o que supostamente deveríamos fazer segundo o incompreensível código da vida em sociedade. Não entendemos bem, nem minha mãe nem eu, o que a pessoa deve fazer. Por outro lado, os médicos e os geriatras que lhe atenderam também não conseguiram fazer que as versões médicas triunfassem sobre as versões caóticas e erráticas dela. Minha mãe encurralava a lógica da medicina e a conduzia ao abismo. As perguntas que fazia aos médicos eram memoráveis. Uma vez, conseguiu que um médico acabasse confessando que não sabia a diferença entre uma gripe bacteriana e uma viral. Em seu caos moral e em seu desejo de saúde, as observações intuitivas e visionárias de minha mãe eram mais interessantes que as explicações dos médicos. Ela via o corpo humano como uma serpente hostil e cruel. Acreditava na crueldade da circulação sanguínea.

Era uma mulher-drama. Seu dramatismo era superior à paciência dos médicos. Os médicos não sabiam o que fazer com ela. Os ossos de uma de suas pernas estavam muito mal. Tinha uma prótese que infeccionou. Foi colocada na mesma data em que fizeram o mesmo com o rei da Espanha, Juan Carlos I. Disseram na televisão. Brincávamos com isso. Quando a prótese infeccionou, não podiam extraí-la porque isso implicava uma cirurgia, e minha mãe também tinha doenças cardiovasculares.

Seus males eram enumerativos. Ela enumerava dores, algumas de uma imensa originalidade.

Ficou sozinha. Estava lá em seu apartamento, completamente sozinha, enumerando males.

Também tinha asma. E ansiedade. Era um compêndio de todas as doenças que tivessem nome. Havia transformado sua própria consciência da vida em uma doença não grave. Suas doenças não eram fatais, eram pequenos suplícios cotidianos. Sofrimento apenas.

Ela morava em um apartamento alugado: cinquenta e quatro anos vivendo em um apartamento alugado. Fumou muito na juventude. Deve ter fumado até os sessenta. Não sei com exatidão quando parou de fumar.

Posso tentar calcular aproximadamente quando parou de fumar. Devia ser 1995, algo assim. Ou seja, devia ter uns sessenta e dois anos.

Fumava com modernidade, e também se diferenciava das mulheres mais velhas de sua época porque fumava. Recordo minha infância povoada de marcas de cigarro que me pareciam exuberantes e misteriosas.

Por exemplo, a marca de cigarro Kent, que sempre me seduziu, especialmente pela caixa bonita, branca. Minha mãe fumava Winston e L&M. Meu pai fumava pouco, Lark.

Todos esses maços de cigarro que ficavam nas mesas e mesinhas de minha casa estão associados à juventude de meus pais. Havia alegria nessa época em minha casa, porque meus pais eram jovens e fumavam. Os pais jovens fumavam. E é incrível a precisão com que recordo essa alegria, uma alegria dos anos 1970, de início dos anos 1970: 1970, 1971, 1972, até 1973. Eles fumavam e eu olhava a fumaça, e assim se passaram os anos. Nem meu pai nem minha mãe jamais fumaram um cigarro preto. Nunca fumaram Ducados, nada de cigarros pretos. Por isso peguei ranço dessa marca, Ducados, que me parecia um cigarro sórdido, feio. Meus pais não o fumavam. Associei o cigarro preto à sujeira e à pobreza. Embora visse que havia gente rica que fumava Ducados, isso não me impediu de continuar olhando o cigarro preto com desdém ou com medo. Mais com medo. O medo, pelo menos em personalidades como a minha, vem associado ao espírito de sobrevivência. Quanto mais medo temos, mais sobrevivemos. Sempre tive medo. Mas, de certo modo, o medo não me impediu de me meter em confusão.

Noto agora uma brecha gigantesca. Acho que ao evocar as marcas de cigarro que meus pais fumavam estou descobrindo uma alegria inesperada em sua vida, na vida de meus pais.

Quero dizer que acho que eles foram mais felizes que eu. Se bem que, no fim, estavam decepcionados com a vida. Ou talvez decepcionados com a simples deterioração do corpo.

Não foram pais normais. Tiveram sua originalidade histórica. Ah, sim, acredito nisso. Foram originais, pois faziam coisas estranhas, não eram como os outros. A razão de sua excentricidade – ou de que essa excentricidade coubesse a mim como filho – me parece um enigma amoroso. Meu pai nasceu em 1930. Minha mãe – é uma hipótese, pois ela mudava sua data de nascimento –, em 1932. Acho que tinham dois anos de diferença, talvez três. Às vezes eram seis, porque de vez em quando minha mãe insistia em que havia nascido em 1936, achava que era uma data famosa, porque a ouvira muitas vezes, sabe-se lá por quê.

Na verdade, ela nasceu em 1932.

4

Minha mãe provinha de uma família camponesa e foi criada em um povoado pequenininho, perto de Barbastro. Meu avô paterno era comerciante, mas depois da guerra civil foi acusado de comunista, de republicano, e foi condenado a dez anos de prisão que não chegou a cumprir devido a seu estado de saúde. Passou seis anos em uma prisão em Salamanca. Não sei muito bem os detalhes, às vezes meu pai contava uma história de amizade de meu avô com os milicianos. Parece que tinha amigos na Frente Popular. Foi denunciado quando os nacionais entraram em Barbastro. Meu pai sabia quem o havia denunciado. Mas o sujeito já está morto. Meu pai não herdou ódio algum. O que herdou foi o silêncio. Não conheço muito bem a natureza desse silêncio; acho que não era um silêncio de natureza política, e sim uma espécie de renúncia à palavra. Como se meu avô não quisesse falar, e meu pai gostasse do mutismo.

 Morrerei sem saber se meu pai e meu avô alguma vez conversaram. Pode ser que nunca tenham conversado. Estavam envoltos em uma preguiça adâmica. Morrerei sem saber se meu pai alguma vez deu um beijo em meu avô. Acho que não, acho que nunca se beijaram. Beijar-se é vencer a preguiça. A preguiça de meus antepassados é maravilhosa. Não conheci nenhum dos meus avós, nem o materno nem o paterno. Não há nem fotos deles. Partiram do mundo antes que eu chegasse, e se foram sem deixar uma fotografia. Não deixaram nem um triste retrato. De modo que não sei o que estou fazendo neste mundo. Nem minha mãe falava do pai dela, nem meu pai do dele. Era o silêncio como uma forma de sedição. Ninguém merece ser citado, e, assim, não deixaremos de falar desse ninguém quando esse ninguém morrer.

5

Meus pais nunca iam à missa como faziam os pais de meus colegas de escola; eu estranhava muito isso, e me incomodava perante meus amigos. Meus pais não sabiam quem era Deus. Não que fossem agnósticos ou ateus. Não eram nada. Não pensavam nisso. Jamais falaram de religião em casa. E agora que escrevo esta recordação fico fascinado. Era como se meus pais fossem extraterrestres. Nem sequer blasfemavam. Jamais citaram Deus. Viveram como se a religião católica não existisse, e isso tem um mérito indizível na Espanha em que lhes coube viver. Para meus pais a religião foi algo invisível. Não existia. Seu mundo moral ocorreu sem o fetichismo do bem e do mal.

Naquela Espanha dos anos 1960 e 1970 teriam feito bem em ir à missa. Na Espanha, gente que vai à missa sempre se sai muito bem.

6

Como minha mãe fumava, comecei a fumar também. No fim, o que fazíamos era fumar. Minha mãe me introduziu no vício, não tinha consciência do que estava fazendo. Sempre errava a importância das coisas: dava relevância a coisas ínfimas e não dava atenção às relevantes. A vida toda fumando até que nos disseram que estávamos apodrecendo por dentro. Ela me mandava comprar cigarro na tabacaria. Acabei conhecendo os tabaqueiros de Barbastro.

Os mortos não fumam.

Uma vez, descobri em uma gaveta um cigarro Kent de uns trinta anos. Estava escondido. Deveria tê-lo colocado em uma urna.

Busco algum significado no fato de que já não resta nada. Todo mundo perde o pai e a mãe, é pura biologia. Só que eu contemplo também a dissolução do passado, e, portanto, sua inexpressividade final. Vejo uma laceração do espaço e do tempo. O passado é a vida já entregue ao santo ofício da escuridão. O passado nunca vai embora, sempre pode voltar. Volta, sempre volta. O passado contém alegria. O passado é um furacão. É tudo na vida da gente. O passado é amor também. Viver obcecado com o passado não nos deixa curtir o presente, mas curtir o presente sem que o peso do passado chegue com sua desolação a esse presente não é um gozo, e sim uma alienação. Não há alienação no passado.

7

Parecem vivos. Mas estão mortos.

Vem a mim o dia em que se conheceram. Uma tarde de sábado do mês de abril de 1958. A tarde está viva. A presença dessa tarde esconde outra presença mais afastada.

A morte é real e é legal, no sentido jurídico do termo. É legal morrer. Existe algum Estado que decrete a ilegalidade da morte? O fato de a morte estar amparada pela legalidade de nossas leis me dá tranquilidade; morrer não é um ato subversivo; até o suicídio deixou de ser subversivo.

Mas o que fazem eles ainda vivos, os dois, meus pais, evadindo a legalidade da morte? A verdade é que não estão totalmente mortos. Eu os vejo com muita frequência. Meu pai costuma vir antes de eu ir para a cama, quando escovo os dentes. Fica atrás de mim e olha a marca de minha pasta, observa-a com curiosidade. Sei que quer perguntar sobre a marca, mas não lhe é permitido.

E não é uma questão de que eu os recorde, de que vivam em minha memória. Tem a ver com a região em que estão e onde os espíritos continuam sofrendo. Tem a ver com o azar e a boa vida.

Ali estão. E, de alguma forma, são espíritos terríveis.

Com a morte de meus pais, minha memória se tornou um fantasma furioso, assustado e raivoso. Quando nosso passado se apaga da face da Terra, apaga-se o universo e tudo é indignidade. Não há nada mais indigno que o cinza da inexistência. Abolir o passado é abjeto. A morte de nossos pais é abjeta. É uma declaração de guerra que a realidade nos faz.

Quando era criança (devido ao fato de que minha personalidade ainda não estava formada, ou à minha timidez) e sofria por não saber encontrar um lugar entre os outros, entre os colegas da escola, sempre pensava em meu pai e minha mãe, e acreditava que eles tivessem uma explicação para minha invisibilidade social. Eles eram meus protetores e os guardiões do segredo da razão de minha existência, que eu desconhecia. Com a morte de meu pai começou o caos, porque quem sabia quem eu era e podia se responsabilizar por minha presença e minha existência já não estava neste mundo. Talvez essa seja uma das coisas mais originais de minha vida. A única razão segura e certa de estarmos neste mundo reside na vontade de nosso pai e de nossa mãe. Somos essa vontade. A vontade transferida para a carne.

Esse princípio biológico da vontade não tem caráter político. Por isso me interessa tanto, e me emociona tanto. Se não tem caráter político, significa que ronda os caminhos da verdade. A natureza é uma forma feroz de verdade. A política é a ordem pactuada, tudo bem, mas não é a verdade. A verdade é nosso pai e nossa mãe.

Eles nos inventaram.

Viemos do sêmen e do óvulo.

Sem o sêmen e o óvulo não há nada.

O fato de depois nossa identidade e nossa existência ocorrerem sob uma ordem política não desbarata o princípio da vontade, que é anterior à ordem política; e é, além de tudo, um princípio necessário, ao passo que a ordem política pode servir e tudo o mais, mas não é necessária.

8

Eu me arrependi de ter escolhido a cremação. Minha mãe, meu irmão e eu queríamos esquecer tudo. Livrar-nos do cadáver. Tremíamos de medo e fingíamos controlar a situação, tentávamos rir de alguns detalhes cômicos que nos protegiam do terror. Os túmulos foram inventados para que a memória dos vivos se refugiasse neles e porque os restos ósseos são importantes, mesmo que nunca os vejamos: pensar que estão ali é suficiente. Mas os túmulos, na Espanha, são nichos. O túmulo é nobre; os nichos são deprimentes, caros e feios. Porque tudo é feio e caro para a classe média-baixa espanhola, mais baixa que média. Foi uma invenção sinistra esse roteiro e esse amontoamento "classe média-baixa", e uma falsidade.

Éramos classe baixa, o que acontece é que meu pai andava sempre muito elegante. Sabia estar à altura das coisas. Mas era pobre. Só que não parecia. Não parecia, e nisso era um fugitivo do sistema socioeconômico da Espanha dos anos 1970 e 1980. Ninguém podia ser preso por isso: por ter estilo mesmo sendo pobre. Ninguém podia ser preso por evadir a visibilidade da pobreza sendo pobre.

Meu pai foi um artista. Tinha estilo.

Antes da cremação, o cadáver de meu pai esteve exposto no velório durante algumas horas. Ia gente vê-lo. Quando a funerária monta o pequeno espetáculo de exibição da morte, esconde tudo exceto um rosto maquiado. Não vemos as mãos nem os pés nem os ombros do cadáver. Fecham os lábios com cola. Pensei se acaso utilizariam uma cola industrial para selar lábio com lábio. Imagine se a cola dá defeito e de repente a boca do cadáver se abre. Chegou um homem que eu conhecia. Não era amigo de meu pai; no máximo, conhecido. O sujeito percebeu que sua presença era injustificada. Aproximou-se de mim e disse: "É que tínhamos a mesma idade, vim ver como ficarei de corpo presente". Ele estava falando sério. Olhou de novo e foi embora.

Depois eu soube que esse sujeito morreu dois meses depois da morte de meu pai. Lembro-me de sua expressão, inclusive do tom de sua voz. Recordo como olhava o rosto morto de meu pai pelo vidro da vitrine onde estava o caixão, tentando, com um esforço da imaginação, trocar o rosto de meu pai pelo dele para saber qual seria sua aparência morto.

Eu também fiquei olhando meu pai morto. O vigilante, o guardião, o comandante-chefe de minha infância estava indo embora do mundo. Fiquei contemplando a desintegração da humanidade. A vinda do cadáver. O nascimento da imponderabilidade. A loucura. A grandeza. O cadáver em todo o seu mistério.

9

Acordei de súbito, saindo de um sono muito pesado. Havia tomado ansiolíticos para dormir. Já cheguei a tomá-los em quantidades alarmantes, e os misturava com álcool. Foi no ano de 2006 a primeira vez que resolvi misturá-los com álcool de uma maneira agressiva. Houve uma crise conjugal envolvida, porque eu tinha uma amante. Não era uma amante qualquer; era especial, ou assim o vivi na época; talvez tenha sido algo que só aconteceu comigo, pois no amor não basta a confissão de uma parte: é preciso perguntar à outra pessoa. A vontade de viver sempre é confusa: começa com um arroubo de alegria e acaba em um espetáculo de vulgaridade. Somos vulgares, e quem não reconhece sua vulgaridade é ainda mais vulgar. O reconhecimento da vulgaridade é o primeiro gesto de emancipação ao extraordinário. Todas as minhas crises conjugais, desde então, combinaram álcool e ansiolíticos. Quando os efeitos do álcool nos abandonam, entramos em estado de pânico; então, tomamos uma boa dose de ansiolíticos.

No fundo, o único grande inimigo do capitalismo são as drogas.

Havia sido um sono denso, do qual saí com uma sensação de terror gasto ou cansado. Havia sonhado com um dormitório, com o dormitório de uma casa que foi minha há não muito tempo.

Tinha que fazer muitas coisas nesse dia. Bebi café, tomei banho. Nunca sei o que fazer primeiro: se tomar café e depois banho, ou se tomar banho e depois café. Fiquei nervoso, elétrico. Tinha que pôr um terno e ir a um almoço oficial com os reis da Espanha. A ideia de ir drogado saudar o rei da Espanha me seduzia, mas para isso é preciso ter coragem revolucionária. Fazia tantos anos que não vestia um terno... talvez desde meu casamento. Porque para os divórcios ternos não são necessários.

Como não sei fazer nó de gravata, meu irmão já o havia deixado feito. Vesti meu terno azul-marinho. Não caía mal. Fiquei até bonito, com a camisa branca. Havia emagrecido; passei a vida em combate contra a comida. A comida alegra o coração, mas a magreza também. Estava tarde – era o que achava, mas não estava.

Então me sentei em uma cadeira e pensei no sofrimento do tecido da gravata: esse nó estava feito havia vários dias. Lembrei-me de meu pai. Ele sim sabia fazer o nó da gravata. Podia fazê-lo com os olhos fechados e em dois segundos.

Um homem com gravata envelhece automaticamente. Fui ao almoço real; fui com meu carro particular. Fazia alguns dias que havia dado o número da placa às autoridades da Casa Real.

Foi difícil encontrar a entrada da Plaza de Armas. Meu nervosismo só aumentava.

Então, quando meu cérebro estava prestes a explodir, ouvi uma voz: "Calma, camarada, está tudo em ordem, é só um almoço, seu terno cai bem. Seus pais estão mortos. Você parece estar vivo. Tem um carro que não está nada mal, e ainda parece jovem. Que diferença faz um almoço a mais ou um almoço a menos em sua vida?".

É sempre bom ouvir essa voz. É uma voz que procede de meu interior, mas parece uma terceira pessoa. A terceira pessoa que há em mim.

Dirijo por Madri. As rodas de meu automóvel tocam a cidade de Madri. Toco o nó da gravata. Consulto o GPS. Muito trânsito. O GPS não funciona direito por que ficou velho, e eu não quis atualizá-lo porque custava cinquenta euros. Nota-se que as pessoas têm dinheiro em Madri.

10

Madri é bonita.
Madri foi tudo neste país, tudo está aqui. Meu pai veio várias vezes a Madri. Todos os espanhóis das províncias já foram alguma vez a Madri. Nisso Madri foi cruel. O pessoal das províncias se assustava por Madri ser tão grande.
No entanto, não era tão grande. Não tão grande quanto Londres ou Paris, por exemplo. Talvez esteja se aproximando. Era pejorativo esse negócio de "as províncias". E era absurdo. Essa Madri que se elevava aristocraticamente sobre as províncias foi, a princípio, uma criação monárquica, e depois franquista, mas tanto faz.
E tudo tanto faz, porque a História morreu e porque as pessoas perceberam que quem narra a História não existe no presente, e as pessoas já não querem herdar as cargas fantasmagóricas de tempos passados, de tempos fictícios.
Um guarda me indica onde tenho que estacionar. A seguir, outro guarda me dá outra indicação. São guardas elegantes. Os guardas do Palácio Real de Madri.
Uma grande escada se estende diante de mim, flanqueada por soldados vestidos de gala, com lanças que brilham, mas inofensivas. Acho que não afiam suas pontas há mais de cem anos. Lanças castradas, lanças com, no máximo, valor histórico, mas inúteis para despedaçar um corpo.
Subo a escada. Observo os guardas, olho no olho.
Sinto como se os guardas conhecessem meu passado, como se soubessem que sou um impostor; como se soubessem que, na realidade, eu deveria estar ali com eles, com roupa extravagante e segurando uma lança. Qual será o salário deles? Calculo uns 1.450 euros, talvez; com sorte, 1.629 euros. Acho que não chega aos 1.700. Escondemos nosso salário, mas é a

única coisa confessável que temos. Quando descobrimos o salário de alguém, é como se o víssemos nu.

As grandes portas-balcão do Palácio Real continuam ali, vendo as coisas e filtrando a luz dos dias acumulados em forma de séculos.

Os convidados sorriem.

Madri parece o coração de uma fera.

11

A monarquia causa fascinação, fascinação que não exclui a reprovação. Ali estavam Felipe VI e sua esposa, dona Letizia, reis da Espanha sem que ninguém lhes tenha pedido isso, embora ambos saibam que não é necessário esse pedido, pois a História é uma sucessão de manobras políticas aterradoras, e é melhor não penetrar esse abismo, porque eles, Felipe e Letizia, são uma solução responsável e sólida na medida em que tudo aquilo que poderia substituí-los é incerto, inseguro e muito suscetível a acabar em devastação, morte e miséria. Sabem que o serviço que prestam à Espanha é objetivo ou mensurável, pode ser contado e medido, é dinheiro, conseguem acordos internacionais, que outros estados ou empresas invistam na Espanha. Graças a eles, sim. É verdade. Inspiram confiança nos investidores internacionais. Confiança é dinheiro e é gente saindo do desemprego.

Mesmo assim, as pessoas acabam se organizando, de modo que é preciso estar alerta, por isso no rosto de Felipe VI há uma borbulha de sombra, e por isso há em sua mulher um murmúrio de açoites. Precisam ter cuidado. Ela está fabricando esse espaço moral que poderia se qualificar como templo político onde ocorre "o irrepreensível".

São marido e mulher, e isso me provoca certa compaixão por eles. É normal sentir compaixão pelos casais, especialmente pelos que começam a acumular anos de vínculo conjugal, porque todos sabemos que o casamento é a mais terrível das instituições humanas, pois requer sacrifício, requer renúncia, requer negação do instinto, requer mentira sobre mentira, e em troca dá paz social e prosperidade econômica.

Dona Letizia dá um passo além de seu marido e se situa em uma zona histórica mais confortável, mais próxima da absolvição. Está pensando nessa ideia iluminadora, assim: "Jamais alguém poderá me recriminar por nada". Estão em silêncio. Fico observando seu silêncio, quebrado de vez em quando com monossílabos de cunho afirmativo.

Alguém disse a ela: "Escolha sempre o sim".

Os reis presidem o almoço oficial da entrega do Prêmio Cervantes a um escritor idoso chamado Juan Goytisolo, um homem genial, que escreveu livros brilhantes, os melhores livros de sua geração, livros escritos em espanhol. Trata-se, portanto, de um escritor espanhol. Não é tão óbvio recordar sua nacionalidade. A Espanha é sempre um país prestes a dizer não, por isso disseram a dona Letizia: se puder, diga sempre sim.

É 23 de abril do ano de 2015, uma manhã de primavera em Madri, com uma temperatura de dezesseis graus lá fora. Os convidados formam rodinhas e conversam com certa simpatia; são conversas educadas e descontraídas. Também são conversas medidas. Todos os convidados sabem que fazem parte de uma urdidura comum, uma foto de família, uma realidade sociológica que poderia ser chamada de "cultura espanhola, âmbito das Letras, do ano de 2015".

Uma foto já pronta para que o tempo lance sobre ela a cavalaria inapelável dos mortos. Penso em mim mesmo, nesse instante, como o homem da gravata cujo nó foi feito por outro homem. Parece um apelido áulico, como de romance de cavalaria: o homem cujo nó da gravata foi feito por outro homem.

Não tenho muitos problemas para me situar em várias rodinhas, inclusive transito de uma a outra e cumprimento ilustres escritores com afabilidade e cordialidade. Sinto-me elegante dentro de meu terno. Mas nas profundezas de minha psicologia reina o medo.

Tenho medo. Tenho medo do poder e do Estado, tenho medo do rei, não posso evitar.

Há medo, na realidade, em todo lugar. Mesmo em quem supostamente não deveria temer nada – como suas majestades os reis da Espanha – talvez também haja medo. Em outros convidados, em convidados já veteranos, talvez o medo tenha sido desalojado pelo costume e pela rotina.

Esses convidados veteranos parecem estar em seu elemento. Há uma novidade óbvia: Juan Carlos I já não reina, e sim seu filho. Mas, de resto, os protocolos são idênticos.

Por dentro me transformo em uma terceira pessoa e dou a mim mesmo este apelido: o homem da falsa gravata.

Vejo-me, por fim, como uma terceira pessoa. Sai o espectro. Já sou o espectro.

O homem da falsa gravata é novo, é seu primeiro almoço com os reis. Teme não estar à altura das exigências do protocolo. Também não pertence à alta hierarquia da literatura espanhola. Milita em uma classe média um tanto obscura. Pensa agora nessa classe média, nesse tipo de escritor que tão logo cheira a fracasso quanto a "esse rapaz faz as coisas direitinho", salvo que esse rapaz já completou cinquenta anos. Mas tanto faz, porque o mundo inteiro, já global, ruma a lugares onde as hierarquias são volúveis e desgraçadas e deliquescentes, e fedem a antiguidade, onde por fim já nada significa nada, e isso é novo.

As hierarquias estão se corrompendo. A antiguidade no cargo se corrompe. A História, como a água, avança por onde menos se espera.

As coisas e as pessoas estão deixando de ter um significado claro, e isso é subversivo, libertador.

Muitos dos presentes passam dos cinquenta anos, dos sessenta até, e também dos setenta. Talvez a idade média nesse almoço esteja nos setenta e cinco anos. Na realidade, os mais jovens são os reis da Espanha.

A sabedoria dos protocolos reais discerniu, em certa época, o método pelo qual duas pessoas podem cumprimentar mais de cem, ou duzentas, de uma maneira ordenada e coerente. A ideia era revolucionária e democrática: ninguém deve ficar sem ser cumprimentado.

Todos os convidados serão cumprimentados pelos anfitriões. Parece uma ideia magistral.

Uma ideia que é, em si mesma, uma obra-prima.

De modo que os reis da Espanha se colocam em uma sala contígua, em um ângulo imprevisto. É como se saíssem da escuridão, ou descessem do céu. Todo convidado terá sua foto com os reis, todo convidado terá exatamente seis segundos de visibilidade perante a realeza.

O homem da gravata amarrada em um pescoço vulgar concebe uma fórmula do desassossego histórico. É um homem que de vez em quando alcança ideias que estão acima de sua classe social. É uma espécie de espalhamento descontrolado da genialidade, algo de que, muito de vez em quando, a História gosta: que aqueles cujos ancestrais são irrelevantes alcancem algum pensamento relevante.

O homem da gravata triste (triste a gravata, não o homem; triste a gravata por ter achado um pescoço improcedente para sua estatura estética, porque existe o destino das gravatas, como existe o destino dos grandes elefantes asiáticos) tem a ideia de utilizar um arma nova, surgida há pouco neste mundo. É uma arma política. Tira do bolso de sua calça um celular, um Samsung Galaxy, e abre a opção de cronômetro. É uma opção tecnológica revolucionária.

Mede o tempo que dura a saudação aos reis da Espanha. Mede-o com seu cronômetro. São seis segundos e 92 centésimos. Esse é o tempo concedido a cada convidado.

12

Não soube dizer nem boa tarde nem boa noite nem bom dia nem olá, como vai, tudo bem a nenhum dos dois reis. Sua mudez é normal: procede da noite avarenta de pão e carne do camponês ibérico, da noite dos loucos e dos retardados mentais, e em sua genética só há terror e angústia e erro. Terror e angústia diante da luz e da riqueza, diante da segurança e do amor que emanam os reis.

O sorriso dos dois reis é, a um metro de distância, um dos maiores espetáculos que um cidadão espanhol pode contemplar, porque ali está contida a vida de milhões de espanhóis que já estão mortos e cuja dignidade histórica não cabe mais que nesse sorriso. Quanto a Espanha soube construir politicamente está cifrado nesse sorriso, em cujas bordas se aninham milhões de serpentes acesas.

Acendem-se as serpentes.

O escritor agraciado, um idoso ausente, um homem difuso, um ser de outro tempo, passeia de braço dado com a rainha. Ela, devido a seus saltos torturantes, emerge dois palmos acima da cabeça quase calva de Juan Goytisolo. O homem da gravata de nó triste medita sobre a exibição pública da tortura à qual a rainha submete seus pés enfiando-os nesses saltos de um palmo (distensão e distorção de ossos, dores articulares, artrite, deformação, colapso ósseo); e medita sobre quais podem ser os pensamentos do escritor agraciado. Nota-se certo desconforto, certa aspereza nele. Talvez poucos dos presentes o tenham lido. E mesmo que houvesse sido muito lido, na verdade de pouco isso pode lhe servir, porque ninguém o ama, e desse ponto de vista é como se ninguém o houvesse lido. Não há amor aqui, não há amor em lugar nenhum. E por acaso ele sabe disso e aceita. Todos sabemos e todos aceitamos, porque a literatura já é algo irrelevante pois não há amor nela. Não há amor nela, pensa o homem de gravata amarela, e deveria haver, pois só o amor tem sentido, e onde está seu amor, e o que está fazendo nesse lugar se não vai encontrar o amor ali, e então se lembra de seu pai, cuja vida ocorreu sob essa ordem que essa mulher de severos saltos altos simboliza.

Seu pai teria ficado orgulhoso de vê-lo ali, com os reis. Teria gostado que lhe contasse alguma história; talvez por isso ele foi: por amor a seu pai.

Caminham o escritor e a rainha ao longo da mesa com os convidados em pé. Caminham lentamente, de braços dados. A rainha diminui seu passo para fazê-lo coincidir com o andar cansado do escritor.

A voz regressa e diz ao homem da gravata quente: "Você já viu, isso é tudo, esse é o fim dos grandes escritores espanhóis, um deambular por palácio de braço dado com uma rainha, um protocolo, mas por esse protocolo final as pessoas seriam capazes de matar a mãe, porque a vida está vazia, muito vazia de si mesma".

O homem da gravata assustada nunca havia visto uma mesa tão grande, uma mesa para mais de cem pessoas. Sonha com celebrar uma Véspera de Natal nessa mesa, e sonha com que as pessoas que se sentem nessa mesa sejam os fantasmas sem berço de seus antepassados, seus pais, seus avós, seus bisavós, seus tataravós.

Ele gostaria de falar com seu tataravô, se é que existiu. Deve ter existido um homem que biologicamente poderia ser considerado um antepassado e, portanto, um tataravô segundo a aritmética geracional, mas esse homem jamais pensou que seria tataravô de outro homem.

Não há vínculo.

Não há nada.

Mas a monarquia sim é vínculo. Os antepassados do rei estão retratados no Museu do Prado. O rei pode ir quando quiser ver seu tataravô e falar com ele.

Tudo é amarelado, e a cor da monarquia é o amarelo. A família real representa a família escolhida para que recaia sobre ela a pompa amarela da memória, essa memória da qual milhares e milhares de famílias espanholas carecem, que se perdeu nos dias cansados da História, que se perdeu na fome, na guerra e na miséria.

O homem da gravata de nó triste nunca poderá ir a um museu para reencontrar seus tataravós pintados por Francisco de Goya. Mas se uma única família pode, isso já basta. Esse é o mistério moral das monarquias. Esse é o símbolo, o grande achado.

O homem da gravata humilhada gostaria de saber se tem algo a ver com seu tataravô: alguma expressão, alguma semelhança física, qualquer coisa que represente uma necessidade, um significado, uma explicação deste presente histórico, biológico, genético.

Enquanto todos os convidados contemplam o idoso e a rainha, o homem da gravata condenada aproveita para observar a mesa, agora que ninguém está olhando.

A mesa gigantesca também cumpre uma função, um estar ali como móvel, cumpre o pouco cobiçado emprego na história da Espanha de "estar ali aguentando, desempenhando seu trabalho".

O idoso premiado tem no rosto uma careta que quer dizer algo mais do que na realidade diz, um nariz inclinado para o precipício da maior tristeza imaginável. É um espetáculo feroz, sua mão segurada pela mão da rainha da Espanha. Uma mulher bela, hierática, de arrogância silenciosa, de arrogância não culpada. Caminham os dois fantasmas, sob a suposta ordem da democracia espanhola, que não ajuda a morrer em paz.

Uma democracia não ajuda a morrer em paz.

Nada que seja humano ajuda a morrer em paz; só as drogas, cujo monopólio é do Estado, ajudam morrer em paz.

E quem é o Estado? É uma sobreposição amarelada de vontades cansadas, que já não pensam, que pensaram há muitas décadas, e que a preguiça, que é a mãe da inteligência, perpetua.

13

Em 1º de outubro do ano de 1991, após ser aprovado em um processo seletivo, foi concedido ao homem que se sentará vinte e quatro anos depois perto do rei da Espanha usando uma falsa gravata um cargo de professor do ensino secundário espanhol (doze a dezesseis anos), da especialidade de língua e literatura, em um instituto educacional de uma cidade do norte peninsular de cuja denominação o homem que se sentará vinte e quatro anos depois perto do rei da Espanha não quer se lembrar.

Foi a melhor coisa que aconteceu, do ponto de vista financeiro, na vida desse homem que sou eu.

Cheguei até a pensar na existência de Deus, que havia decidido velar por minha passagem pelo mundo: eu teria um salário fixo.

Havia alegria no coração do homem que vinte e quatro anos depois se sentará perto, mas não muito, não demais, do rei da Espanha, usando uma gravata deprimida em volta do pescoço, de seu envergonhado e corado pescoço.

Aquele homem tinha vinte e nove anos na época; aquele homem que originou o que atualmente sou eu, ou seja, outro homem. Um homem fundado sobre outro homem, ou sobre vários. Ter vinte e nove anos é a maior máquina de matar do mundo. Ninguém que tenha vinte e nove anos sabe disso. Era o momento de curtir a vida. Todos os jovens dessa idade ansiavam um trabalho fixo, era a obsessão da Espanha que saía da Transição.

A escola à qual fui destinado se chamava Pablo Serrano, nome de um ilustre escultor. Comprei um carro: um Ford Fiesta. E com esse automóvel ia dar minhas aulas naquela escola, que hoje continua em pé. Havia, por sorte, um estacionamento com árvores reservado aos professores. A sombra das árvores cobria os carros. Deixava meu carro à sombra. Essa obsessão de deixar meu carro à sombra me acompanhará a vida toda. Herdei essa obsessão de meu pai. Meu pai sempre tentava deixar o carro à sombra. Quando não conseguia, ficava mal-humorado. Não entendíamos, nem minha mãe, nem meu irmão nem eu, quando éramos pequenos, aquela obsessão. Íamos aos lugares em função de haver ou não sombra para o carro. Quando meu pai teve um pouco de dinheiro, e levava-nos para passar as férias na costa – isso foi no fim dos anos 1960 e início dos 1970 –, acordávamos muito cedo para ir à praia, porque se chegássemos tarde não encontraria lugar para deixar o carro embaixo de uns eucaliptos. Eu era muito pequeno e não entendia por que tinha que me levantar às sete da manhã se estávamos de férias e não tinha escola. Tentava descobrir a razão. E a razão era a sombra dos eucaliptos, de modo que eu ficava olhando essas árvores, e cheguei a interiorizar essa sombra como algo maravilhoso e de substância divina. Se meu pai não deixasse o carro estacionado debaixo de uma sombra, não era feliz, ficava angustiado e sofria. Anos depois destruíram esses eucaliptos e alargaram o passeio marítimo. Essas árvores não mais existem.

Hoje já entendo o desejo de deixar o carro à sombra, porque essa obsessão está em mim, comigo, em meu coração. Cuido dessa obsessão porque é um legado de meu pai. Se batia sol no carro, meu pai ficava atormentado. Foi um homem original em tudo.

Passei a fazer parte do exército da educação na Espanha. Ainda existia a formação profissional. E a sombra das árvores daquele estacionamento de 1991 me conduzia à recordação dos eucaliptos de 1971.

Como era novato, deram-me as piores turmas daquela escola. Tinha que dar aula aos alunos de Eletricidade. Eram rapazes de catorze anos que ninguém queria; rapazes que o Estado havia encaminhado a supostos estudos profissionalizantes, a famosa FP. Também me deram uma turma de cabeleireiras. E uma de auxiliares administrativos. Eu passava o dia explicando o acento diferencial. Todos os espanhóis que frequentam a escola acabam distinguindo o "tú" pronome do "tu" adjetivo. Não é o mesmo "tu" em "tú piensas" e em "tu pensamiento". No primeiro caso é pronome e leva acento, no segundo é determinante e não leva acento. Era esse meu trabalho. Passei vinte e três anos contemplando esse maldito "tu" ou "tú". E para isso era pago. Passava o dia todo ensinando isso, que "tú vienes" não é a mesma coisa que "tu venida". Era ridículo, especialmente porque não "venía" ninguém. Mas o fazia porque nunca na vida haviam me pagado tão bem como me pagavam ali. Fui nomeado tutor de uma turma do primeiro ano de Eletricidade. Os professores tutores no sistema de ensino público espanhol são responsáveis por acompanhar os pormenores disciplinares e pedagógicos de uma turma de alunos. Logo me dei conta de que isso era uma farsa. Entrava na classe em meados de outubro e ainda fazia calor. Um aluno do terceiro ano do curso Administrativo me perguntou sobre um fato que havia acabado de ocorrer nos Estados Unidos. Achei que a pergunta era séria.

Em 16 de outubro de 1991, George Hennard assassinou vinte e três pessoas na cidade de Killeen, no Texas.

Fiz uma longa reflexão sobre a violência, mas ninguém me ouvia. Meus alunos não me ouviam. Portanto, permiti que falassem.

— Vi na TV a cabeça estourada de uma das pessoas em que ele atirou. O sujeito tinha uma pistola de repetição, deu cem tiros, *maneiro* — disse Castro, o aluno que mais costumava falar. — Matou vinte e três, e enquanto um não estava bem morto não passava para o outro.

A turma caiu na gargalhada. E ouvi a voz, talvez tenha sido uma das primeiras vezes – ou até mesmo a primeira – que aparecia: "Não conhecem as vítimas, não sabem o que é morrer, não sabem o que é um assassinato, atirar em outro corpo, não sabem nada, e você também não sabe nada. E na verdade, não sabe se também se importa com os vinte e três corpos destroçados pelas balas. Você tem que repudiar a violência porque é um morto de fome e está neste emprego porque ganha um salário no fim do mês. E é um educador. E tem que os educar em valores razoáveis, tem que os fazer ver que não se pode sair por aí matando gente. E quando você começa a abordar o assunto moralmente, eles dormem. Invente uma história, maldito professor. Você só pensa em seu salário, mas eu entendo. Acha que se falar como eles será demitido e não receberá no fim do mês. E isso acabará matando você. As pessoas costumam acreditar no trabalho que têm. E isso não é, em absoluto, uma alienação, porque é útil acreditar em algo; isso melhora a vida da gente. Mas se aninha em você, desde o começo, o vírus histórico e genético de sua mãe: uma insatisfação que se estende como uma mancha de petróleo sobre os oceanos do mundo, de maneira constante e irreprimível".

O professor novato que eu era (de novo aparece o espectro) ficou olhando para Castro. E formou uma pistola com a mão.

Apontou para Castro e disse: "Bum, bum, bum".

— Castro, acabei de arrebentar sua cabeça — falei.

E todos ficaram calados.

A aula acabou e saí com certo ar triunfal.

"Veja só, você conseguiu", disse a voz.

Passaram-se umas semanas, e um aluno do primeiro ano de Eletricidade que faltava com regularidade – de fato, quase ninguém se lembrava do rosto dele – apareceu à entrada de minha classe. Professor novato que eu era, fiquei surpreso.

— Não, não vim fazer sua aula — comunicou —, vim dar umas porradas nesse filho da puta. — E apontou para um de seus colegas.

Estava apontando para Maráez, a quem chamavam de "Couve-flor".

— Esse Couve-flor filho da mãe foi pego roubando no El Corte Inglés, e o safado disse ao segurança que estava sem documentos, mas que lhe daria o endereço de sua casa. E deu o meu, deu meu endereço e meu nome, e ontem os tiras foram à minha casa perguntando por mim, e meu velho rachou minha cabeça com uma panela de sopa. — E apontou para uma ferida purulenta na cabeça.

Couve-flor ria. Todos riam. Professor novato que eu era, fiquei olhando a ferida.

Hoje ainda recordo aquela ferida, diante da qual senti um misto de raiva inconsciente e lúgubre ternura. Hoje me vem à cabeça uma palavra solar: "clemência". Deveríamos ser todos mais clementes. Cheguei a pensar que tinha que escrever um livro intitulado *Clemente*. Eu teria gostado de enfiar meu punho naquela ferida e abri-la mais, até que aquele rapaz se esvaísse em sangue, e depois beber aquele sangue com ternura, como em uma cerimônia do desespero.

Esse tipo de sensação de profunda desesperança me acompanhou muito na vida. Não sei de onde vem. São sentimentos mestiços, de violência e de melancolia. Também de euforia. Acho que esses sentimentos procedem de meus ancestrais mais remotos. Deve haver algo em mim que me fez resistente apesar de minha distorção e deterioração emocionais; se não fosse assim, eu não estaria neste mundo.

Resistente às bactérias biológicas e às bactérias sociais.

— Bem, já que veio, entre na aula — disse eu.

Horcas – esse era o nome do rapaz – entrou na aula repetindo a frase: "No intervalo vou comer seu fígado, Couve-flor".

"Você ouviu", disse a voz, "ele quer comer o fígado de Couve-flor. Qual será o gosto do fígado de um rapaz de catorze anos? Veja, você está diante da classe baixa espanhola, é um espetáculo histórico para o qual poucos têm ingresso, aproveite; esses rapazes são como rios de sangue jovem e barato, vivem nuns apartamentos de merda, dormem em camas malcheirosas e seus pais não valem nada. Suas mães não têm corpos agraciados, nem seus pais habilidades profissionais. Nem todo mundo tem um ingresso para ver isso. Você tem. Veja como se matam. Você tem um ingresso de camarote. É escritor, ou acabará sendo. É a Espanha irremível. Você ganha para explicar a eles bobagens como o acento diferencial; para que não confundam Quevedo com Góngora – quem diabos se importa com quem era Quevedo e quem era Góngora? Evidentemente não eles dois, pois estão bem mortos. Quem se importa com que você reproduza esse tipo de bobagem e que os obrigue a decorá-la é uma certa aristocracia cultural espanhola, que nada tem a ver com você nem com esses infelizes a quem a sociedade abandonou. Mas, sim, eles deveriam saber quem foram Góngora e Quevedo, porque se alguém um dia lhes der uma mão, serão os mortos. Como se Góngora e Quevedo fossem uma ONG, porque uma ONG acabará sendo a História para os que mais a necessitam, ou seja, para os que não têm nada, salvo a História. Você deveria escrever uma história para aqueles que não têm nada, só a História."

Anos depois li no jornal sobre a morte de Couve-flor. Havia batido o carro em um muro. Um carro velho, mas roubado. Podia ter roubado um carro novo e não um velho, mas Couve-flor tinha estilo, e, acima de tudo, tinha senso de humor. Aposto que o filho da puta roubou o carro de Horcas.

Couve-flor se foi deste mundo aos vinte e sete anos.

O pobre Couve-flor, cuja vida ocorreu em um minuto, que ninguém conheceu, nem mesmo ele. Também nisso há uma pureza assombrosa. Pureza e miséria se casaram no seio da escassa vida do tolo Couve-flor.

Gosto de recordá-lo assim, como o tolo Couve-flor, sendo que a palavra "tolo" denota paz, honra e santidade.

Identifiquei Couve-flor porque saiu no jornal seu nome e sobrenome: Iván Maráez.

Era ele, Couve-flor.

Havia engordado muito, o pobre Couve-flor. Todos os meus alunos acabaram engordando. Todos viraram gordos.

O grande filho da mãe espanhol de todos os tempos: Couve-flor.

E isso, Couve-flor, que seus pais, no momento de seu nascimento, deram-lhe um nome bonito, que parece ser fruto de uma motivação. Ou seja, pensaram sobre seu nome, e isso conta.

Deram-lhe o nome de Iván.

Deve ter sido o melhor dia da vida de seus pais quando decidiram que você teria nome. Mas é impossível que você recorde esse dia. Ninguém recorda o dia em que recebe o nome escolhido por seus pais. Deve ter sido o melhor dia de sua vida e você não soube, não palpou esse dia, não o curtiu.

Bem, Couve-flor, acho que no dia de seu batismo você foi amado. Não sei, parece que no fato de terem lhe dado o nome Iván há um senso de beleza, um pouco de vontade, de desejo de que você estivesse neste mundo.

Ou talvez já nesse dia seus pais estavam putos.

Ou talvez foi algum de seus avós o responsável por seu batismo, querido Couve-flor. E decidiu batizá-lo com o nome de Iván por alguma causa ridícula e insignificante.

A razão de seu nome Couve-flor levou ao túmulo. É, Couve-flor, tenho que dizer uma coisa bem engraçada: o sujeito que lhe deu aula de língua castelhana em 1991 chegou a se sentar perto – mas não muito – do rei da Espanha.

O que acha disso, hein, Couve-flor? Não que isso seja importante, porque nada é importante quando se está morto e foi um infeliz quando esteve vivo.

Não é importante, mas é cômico.

É cômico, sim, achei que o faria rir.

Porque, em alguma medida, você foi uma vítima de todo um ordenamento histórico, da construção de hierarquias, da constatação de que efetivamente existe um determinismo biológico, e eu fui o portador oficial das notícias do Estado espanhol, fui o carteiro, o notário. Por isso alguém me colocou perto do rei da Espanha muitos anos depois. É como se tudo acabasse tendo um sentido, embora um mau sentido.

É, Couve-flor, já devem ter jogado seus ossos na vala comum; acho que são cinco anos. E não creio que seus pais, se ainda vivem, pagariam mais cinco anos por você.

É, Couve-flor, naquele Natal de 1991 falei de você a meu pai. Meu pai se afeiçoou a você. Contei-lhe como você era. Ele teve curiosidade por você. Meu pai era um ímã para os desventurados deste mundo. Lembro como meu pai ria com a história de que, quando foi pego no El Corte Inglés, você deu o nome de seu amigo. Era meu primeiro trabalho sério, e meu pai gostava que eu lhe contasse coisas. Couve-flor, você esteve no pensamento de meu pai. Sabe, Couve-flor, em Barbastro, os doentes, os retardados, os pobres, os loucos, os desventurados gostavam de meu pai. Ele era um ímã para a desgraça.

De onde ele tirou esse dom raro? Era um dom que saía das profundezas da terra que o viu nascer, dali, dessa terra, do Somontano. Meu pai era estranho; por que os tolos sempre se aproximavam e conversavam com ele? Acho que era porque meu pai era profundamente bom.

Sua bondade foi lendária.

"Conte mais coisas sobre Couve-flor, que rapaz interessante", disse meu pai na Véspera de Natal de 1991, diante de um frango caipira que minha mãe havia feito.

Meu pai o amou, Couve-flor.

Eu não.

Eu não na época, mas agora sim, Couve-flor. Porque seus olhos, que neste instante recordo, eram bons, e o acaso nunca deveria nos afastar na hora de fixar nosso olhar no céu, prestando agradecimentos por ter contemplado os suspiros de todos os homens encadeados no ar.

14

Recordo o ano de 1983, no mês de agosto. Fui à cidade de Zaragoza com mais dois amigos para procurar um apartamento de estudantes. Lembro-me dos que nos mostraram.

Acho que os apartamentos custavam entre vinte e vinte e cinco mil pesetas por mês. Procurávamos um que tivesse três dormitórios, sala e cozinha. Havia também uns de dezoito mil, até de quinze, mas longe do centro. Havia uma orgia de apartamentos baratos diante de meus olhos.

Éramos três estudantes pobres, com bolsas de estudo nas costas. Éramos boa gente. Talvez os três fôssemos feios. Talvez eu menos. Havia nos três uma alegre expectativa pelo futuro.

Alugamos um que custava vinte e oito mil pesetas. Passava do nosso orçamento, mas gostamos, ficava bem no centro. A rua se chamava Pamplona Escudero, ficava bem perto da universidade e de todo lugar. A cinco minutos da universidade.

Fiquei sabendo, depois, que esse tal de Pamplona Escudero foi prefeito da cidade, e com certeza curtiu muito sendo prefeito dessa cidade. Fiquei imaginando o que minha mãe pensaria desse apartamento, se receberia sua aprovação. Certamente não gostaria. Minha mãe pouco gostava de casas alheias. Imaginei que minha mãe não entenderia o que eu estava fazendo naquele apartamento, por que tinha que morar em um lugar como aquele.

Era 1983 e morriam guardas civis todos os dias na Espanha. Um país onde sempre estava morrendo gente. Mas ter meu próprio apartamento era um motivo de alegria, e agora estou desempoeirando todos os motivos de alegria que pode ter havido em minha vida.

Eu tinha medo daquele apartamento, daquela cidade. O medo, sempre o medo, como uma peste. O medo que busca uma companhia em nosso cérebro, e se não encontra essa companhia, vai forjando-a ele mesmo; e no fim o medo se alia ao desespero, que é um ser construído sobre a deterioração e a loucura. E essa é outra parte fundamental de minha pessoa: a vida toda me acompanhou o medo de ficar louco, de não saber racionalizar as coisas que aconteciam comigo, que o caos me levasse pela frente. Minha mãe era igual a mim, e minha mãe desesperou meu pai e meu pai se enfureceu com minha mãe, e herdei o trono do ruído e da fúria, que não é mais que a vontade de quebrar objetos, de quebrar janelas, de rasgar camisas, de quebrar pratos, de quebrar portas, de chutar móveis, e no fim se lançar no vazio.

Deus, como gosto dos desesperados! São os melhores.

15

Minha mãe via a mão do diabo em sua adversidade cotidiana. Muitas vezes dizia: "O diabo está nesta casa" quando procurava algo e não encontrava. E concluía gritando: "Impossível que o diabo não esteja nesta casa". E procurava algo que estava diante dela, mas que não sabia ver. Eu herdei o mesmo princípio de demência. Procuro coisas que estão diante de mim, como um livro ou uma carta ou uma blusa ou uma faca ou uma toalha ou meias ou um papel de um banco, e não sei vê-las. Minha mãe tinha certeza de que o demônio escondia as coisas, que o demônio era o culpado pelos pequenos contratempos. Ela vivia todos esses acidentes domésticos com intensidade de louca. E eu sou ela agora, e o demônio não é mais que uma degeneração neuronal hereditária que toca o nervo óptico e se transforma em ondas de conexões químicas apagadas ou titubeantes, e nessa deterioração elétrica da transmissão da realidade incubam-se as bactérias da psicose, e a forma orgânica da vontade apodrece em uma massa de ordens alheias ao mundo social e me transformo em um museu de secura, de silêncio, de solidão, de suicídio, de surdez e de sofrimento.

Para minha mãe e para mim, a vida não tinha ou não tem argumento. Não estava acontecendo nada.

16

No início dos anos 1980, meu pai ia de vez em quando a Zaragoza a trabalho. Marcávamos de almoçar juntos. Ia com uns amigos dele, e naqueles almoços eu me sentia como um extraterrestre, não sabia o que dizer. Seus amigos eram boa gente, mas eu não tinha vontade de estar com eles, achava-os chatos e distantes. Os restaurantes daquela época, contudo, tinham seu encanto. Havia mistério. Marcávamos sempre em restaurantes antigos, não sei que fim levaram, que transmitiam uma ideia atraente de Zaragoza. Mais tarde eu me tornaria especialista nessa cidade. Mas na época eu não tinha nem ideia de Zaragoza. Não havia Google na época. Meu pai me ligava no telefone da casa da vizinha e dizia: "É seu pai". Porque não tínhamos telefone próprio em meu apartamento de estudantes.

Ele sempre gostava de fazer isso, de dizer isso, "É seu pai", com voz teatral. Era a única coisa que tínhamos: essa afirmação de caráter universal. E o mesmo faço agora com meus filhos, quando ligo para o celular deles, vou e digo: "É seu pai". Isso impressiona muito. Não se sabe muito bem o que quer dizer, mas impressiona, é forte, parece um alicerce, parece uma nuvem que enche de sangue o céu de nossa consciência, parece a origem do mundo. E meu pai me dizia o lugar aonde eu tinha que ir para almoçar. Almoçava com os amigos dele, comíamos bem. Uma vez, almoçamos em um restaurante da avenida Madrid. Eu nunca havia ido lá. Entrei e lá estava meu pai, acompanhado do então prefeito de Barbastro e de outro sujeito. Eram três e pareciam contentes.

Estavam fumando charutos e tomando um café alcoólico. Riam. Contavam piadas. Haviam comido bem. Três homens felizes, filhos do mesmo povoado, de idades similares, filhos da mesma experiência de vida, procedentes os três das mesmas ruas, frutos da mesma árvore, por isso emanavam uma fraternidade que era enraizamento. Os três simbolizavam o enraizamento, e enraizamento é o que tenho hoje. Eram enraizamento em um povoado do Altoaragón e em uma maneira de estar vivos. Por isso riam e estavam felizes, preenchidos de enraizamento.

Eu disse a meu pai que fosse ver meu apartamento, mas não foi. Meu pai nunca viu os lugares onde morei quando era estudante. Não sei onde diabos ele achava que eu morava. Nunca viu as camas onde dormi naqueles anos. Não sei por que não ia. Talvez eu não tenha insistido. Talvez a necessidade que tenho agora de que meu pai houvesse visto os apartamentos onde morei naqueles anos seja uma necessidade presente, e não a tive naquela época. Eu não disse, por exemplo: "Papai, quero que veja onde moro". Não, não disse essa frase. Mas a digo agora. Ele também não disse: "Quero ver seu apartamento". Parece que éramos feitos um para o outro: não nos dissemos nada.

Agora faço meu pai dizer: "Quero ver seu apartamento, meu filho". Acho que pouco lhe importava onde eu vivia, mas também, com o tempo, acabou pouco lhe importando onde ele mesmo vivia.

Reduziu a importância das coisas. Meu pai foi um artista do silêncio.

No entanto, deu-me um roupão. Deu-me de presente um roupão. Quando levei o roupão ao apartamento, comecei a chorar. Não havia sido comprado por ele, naturalmente; minha mãe o havia comprado. Naquele roupão azul-marinho de algodão, bom para o inverno, estava contida toda a ternura de minha mãe. Aquele roupão era o símbolo do enraizamento. E, contudo, eu tinha que depositar aquele roupão em um quarto estrangeiro, em um lugar hostil.

Chorei.

Tentei guardar o roupão em um lugar onde não tocasse nenhum elemento material daquele quarto. Tudo naquele quarto era impuro. Fiquei olhando o roupão como quem olha o amor absoluto, ou como quem olha uma província do amor ameaçado.

Sabia que minha mãe e eu estávamos nos dizendo adeus. Um adeus não verbal, sem palavras. O tempo de nossa vida já começava a transcorrer por caminhos diferentes.

Estávamos nos despedindo.

Nunca mais sentirei aquela ternura, e tanto faz, isso é o que sinto agora: que tanto faz. E essa é a grandeza da vida: não há nenhuma razão nem para o pranto nem para a condenação. O que me unia à minha mãe era e continua sendo um mistério que talvez eu consiga decifrar um segundo antes de minha morte. Ou talvez não, porque a fealdade do morrer pode muito bem ser o único mistério.

Queria salvar aquela ternura, a ternura com que minha mãe me ajudava a fazer a mala quando eu partia de Barbastro a Zaragoza naqueles anos, em 1980, em 1981, em 1982, as coisas que punha dentro de minha mala, como me ajudava com a roupa, como punha comida para mim em uns potes de vidro, e depois eu ficava olhando tudo aquilo e o desamparo me vencia.

Na realidade, tudo isso tem a ver com a pobreza. Era a pobreza – o quão pobres éramos – que me fazia tremer de medo. E dei por chamar o medo de ternura.

Se fôssemos ricos, tudo teria sido melhor, e essa é a verdade de todas as coisas.

Se meus pais tivessem dinheiro, as coisas teriam sido melhores para mim. Mas não tinham nada, absolutamente nada. A confissão da pobreza na Espanha parece uma imoralidade, algo repudiável, uma afronta. Contudo, é o que fomos quase todos.

Fomos pobres, mas com encanto.

17

Eu nasci ali, em um povoado espanhol que se chama Barbastro, no ano de 1962; pelo menos foi o que me disseram. Deve ter sido um grande ano, certeza. Tenho sérias dúvidas sobre o fato de ter nascido no ano de 1962. Não tenho dúvidas sobre o lugar em que nasci, e sim sobre o ano. Todo mundo deveria ter dúvidas sobre a data de seu nascimento, porque essa é a primeira verdade herdada, não vista nem sentida nem comprovada, na que vamos acreditar. Temos que ter fé em que nos dizem a verdade, e em que os números que formam a data de nosso nascimento significam alguma coisa.

Não somos testemunhas de nosso nascimento. Somos de outras coisas: nosso casamento, se nos casamos. Do nascimento de nossos filhos também somos testemunhas. Não somos, contudo, testemunhas de nossa morte.

Nem de nosso nascimento nem de nossa morte somos testemunhas.

Duvidei muitas vezes de minha data de nascimento; talvez a dúvida proceda do sentido da origem de minha matéria corporal e espiritual, ou do sentido da colisão que se produz entre meu corpo e o tempo, e que essa colisão deva ter uma data. Na realidade, uma data é um nome. A data é o nome da colisão.

Todo mundo deveria duvidar de sua data de nascimento. Não há nenhuma certeza vivida nessa data, e estupidamente nos determina, e tendemos a dar-lhe uma importância que não procede de nossa própria vontade, e sim de pactos sociais anteriores a nós. Pactos feitos enquanto não estávamos neste mundo ou estávamos sem ter nascido, sem ter colidido.

Eu poderia ser vítima de um erro, minha mãe tinha péssima memória. Consigo recordar poucas coisas da década de 1960. Minhas primeiras lembranças são já da década de 1970, com exceção de uma delas, que tem que ter necessariamente ocorrido em 1966. É a lembrança de minha mãe grávida de meu irmão. Tem que ser uma recordação anterior ao verão de 1966. É uma cena cheia de irrealidade. Não é uma recordação fidedigna. Estamos na cozinha e minha mãe está sentada em uma cadeira, e está vestida de um branco quase imaterial, e me diz "seu irmão está aqui", e indica seu ventre, e conduz minha mão a seu ventre, e eu fico surpreso, e depois vejo uma luz que entra pelas janelas da cozinha. Uma luz que vem das estrelas. Olho pela janela e vejo uma distância cheia de doçura. Essa é minha primeira lembrança e não a entendo. Não sei o que é. É uma lembrança que tento recuperar constantemente, e o que recupero é uma sensação de paz. Acho que quando for morrer sentirei o mesmo.

18

Estou no banheiro, escovando os dentes, e sinto por trás um ser que está seguindo meus passos. São os restos de meu pai e de minha mãe mortos, que se agarram à minha solidão, incrustados em meus cabelos, suas minúsculas moléculas fantasmagóricas acompanham o passeio de minhas mãos e de meus pés pelo banheiro, seguram a meu lado a escova de dentes, olham como escovo os dentes, leem a marca da pasta, observam a toalha, tocam minha imagem no espelho; quando entro na cama, ficam a meu lado; quando apago a luz, ouço seus murmúrios, e nem sempre são eles, podem vir com fantasmas doentes, com fantasmas sujos, horríveis, enfurecidos, malignos ou benignos, tanto faz, o fato de ser fantasma supera o bem e o mal.

Fantasmas da história da Espanha, que também é um fantasma.

Acariciam meus cabelos enquanto durmo.

19

Meus pais já não existem, mas eu existo, e vou embora em cinco minutos. Muitas vezes repito mentalmente esse achado verbal: "Vou embora em cinco minutos". É ambíguo; meço nesses cinco minutos uma quantidade de tempo que só eu conheço. Esses cinco minutos podem ser cinco quinquênios ou cinco mil anos ou, de fato, cinco minutos; ou até cinco segundos. É como se, ao anunciar que não me importa morrer logo, estivesse exigindo minha vontade de morrer no dia que me der na telha. Como não me importa morrer, eu morrerei agora mesmo ou talvez daqui a cinquenta anos: sou senhor do tempo que me resta; acaba sendo uma maneira de brincar com o que não se deve brincar, mas o que fazer com a morte então, com algo como ela, que não tem conteúdo e é o final de tudo? Assim que nos aproximamos da morte, começamos a integrá-la em nossas brincadeiras, em nossos pensamentos, acabamos dando-lhe um significado, e não significa nada; talvez a ideia da paz, do descanso, tenha sido a que mais sorte teve. Todo mundo quer descansar. Todo mundo precisa dormir. A preocupação dos que vão morrer são os que ficam, é fazer o menor mal possível aos que ficam, deixar tudo resolvido para eles. Deixar aos filhos as coisas resolvidas e cair fora, desaparecer. Desvanecemos com paz quando deixamos tudo resolvido para os filhos; isso é morrer tranquilo.

20

Os velhos me assustam. Eles são o que eu serei.
Serei outro zumbi em um quarto impossível de encontrar da ala de geriatria de um hospital sem nome, só com um número. Hospital número 7, por exemplo. Sim, agora penso muito em envelhecer, em quando não possa mais me valer sozinho e fique às expensas da raiva ou da caridade de algum zelador cuja vida inteira posso ver neste instante. O dom de ver as vidas: esse eu tive.
Estudei nos Escolapios até o sétimo ano da EGB, educação geral básica do sistema de educação espanhol. Estudei em uma escola de padres porque era a única que havia. Certo dia de 1971 um padre me chamou. Queria que eu entrasse no coro da escola. Eu tinha oito anos. Chamava-se G. Sim, ainda deve haver quem se lembre dele, mas poucos. Entrei na classe. O sol brilhava através das janelas. Lembro-me da batina. Uma batina na qual uma barriga fazia volume. Todos aqueles padres eram gordos. Falou carinhosamente comigo. O franquismo estava cheio de padres tarados. Começou a acariciar meus cabelos. Depois, começou a mergulhar as mãos nas minhas. E eu não entendia nada. Não sabia o que estava acontecendo. Trinta anos depois, vi o obituário de G. no jornal do povoado. Havia morrido. Fumava Ducados. Não me alegrei por ele ter morrido. Fiquei pensativo. Acho que no final ele não fez nada, mas não lembro. Se algo me salvou, foi a luz do sol que entrava naquela sala de aula, e sob essa luz aquele tarado se assustou com seus atos. Talvez meu cérebro tenha apagado tudo aquilo. Não sei. Não sei até onde ele chegou. Não lembro. Não consigo lembrar. Só sei que caminho por um corredor e entro em uma sala de aula e ali está ele, embutido em sua batina, e sorri para mim e começam as carícias que não sei interpretar. Fico olhando a batina, de um preto extravagante, de uma escuridão simbólica, o que significa vestir-se assim?

Fico olhando o cíngulo da batina, não consigo saber qual é sua utilidade, relaciono-o com um cinto, mas não é um cinto, não tem fivela nem buracos, é como um enfeite, mas o que é que está enfeitando? E qual é a razão de enfeitar algo ali, será que tem a ver com o Natal, com o nascimento do Menino Deus?

Eu sou o Menino Deus, e por isso esse homem que tem enfeites em seu barrigão me chamou? Minha inteligência se rompe, minha memória se detém. Eu não sabia o que era aquilo, se bom ou ruim. Nenhuma criança sabe até que o tempo passa. Volto diversas vezes a essa lembrança tentando descobrir o que aconteceu, mas há um apagão. Depois das carícias há um apagão.

Meus olhos estão à altura do cíngulo, olhando para o cíngulo, tentando decifrar seu sentido. Não sabia se tinha que contar a meus pais, e não contei porque achei que a culpa era minha. Que eu era o culpado. Que não me amariam mais. Que eu havia sido mau. Que não os havia amado suficiente e por isso havia acontecido aquilo comigo.

O problema do Mal é que nos torna culpados quando nos atinge. Esse é o grande mistério do Mal: as vítimas sempre acabam culpadas de algo cujo nome é de novo o Mal. As vítimas são sempre excrementícias. As pessoas fingem compaixão pelas vítimas, mas por dentro só há desprezo.

As vítimas são sempre irremíveis. Ou seja, desprezíveis.

As pessoas amam os heróis, não as vítimas.

21

É uma tarde de fim de abril do ano de 2015; é um dia 29, decido ir ver uma exposição sobre uma escritora santa da literatura espanhola. A exposição é na Biblioteca Nacional de Madri. Estou com muita fome. Não comi quase nada. Entro nas salas dedicadas à exposição. Há um monte de quadros que pretendem ser retratos da santa. Noto que em nenhum quadro aparece a mesma mulher ou o mesmo rosto. É como se fosse um monte de mulheres e ao mesmo tempo nenhuma. Ninguém sabe como era o rosto dela, ninguém se lembra de suas feições. Todos esses pintores que a retrataram eram um bando de falsários. As feições, os olhos, a forma do nariz, os pômulos dela são de vento. Não conhecemos seu rosto de um jeito indubitável. Portanto, poderia ter sido qualquer rosto; nenhum rosto. Quem a pintou a retratou de ouvido.

Aqui não há nada.

Olho seus livros manuscritos: um monte de tinta delirante, uma caligrafia saída do inferno. Pouco se disse sobre a materialidade da escrita, e é um assunto mais relevante que as influências literárias e que as aparições de Deus. Por exemplo: escrever em um teclado não é o mesmo que em outro; na tela de um notebook ou em uma tela grande; em uma tela retangular ou em uma quadrada; em uma mesa alta ou em uma mesa baixa; em uma cadeira com rodas ou em uma cadeira sem rodas etc. etc.

Porque a materialidade da escrita é a escrita. De fato, Santa Teresa escreveu como escreveu porque sua mão se cansava de tanto enfiar a pena no tinteiro, por isso sua letra sem vontade e caótica e feroz e com mau humor. Se ela tivesse uma caneta Bic, seu estilo teria sido outro.

De modo que suas visões de Deus foram visões materiais de sua escrita.

Escrever é uma mão que se mexe sobre um papel, um pergaminho ou um teclado.

Uma mão que se cansa.

Escrevemos uma coisa ou outra segundo o papel, a mão, a caneta, a pena ou o computador ou a máquina de escrever. Porque a literatura é matéria, como tudo. A literatura são palavras gravadas em um papel. É esforço físico. É suor. Não é espírito. Chega de menosprezar a matéria.

Moisés escreveu dez mandamentos porque se cansou de esculpir a pedra. Estava suando, estava esgotado. Poderiam ter sido quinze, ou vinte e cinco, e se foram dez foi devido às laboriosas e pesadas condições materiais da escrita sobre pedra. Toda a história ocidental frequenta o idealismo, ninguém parou para olhar as coisas de outra maneira; especialmente da maneira mais simples, a que se lembra da matéria e das vãs realidades.

Eu me interesso por essa mulher, por essa santa. Muita gente pode chamá-la, se assim desejar, de "mãe". Pode ser a mãe de todos. O que significa isso? Poderia ela ser minha mãe morta? A morte está por todo lado, e as mães também. As pessoas rezam para Santa Teresa. Ela inspira devoção e, nesse sentido, parece um fantasma imperecível. Esse fantasma é melhor que o fantasma de minha mãe? Há gente rezando para ela neste momento, confessando-lhe sua dor, sua desgraça, pedindo-lhe auxílio. E essa gente acredita que há alguém do outro lado, que a santa a escuta, e não há ninguém escutando, e isso é maravilhoso: milhões de palavras lançadas no buraco negro de nossas paredes cerebrais. Falar com minha mãe morta é a mesma coisa? Não é a mesma coisa. Minha mãe está, sim. Porque eu sou ela.

Essa mulher a quem agora recordam no quinto centenário de seu nascimento está morta. É uma morta com experiência secular. Nem todos os mortos são iguais: existe antiguidade entre os mortos. Essa mulher invocava o amor todo santo dia. Ela estava apaixonada, penso. E viveu neste país. Olho sua biografia: nasceu em 28 de março de 1515, que é como nunca ter nascido. É impossível que esse ano signifique alguma coisa neste 2015. Há documentos, e obras literárias, e pictóricas, e igrejas e castelos que provam que devem ter existido pessoas dentro desses números: 1515. Há quinhentos anos nasce, em um lugar inóspito chamado Gotarrendura, um bebê que receberá o nome de Teresa de Cepeda. Penso em uma bobagem como esta: em 1515 não existiam nem o Real Madrid nem o Fútbol Club Barcelona, dois sistemas de gravidade, duas massas gravitacionais da vida espanhola. Talvez não seja uma bobagem. Ela era uma mulher que fundava conventos. Se vivesse hoje, teria gravado discos e saído na capa. Ou teria fundado clubes de futebol. Eu mesmo sou Santa Teresa: a dor nos une. E uma aspiração à qual ela chamou de Deus e eu chamo de X. Ela, pelo menos, tinha um nome para sua aspiração, para seu grande desejo. Eu não tenho nome.

    Ninguém sabe como foi o rosto real de Santa Teresa. Ninguém pôde tirar uma fotografia dela. Mas o rosto de meu pai e de minha mãe mortos estão fotografados.

    Preciso rasgar essas fotografias para que meu pai e minha mãe fiquem igualados a Santa Teresa.

    Se o Real Madrid e o Fútbol Club Barcelona desaparecessem, a Espanha se transformaria em um buraco negro. A gravidade da Espanha são dois clubes de futebol.

22

Minha mãe sempre gostou de bons perfumes, e meu pai também; eles me transmitiram esse gosto, que, no fundo, não é mais que um desejo de afastar de nós o futuro avatar da corrupção da carne. O mau cheiro nos espanta não porque seja mau cheiro (porque o mau cheiro não existe), e sim porque é o que exalaremos quando nossa carne cair nas garras da decomposição. Há poucos dias estive em Barbastro, cidade em que meus pais viveram e morreram. Pensei nas conexões de atos e fatos, palavras e fatos, que provocaram meu divórcio. O dado objetivo de que minha mãe não chegou a saber de meu divórcio não é fortuito. É como se eu houvesse sentido a mão de uma Grande Fera anterior à História manipulando meus dias. Um diplodoco. Um tiranossauro. Um velociraptor. Um espinossauro. Um galimimo. Goteiras de um teto humano que estava ali desde sempre. Feitos de um apóstolo apócrifo, a impossibilidade de que os fatos sejam purificados que lança a impossibilidade de viver em paz.

Meu divórcio me levou a lugares da alma humana que jamais pensei que existiam. Conduziu-me a uma reescritura da História, a novas interpretações da descoberta da América, ou novas considerações sobre a revolução industrial; abrasou o tempo passado ou o elevou até transformá-lo em um patíbulo no qual cada dia uma lembrança era decapitada.

Dei-me conta de que valia a pena viver mesmo que só para estar em silêncio. Custava-me falar com gente que não havia conhecido meus pais, ou seja, com a maioria das pessoas que encontrava; as pessoas que não haviam conhecido meus pais ensombravam meu ânimo.

Vi alegria no terror.

Quando a vida nos deixa ver o casamento do terror com a alegria, estamos prontos para a plenitude.

O terror é ver a fuselagem do mundo.

23

Quantas vezes chegava à minha casa, quando tinha dezessete anos, e não notava a presença de meu pai? Não sabia se meu pai estava ou não em casa. Tinha muitas coisas a fazer, era o que eu pensava, coisas que não incluíam a contemplação silenciosa de meu pai. E agora me arrependo de não ter contemplado mais a vida de meu pai. Olhar sua vida, simplesmente isso.

Ver a vida de meu pai: era isso que eu deveria ter feito todos os dias, por muito tempo.

24

Depois de meu divórcio, comprei um apartamento pequeno. Eu o chamo de apartamento, mas a ideia de apartamento não tem sentido na Espanha. Aqui só existem "pisos". Só existe a palavra "piso" nesse sentido. E há pisos grandes ou pequenos, e isso é tudo. A ideia de apartamento contém uma sofisticação que não está na cultura imobiliária espanhola. Meu pai nunca viu esse apartamento que comprei. Morreu nove anos antes, isso é muito tempo, tempo demais. Não viu a casa de minha solidão. Ou seja, não viu meu grande presente. Ou seja, não sabe no que me transformei. Ou seja, seu filho está morto – o tipo de filho que ele conheceu – e em seu lugar há um homem que ninguém sabe de onde saiu, um desconhecido. O que ele teria pensado do apartamento? Provavelmente não teria percebido. Porque nos últimos anos de sua vida já não percebia nada. Deambulava pela vida, à espera de ninguém sabe o quê. Queixava-se muito pouco, mas não de sua doença, e sim de pequenas adversidades cotidianas. Parecia não recordar coisas. Como sempre, não falava nem de seu pai nem de sua mãe. Não falava de sua vida. Meu pai parecia ter nascido por geração espontânea. Minha mãe fazia o mesmo. Minha mãe não tinha passado nem presente nem futuro. Era como se houvessem feito um pacto. Quando o selaram? Acaso o verbalizaram?

Minha mãe não falava do passado. Não sabia que existia o passado. Minha mãe não entendia o tempo. Não tinha categorias históricas em sua mente. Isso foi uma rara criação estética de minha mãe; como se nela houvesse pousado uma espécie de senso de vergonha histórica. Acaso tinha vergonha de seus pais? Minha mãe nunca refletiu sobre sua vida; agia por instinto, por um instinto que escondia frustração. Às vezes, referindo-se à sua mãe, dizia "mama", e fazia a palavra paroxítona, não oxítona. Essa maneira de pronunciar "mama" era característica de uma dicção arraigada nos povoados do Somontano de Barbastro. Na juventude, minha mãe teve um senso alegre da vida ao qual quis saudar. Lembro-me de que, quando eu era muito pequeno, eles saíam praticamente todos os fins de semana. Imagino que iam jantar com amigos. Estou falando de meados e fim dos anos 1960. Deixavam-me aos cuidados de minha tia Reme. Às vezes, quando me concentro, consigo imaginar os restaurantes que frequentavam. Imagino toalhas de mesa brancas, pudim de sobremesa, champanhe servido em taças largas, as chamadas taças abertas, que não se usam mais. Agora se usam as taças de champanhe conhecidas como "flauta".

Por que não se usam mais as taças abertas para servir champanhe? Por que agora se usam as taças tipo flauta? Suponho que tem a ver com a ideia de "elegante", que é mutável e caprichosa. A taça larga de champanhe também é conhecida como taça "Pompadour". E há uma taça intermediária, entre a Pompadour e a flauta, que é a chamada tulipa. Meus pais bebiam champanhe na taça Pompadour nos anos 1960 do cada vez mais distante século XX, a desaparecida taça Pompadour, que simbolizava a festa e a alegria.

Sempre vou me arrepender de tê-los cremado.

25

Desde que parei de beber álcool reencontrei um homem que não conhecia. Às vezes arranho minhas mãos, belisco meus dedos com as unhas para aguentar o tédio e o vazio. As coisas ocorrem lentamente quando não bebemos. Beber era a velocidade, e a velocidade é inimiga do vazio. Um divórcio desperta a culpa, porque a culpa é um exercício de relevo, é relevo sobre a terra lisa. A vida de um ser humano é a construção de relevos que a morte e o tempo acabarão alisando. Um desses relevos reside na descoberta de que não existem dois seres humanos iguais. Aí nasce o desejo de promiscuidade. Todas as mulheres são diferentes. E isso atenta contra o amor platônico. À idade que tenho não direi que o sexo não é importante, mas é como se dentro do sexo de repente descobríssemos uma dimensão que não é de caráter corporal, não é de caráter estritamente libidinoso. É Eros, sim, uma ordenação do espírito, que se baseia na cobiça dos detalhes daquilo que amamos. É uma inclinação que nos leva à beleza. Vamos da luxúria à beleza por um caminho cheio de árvores frondosas, e essas árvores são nossos anos, os anos completados.

Portanto, em minha vida, como em tantas outras vidas, o platonismo e a promiscuidade combateram. E isso sempre faz mal. Mas, no fim, um divórcio no capitalismo acaba reduzido a uma luta pela divisão do dinheiro. Porque o dinheiro é mais poderoso que a vida e que a morte e que o amor.

O dinheiro é a linguagem de Deus.

O dinheiro é a poesia da História.

O dinheiro é o senso de humor dos deuses.

A verdade é o mais interessante da literatura. Dizer tudo que nos aconteceu enquanto estivemos vivos. Não contar a vida, e sim a verdade. A verdade é um ponto de vista que logo brilha por si só. A maioria das pessoas vive e morre sem ter presenciado a verdade. O cômico da condição humana é que não precisa da verdade. A verdade é um enfeite, um enfeite moral.

Podemos viver sem a verdade, pois a verdade é uma das formas mais prestigiosas da vaidade.

26

Às vezes confundo meu divórcio com a viuvez. Acho que a viuvez seria pior. Ao nos divorciar, nosso passado se transforma em algo difícil de reconstruir ou de recordar ou de precisar ou de possuir; para reconstruir esse passado temos que recorrer aos documentos: fotos, cartas, testemunhos, papéis. É como o fim de um período histórico. Para guardar na memória, só podemos chamar os historiadores. E os historiadores são preguiçosos, estão dormindo, não querem trabalhar. Querem tomar sol.

Talvez a culpa seja uma forma de permanência. Talvez os grandes culpados acabem divisando em suas culpas uma forma de perduração.

Algumas vezes pensei que tomara Deus ou o acaso faça possível para que minha morte ocorra antes da de minha ex-mulher. Nas separações, o tempo convivido é definitivo. Uma separação com dois anos de convivência, por exemplo, pode ser inofensiva. Uma separação com trinta anos de convivência é toda uma época histórica. É como o Renascimento, ou o Iluminismo, ou o Romantismo. O escritor Alejandro Gándara me disse há pouco que é preciso que se passem cinco anos para a cauterização de um divórcio. Acho que ele tinha razão: cinco anos.

O que me doía especialmente era o desmoronamento da ternura. Vêm à minha cabeça frases que ela dizia, cheias de bondade. Então, soube que a morte de uma relação é, na realidade, a morte de uma linguagem secreta. Uma relação que morre dá origem a uma língua morta. Disse o escritor Jordi Carrión em um post do Facebook: "Cada casal, quando se apaixona e se frequenta e convive e se ama, cria um idioma que só pertence a eles dois. Esse idioma privado, cheio de neologismos, inflexões, campos semânticos e subentendidos tem apenas dois falantes. Começa a morrer quando se separam. Morre totalmente quando os dois encontram novos companheiros, inventam novas linguagens, superam o luto que sobrevive a toda morte. São milhões as línguas mortas".

    Meus pais também tiveram uma linguagem. Quase não me lembro de meu pai dizendo o nome de minha mãe. Como pronunciava o nome dela, como foi mudando a maneira de dizê-lo. Mas me lembro de algo maravilhoso: meu pai inventou um jeito de assobiar. Esse assobio era um som secreto, que só meu pai e minha mãe conheciam. Uma senha. Sei reproduzir esse som, não lembro quando nem como aprendi nem de onde meu pai o tirou. Com esse assobio eles se comunicavam quando se procuravam em uma rua, ou em uma loja, ou em uma multidão; e especialmente quando, no início de setembro, chegavam as grandes festas de Barbastro e as pessoas lotavam as ruas, quando saíam os gigantes e os cabeçudos e as carroças e os figurantes da música. Eu tinha verdadeiro pânico dos gigantes. Quando meu pai perdia de vista minha mãe, dava esse assobio, e ela sabia que ele estava perto. Eram jovens na época. E eram guiados por esse som.

    Jamais tornei a ouvir essa maneira de assobiar, nem nada parecido.

27

Lembro que, quando tinha seis ou sete anos, sofria de terrores noturnos e não conseguia dormir e começava a chorar. Então, minha mãe ia à minha cama e dormia comigo, ou ela ficava em minha cama e eu dormia com meu pai. O inexplicável é que eu rezava antes de dormir. Uma mistura de superstição, terrores infantis e influência da educação religiosa. Mas agora sei também que aquelas orações espantavam os espíritos dos mortos que cobiçavam o coração inocente de uma pobre criança. Também sei que sempre fui uma criança, sempre tive o egoísmo das crianças. Os meninos obrigados a ser homens serão sempre não culpados. Quando ia para a cama, e sabia que meu pai estava ao lado, eu me sentia protegido e todo o meu organismo relaxava e eu alcançava a paz, a tranquilidade, a felicidade, e dormia.

Eu tinha sete ou oito anos e adormecia ao lado de meu pai. Ou seja, ao lado de um morto. Agora tenho mais de cinquenta anos e cada vez que vou para a cama esse morto continua ali.

Não vai embora.

O passado de qualquer homem ou mulher de mais de cinquenta anos se transforma em um enigma. É impossível resolvê-lo. Só resta apaixonar--se pelo enigma.

28

Meu pai morto dorme comigo e me diz: "Venha, venha". Os mortos estão sozinhos, querem que vamos com eles. Mas aonde? O lugar onde estão não existe. Os mortos não sabem onde estão. Não sabem dizer o nome do lugar em que estão. Mas o cadáver de meu pai é tudo que conservo ou tudo que possuo neste mundo. Está a meu lado. Seu cadáver dirige as grandes devastações de minha vida; seu cadáver governa em meu cadáver; na escuridão de meu cadáver a escuridão do dele alenta fortemente; seu cadáver administra a luz de meu cadáver; seu cadáver é um professor que ensina a meu cadáver a desconcertante alegria de continuar existindo no cadáver, região olímpica, região da liga dos campeões, a Champions League, região de emoções já sem tempo e sem história, emoções mortas que, contudo, perseveram sem função.

Estou fazendo qualquer coisa e, de repente, meu pai aparece por meio de um cheiro, uma imagem, por meio de qualquer objeto. Então meu coração se aperta e me sinto culpado.

Ele vem me dar a mão, como se eu fosse uma criança perdida.

29

Talvez meus pais fossem anjos, ou sua morte perante meus olhos os transformou em anjos. Porque após sua morte tudo que os vi fazer enquanto estavam vivos ganhou um alcance taumatúrgico. Esse alcance só se deu com o falecimento de minha mãe, que fechou o círculo.

O cristianismo se fundamenta em uma conversa interminável entre um pai e seu filho. A única forma de verdade resistente que encontramos é esta: a relação entre um pai e um filho; porque o pai convoca sua descendência, e isso é a vida que segue.

O rito das monarquias é o mesmo: um pai e um filho. O rito das sociedades do século XXI é o mesmo: pais e filhos. Não há nada mais. Tudo se desvanece menos esse mistério, que é o mistério da vontade de ser, da vontade de que haja outro diferente de mim: nesse mistério se fundamentam a paternidade e a maternidade.

30

É possível que meus pais não fossem reais. Cada vez resta menos gente que possa atestar que foram reais. Seus cadáveres não existem, porque foram devorados pelo fogo dos modernos crematórios espanhóis; portanto, não existindo o cadáver, torna-se difícil a ideia da ressurreição dos mortos ou o florescimento de asas angelicais nas costas do esqueleto; a cremação é irremível, bloqueia a possibilidade de uma exumação do cadáver.

No entanto, ainda restam pessoas que os viram e pessoas com disposição de testemunhar. Há alguns meses, uma mulher de uns setenta anos me disse: "Seus pais foram o casal bonito mais famoso de Barbastro, eram uma lenda". Sim, eu intuía isso. Foram célebres nos anos 1960. É verdade, os dois eram bonitos. Meu pai foi um homem alto e bonito. E minha mãe, uma loura maravilhosa no tempo da juventude. Quando era criança eu sabia disso. Por isso queria que me levassem a passear. Queria que as pessoas vissem que eu era filho deles. Quando meus tios me levavam a passear eu sofria, porque não os sentia tão bonitos. Acho que foi a primeira vez que se aninhou em mim a vaidade social, a vaidade de exibir uma posse cobiçada. Queria que os outros me invejassem, que me respeitassem, que me elogiassem, porque meus pais eram especiais. Acho que resgatei um sentimento que estava em minha memória profunda, porque esse desejo vaidoso de que as pessoas me vissem de mãos dadas com meus pais desapareceu há muito tempo. Ao encontrar essa lembrança senti espanto e terror. É como se de repente um geólogo assistisse ao espetáculo da formação da Terra há milhões de anos e comprovasse que o nascimento do planeta não tem nenhum significado. Não a banalidade do mal, como disse Hannah Arendt, e sim a banalidade da matéria e da memória.

Eram bonitos. Os dois eram bonitos. Por isso estou escrevendo este livro, porque os estou vendo.

Eu os vi então, quando eram bonitos, e os vejo agora que estão mortos. O fato de meus pais serem tão bonitos foi a melhor coisa que me aconteceu na vida.

31

Todo ser humano que começa a viver está alegre. É a alegria que procede da juventude, que é o tempo da suprema ignorância da extinção. Vejo esse homem que está no centro dessa fotografia, ensimesmado em suas mãos, elegante, parado o tempo, congelada a existência, retumbando um momento de delícia visual:

Parece que está com um cigarro na mão e que está absorto, longe das conversas que o cercam. Há homens e mulheres rondando. Todos os que estão nessa fotografia já se foram, e foram – um por um – protagonistas de uma agonia hospitalar ou de uma morte súbita e de um enterro, todos foram chorados, uns mais, outros menos. Mas todos eles conheceram meu pai antes de que se fosse; puderam falar com ele com tranquilidade, puderam conhecer um mistério que a mim me será sempre furtado; eles sabem o mistério, todos os que estão enterrados nessa fotografia. Eles o viram, conviveram com ele. Eu só pude conhecer meu pai quando já era meu pai. Se o houvesse conhecido antes de sê-lo, teria conhecido a falta de necessidade de mim mesmo; teria conhecido um mundo sem mim. Podemos curtir mais o mundo se não estamos nele. É desse gozo que se alimentam os anjos?

Morremos melhor se ninguém sabe que estamos vivos; não jogamos nas costas de ninguém o peso de nossa morte com papéis, pranto e funeral, com culpas e demônios. Quem melhor morre são aqueles que não sabiam que estavam vivos. A vida ou é social ou é só natureza, e na natureza a morte não existe.

A morte é uma frivolidade da cultura e da civilização.

Todos os que foram capturados nessa fotografia não sabiam com clareza que iam morrer. Nenhum vivo sabe disso antes de morrer. Só os vivos que veem os mortos sabem disso.

Não sei em que ano foi tirada essa fotografia, fim dos anos 1950, calculo; chegou a minhas mãos por acaso; pertence a uma coleção particular, não estava em minha casa; meu irmão a deu a mim depois de ganhá-la do dono dessa coleção particular. Não pulsa nela a vontade do pai de conservar essa foto, nem sequer se lembrava dela; é uma foto do pai antes de ser pai; é a foto de um homem que não tem filhos nem esposa nem raízes; é a foto de um homem que não tem nada a ver comigo; não a deixou para que eu a visse, nunca disse "guardarei esta foto para os anos vindouros, talvez para meus filhos, se os tiver, coisa que não creio"; é um homem solteiro; está livre de qualquer parentesco. Por isso não sei quem é esse homem, nem ninguém jamais saberá. Por fim, essa foto evade o parentesco e ambos somos livres. Todo pai e todo filho sempre buscarão o fim do parentesco, o colapso desse encadeamento; é a busca da liberdade, e acaba sendo a morte que dissolve todos os parentescos, todos os pesados laços de sangue, mesmo que haja muito amor nesses laços. A foto do pai antes do pai remete a um momento pleno em que eu não estou, e me dá uma grande alegria não estar. Porque esse homem da foto, ensimesmado em suas mãos, com seu terno transpassado, com seu lenço na lapela, ainda não está me buscando, sua vida transcorre sem a minha.

Parece um solitário nessa foto; contudo, preside a cena. E o que está fazendo? Ele só o soube nesse instante; o que estava fazendo ele só soube nesse instante; e o que desejava então? O que era aquilo que podia lhe dar a felicidade absoluta nesse instante?

O pai antes de ser pai é uma força que está no mundo avisando da chegada de um filho, avisando de nossa chegada, mas ainda não chegamos, e é aí que está a maravilha: ainda não chegamos e, então, nessa foto, cabe a possibilidade de que nunca cheguemos. E é uma possibilidade de uma grande formosura, de uma grande beleza.

Podemos imaginar um mundo no qual nosso pai esteja, mas nós não, e nem sejamos esperados?

O maior mistério de um homem é a vida daquele outro homem que o trouxe ao mundo.

Quando eu não era necessário essa fotografia foi tirada. Por isso adoro essa fotografia, porque contém meu mistério: eu não sou, e meu pai ali é um homem que não quer se casar nem ter filhos. Não pensa nisso. Ouve brincadeiras a respeito, as típicas brincadeiras, "Quero ver quem consegue caçar você" ou "E você, quando vai se casar?", mas não lhes dá importância. Reina no bar. É o bar da vida, está no centro.

Eu não sou ali, e descanso. Busco voltar à paz de não ser.

32

Anos depois da foto do bar, ele encontrou uma esposa e eu nasci. Meu pai devia conhecer a razão de minha existência, pois sou seu filho (continuo sendo seu filho mesmo que ele não continue sendo um ser vivo), e a levou consigo ao reino dos mortos. Nós dois amávamos as montanhas: aqueles povoados perdidos do Pirineu oscense de uma Espanha atrasada e inóspita, onde a perdição desses povoados serenava nossa própria perdição. A neve, as rochas altas, as árvores insaciáveis, o enigmático sol, os rios dos vales, as montanhas sempre no mesmo lugar, um silêncio imperturbável, a indiferença da natureza, amávamos isso. Amávamos a imobilidade das montanhas. Seu "estar ali". As montanhas não são, estão. Nossa vida também foi estar. A existência de meu pai foi uma reivindicação do "estar" acima do "ser".

Estivemos juntos; e daí procede tudo: de que estivemos juntos. Estive com meu pai quarenta e três anos de minha vida. Ele não está comigo há uma década, e esse é o maior problema moral de minha vida: a década que ainda estou vivo sem a contemplação de meu pai.

Cristo pedia constantemente a contemplação de seu pai. O fato de o romance de Jesus Cristo ter sido um best-seller não anula meu próprio romance. Tudo que ele fazia em vida era olhado por seu pai. Se seu pai não contemplava sua vida, a vida de Cristo era falsa. Seu pai dá significação e sentido a todos os polígonos industriais, autoestradas, aeroportos, shoppings, estacionamentos subterrâneos, circunvalações, avenidas, urbanizações e quartos de hotel que povoam o mundo falso em que vivemos.

Talvez o único espaço humano seja uma igreja românica ou o apartamento da família: ambos são a mesma coisa.

Tudo se concentrou em um nome, que é um topônimo: *Ordesa*, porque meu pai tinha verdadeira devoção ao vale pirenaico de Ordesa e porque em Ordesa há uma célebre e linda montanha que se chama Monte Perdido.

Mais que morrer, o que meu pai fez foi se perder, sumir. Transformou-se em um Monte Perdido.

O que ele fez foi desaparecer. Um ato de desaparecimento. Lembro muito bem: ele queria sumir. Uma fuga.

Fugiu da realidade.

Encontrou uma porta e foi embora.

33

A mesa onde escrevo está cheia de pó, e, por ser de vidro, o pó consegue seu reflexo, sua imagem sob a luz. É como se as coisas se casassem com o pó nesta casa. Há pó nas bordas douradas da torradeira; ali o pó também se faz visível. Há lugares onde o pó não pode impedir sua visibilidade; é nesses lugares que podemos acabar com ele: destruí-lo, apagá-lo da face de minha casa. Não me sinto capaz nem instruído para limpar todo esse pó, e isso me desespera e me conduz a pensamentos neuróticos sobre a miséria. Há pó até no aquecedor de toalhas no banheiro, e fundem-se calor e pó, como em um casamento de conveniência, como aqueles casamentos dos reis do século XVI que fundaram a civilização ocidental.

Nunca me acostumarei a ser pobre. Estou chamando de pobreza o desamparo. Confundi pobreza com desamparo: têm o mesmo rosto. Mas a pobreza é um estado moral, um sentido das coisas, uma espécie de honestidade desnecessária. Uma renúncia a participar do saque do mundo, isso para mim é a pobreza. Talvez não por bondade ou por ética ou por qualquer ideal elevado, mas, sim, por incompetência para saquear.

Nem meu pai nem eu saqueamos o mundo. Fomos, nesse sentido, frades de alguma ordem mendicante desconhecida.

34

Já não bebo há muito tempo.

Achei que não conseguiria, mas consegui. Em certas ocasiões tenho muita vontade de tomar uma cerveja, uma taça de vinho branco bem gelado. A bebida estava me matando, recorria a ela de forma compulsiva, buscando o fim. Reagi. Agora continuo sofrendo, mas não bebo.

Bebi demais. Passei por duas internações. Caía no meio da rua e vinha a polícia.

Todo alcoólatra chega ao momento em que deve escolher entre continuar bebendo ou continuar vivendo. Uma espécie de escolha ortográfica: ou ficamos com o B ou com o V. E acontece que acabamos amando muito nossa própria vida, por mais insípida e miserável que seja. Há outros que não, que não saem, que morrem. Há morte no sim ao álcool e no não ao álcool. Quem já bebeu muito sabe que o álcool é uma ferramenta que arrebenta o cadeado do mundo. Acabamos vendo tudo melhor, se depois soubermos sair dali, claro.

Beber era mais importante que viver, era o paraíso. Beber melhorava o mundo, e isso sempre será assim.

Recordo o dia em que, depois de meu divórcio, uma entidade bancária me concedeu a hipoteca de meu apartamento. Lembro que me perguntaram se eu gozava de boa saúde e que eu disse sim. Quando saí do banco, com a hipoteca concedida, fui a um bar que havia ao lado da agência. Era uma e meia ou duas da tarde. Fiquei bebendo nesse bar sem parar. Bebia vinho. Fiquei eufórico. Saí do bar e passei justo atrás da agência, e ali, em uma praça, desmaiei. Inconsciente ao lado de minha hipoteca concedida. A polícia foi me recolher, porque sempre alguém a chama. Acordei no hospital. A primeira coisa que pensei ao recuperar a consciência, ali, em uma maca do pronto-socorro, foi se me tirariam a hipoteca, se o pessoal do banco teria me visto desmaiar, completamente bêbado. Aquilo era o cúmulo. Tinha sua marca humorística, meu estranho carimbo, minha comédia permanente, a herança de minha mãe; porque minha mãe fazia coisas assim. Minha mãe morta assiste a meu teatro mortal, a minha comédia. Não sei se meus dois filhos me amam tanto quanto eu amei meus pais. Que fique registrada essa dúvida passageira, absurda, que sinto neste instante enquanto passeio ao acaso por Zaragoza. Minha mãe adorava esta cidade porque na época eu morava perto de um shopping. E minha mãe, como eu, era apaixonada pelas lojas. Adorava as perfumarias. Tivemos mais de uma calorosa discussão. Ela ia a uma perfumaria desse shopping e comprava cremes de trezentos euros, que depois meu irmão e eu tínhamos que pagar. Minha mãe não podia entender. Para que havia criado seus filhos se não podia comprar esses cremes? E, no fundo, tinha razão. Não havíamos conseguido sair da classe média-baixa; no máximo, talvez, havíamos viajado da classe baixa à classe média.

Às vezes penso que seria preferível ser completamente pobre. Porque quem é de classe baixa ainda tem esperança. Ser um mendigo é ter dado com a porta na cara da esperança. E isso tem sua paixão.

Acordei ainda bêbado no pronto-socorro da clínica Quirón, que era aonde a polícia havia me levado. Estava desesperado, e ainda por cima com uma lacuna mental. Não sabia o que havia acontecido; a única coisa que me preocupava era se o gerente do banco, que havia acabado de me conceder uma hipoteca de trinta anos, havia me visto cair de bêbado no meio da rua duas horas depois de ter assinado o contrato. Calculei que não. Acho que assinei a hipoteca um pouco antes das duas da tarde, e desmaiei lá pelas quatro ou quatro e pouco, mas os bancos trabalham muito, e podia ser que nesse dia houvessem saído tarde. Congestionei meu cérebro com conjecturas sobre a hora de saída do trabalho dos bancários. A chefe do pronto-socorro era uma médica que me tratou com desprezo. Eu não era um doente, e sim um bêbado nojento. Ela queria que eu fosse embora dali logo, mas eu não conseguia parar em pé. Ainda estava vomitando. Olhei meu vômito e era vinho puro. A enfermeira me disse que eu havia vomitado um litro de vinho. Pensei em bebê-lo de novo, pois era vinho ressuscitado ou vivo ou real, um bom vinho reutilizável, como se houvesse saído de uma garrafa e não de um estômago. A chefe do pronto-socorro ficou furiosa comigo porque eu não ia embora. Dizia que eu estava causando alvoroço e incomodando os outros pacientes – havia um monte de velhos a meu lado. Eu disse àquela mulher que a Organização Mundial da Saúde qualificava o alcoolismo como doença, e que, portanto, ela devia me dispensar o tratamento que se dá a um doente, e não o de um pervertido, de um "viciado filho da puta". Ela disse para eu ir embora, que não tinha nada, que não estava doente.

Tentei me levantar, mas veio outro vômito e, dessa vez, vomitei não na bacia, e sim em cima de uma idosa que estava a meu lado. A médica me insultou. Eu disse que a culpada era ela. Pedi para redigir uma reclamação. Transformei-me no pestilento daquele pronto-socorro. Todo mundo me olhava feio. Imagino que esse é o tratamento que os alcoólatras recebem na Espanha. Pedi desculpas à idosa e, de repente, percebi que estava falando sozinho. Aquela mulher estava morta. "Não se preocupe, ela não escuta", disse a enfermeira. "Vá, agora já pode."

Fui para casa e tomei três Tranxilene 15; estava angustiado, desesperado, assustado, morto por dentro, e adormeci. Acordei às três com um ataque de pânico que não saberia descrever e tomei mais três Tranxilene 15 e dormi de novo.

Em 9 de junho de 2014 parei de beber.

35

Para parar de beber temos que ir para outro lugar. O bem e o mal são uma das ficções mais bem montadas de nossa civilização. Não existe o bem, nem existe o mal. Pensei no anarquismo do coração, onde o bem e o mal se evaporam e a vida regressa sem atributos. Portanto, peguei meu carro e fui para as montanhas. Atravessei a França pelo porto de Somport. Os povoados franceses estão parados no tempo. Quem já passou pelas aldeias de Urdos, Bedous e Lescun e dirigiu por essas estradas sabe que esses lugares estão iguais há cinquenta anos. Encontrei ali, naqueles vales pirenaicos, uma anulação da vida social e vi os rios em pleno degelo, pois era o mês de junho.

Entrei em um bar de Lescun e vi gente bebendo cerveja.

Entrei em meu hotel em Canfranc e vi gente bebendo vinho.

E eu bebi café com leite ou água com gás. Ficava olhando a água com gás, as borbulhas dentro do copo. Quando a pessoa não bebe, os dias são mais longos, os pensamentos pesam mais, os lugares se fortalecem, não esquece nada nos quartos dos hotéis, não arranha o carro, não quebra os retrovisores quando estaciona, não deixa cair o celular no vaso sanitário, não confunde o rosto das pessoas.

Adentrava os bosques. Voltei a tocar a vida. Viajei até Ordesa e fiquei contemplando as montanhas. Vi com clareza os erros de minha vida e perdoei a mim mesmo o quanto pude, mas não tudo. Ainda precisava de tempo.

36

O envelhecimento é nosso futuro. Disfarçamos isso com palavras como "dignidade", "serenidade", "honestidade", "sabedoria", mas qualquer idoso renunciaria a essas palavras em troca de cinco anos a menos, ou até mesmo cinco meses. Minha mãe nunca aceitou o envelhecimento. Não sei que tipo de velho serei, e pouco me importa. O normal é morrer antes da chegada da decrepitude. As pessoas sempre morrem, todos acabamos morrendo. Todos os fracassados da Terra, todos os pobres e todos os analfabetos cobram assim sua vingança sobre os que acumularam sucessos, poder, conhecimento, cultura e sabedoria.

O envelhecimento é igualador.

E é divertido ver esse espetáculo: não tem conteúdo moral e muito menos religioso, é só um espetáculo inesperado, muito estimulante e muito fascinante. O mundo e a natureza eliminam os predadores que criaram ao acaso. Somos envolvidos pelo presente, essa raivosa capacidade do presente de nos fazer acreditar que a vida tem consistência. Temos que valorizar esses esforços do tempo presente, seu grande afã civilizador. É o que temos. Temos mais coisas: amêndoas, adoro amêndoas. E outra coisa ainda mais inquietante: o azeite de oliva. O azeite de oliva faz que eu reverencie a exaltação do presente.

Só a matéria.

Quero dizer que cada vez que o espectro de minha mãe vem à minha memória, lembro-me do azeite de oliva.

Talvez tenha sido a matéria orgânica que mais relação teve com o corpo de minha mãe. Minha mãe estava sempre cozinhando. Se estava sempre cozinhando, em que podia pensar? Em farinha, em pão, em ovos, em verduras, em legumes, em carnes, em arroz, em molhos, em peixes?

Não.

Em azeite de oliva.

Minha mãe sempre viveu cercada de azeite de oliva. Minha mãe me transmitiu um culto secreto, jamais verbalizado, ao azeite de oliva. Acho que o azeite de oliva é um buraco de minhoca, uma queda no tempo, que me leva diretamente a meu primeiro antepassado, que me olha e sabe quem sou. Sabe que preciso de amor. Amor de alguém de minha estirpe.

Não sei por que tive que ser tão desdenhoso com o envelhecimento dos seres humanos.

Quando for um velho decrépito, vou querer que me amem, e, então, alguém recordará estas minhas palavras. Mas uma coisa são palavras em um livro, e outra, as palavras da vida, direi eu.

São duas verdades diferentes, mas as duas são verdades: a do livro e a da vida.

E, juntas, fundam uma mentira.

37

Minha mãe batizou o mundo, e o que não foi nomeado por minha mãe é ameaçador para mim.

Meu pai criou o mundo, e o que não foi sancionado por meu pai me parece inseguro e vazio.

Como não ouvirei a voz deles nunca mais, às vezes me recuso a entender espanhol, como se com a morte deles a língua espanhola houvesse sucumbido e agora fosse só uma língua morta, como o latim.

Não entendo o espanhol de ninguém porque o espanhol de meus pais já não se ouve no mundo.

É uma forma de luto.

38

Tomo um ibuprofeno para dor de cabeça. Naturalmente, penso que minha dor de cabeça é o sintoma de um tumor cerebral que vai abrindo caminho em meu corpo, um tumor assassino que jamais poderei conhecer, um tumor que é como uma rocha ou um meteorito, no qual todo o meu passado e toda a minha vida foram condensados, um tumor que, uma vez examinado, analisado e estudado, poderia revelar cenas e atos específicos de minha vida, um tumor no qual se veria rostos de seres humanos, rostos de minha família, de amigos, de colegas de trabalho, de inimigos, de seres anônimos com quem já cruzei, cidades, coisas vividas sem nenhum sentido, um tumor no qual cabe este livro que estou escrevendo, um tumor que é uma grande obra artística criada com minha própria carnalidade e espiritualidade, que além de acabar me matando me daria a alegre surpresa de que ele é tudo que andei buscando, desejando e escrevendo, um tumor que seria a península ibérica constituída em outro país que não se chamasse Espanha, como se se tratasse da criação de um plano alternativo da História, um tumor que fosse digno de admiração e de amor, e assim estou, à espera de que o tumor se manifeste e gere todo um espaço de narrativas novas sobre minha vida, no qual, evidentemente, está incluído o momento em que bato em uma porta branca, que é a porta do chefe da neurologia de um hospital de Madri, e ao fundo se vê um homem sentado, com as mãos sobre a mesa, e esse homem diz "entre", e no tumor estão inclusas as palavras desse homem, que são palavras que falam justamente dele, do próprio tumor, e são as palavras que dão vida externa a essa massa bacteriana ou viral (é a mesma coisa) que me matará, e nesse tumor cabe a cena em que estou sentado em um canto da cama, pensando nas palavras que o neurologista disse sobre essa protuberância preta na qual está inclusa esta cena, e também cabe nesse tumor a cena em que o tumor continua agarrado dentro de minha cabeça mas já não chega a ele nada com que se alimentar, e é ele agora quem tem que experimentar o terror de seu próprio desaparecimento, pois acabou de abandonar a casa da qual se nutria.

Há beleza na hipocondria, porque todo ser humano, quando já passou da metade da vida, dedica seu tempo (talvez antes de ir dormir, ou quando anda de transporte público, ou quando está sentado no consultório médico) a fabular sobre que tipo de doença o arrancará do mundo. Finge e urde histórias sobre sua própria morte que vão do câncer ao infarto, que vão da morte súbita à velhice interminável.

Ninguém sabe como vai morrer, e nossa apreensão é melancolia; e a tradição da melancolia deveria voltar ao mundo. É uma palavra que ninguém mais usa. E a melancolia agora se chama transtorno obsessivo compulsivo. Minha mãe foi melancólica, a vida inteira passou imersa nas águas rosa do transtorno melancólico.

Minha mãe morreu sem saber que estava morrendo. Não sabe que está morta. Só eu sei.

Ela não sabe.

39

Quando dirijo, parece que está a meu lado. Ouço o clique do cinto de segurança do passageiro. Gosto de dirigir por Madri. Nunca estivemos juntos em Madri. Ele teria adorado estar comigo em Madri, eu sei. Quem dera meu pai voltasse dos mortos e pudesse se sentar a meu lado: passaríamos o dia dirigindo por Madri.

Meu pai gostava da cidade de Madri. Falou dela muitas vezes, por isso amo Madri. Por ele.

Não nos falaríamos se ele voltasse e fosse meu copiloto.

Meu pai, no máximo, diria apenas "cuidado, está vindo um cara pela esquerda", ou "essa rua é contramão", ou "viu esse maluco? Ultrapassou pela direita sem dar seta", ou "você dirige muito bem, o tempo está bom", ou "eu tinha um amigo de Madri, um alfaiate, mas já deve ter morrido, chamava-se Rufino".

Rufino, sim, quem dera eu soubesse onde mora. E pudesse ir a seu apartamento madrilense e pedir asilo político contra a morte ali, contra o desamparo.

40

Estava passando roupa. Passei duas camisas. Meu pai tinha muitos ternos, cujo destino ignoro. Guardava seus ternos em um armário vermelho, cujo destino deve ter sido o aterro sanitário. Por que aquele armário era vermelho? Com certeza foi ideia de minha mãe, um delírio decorativo. Bem... o dia em que ela decidiu pintá-lo dessa cor deve ter sido um dia feliz.

Não sei onde vão parar os móveis velhos. Também não sei que fim levaram os ternos de meu pai. Meu pai amava seus ternos. Eram a obra de sua vida. Eu às vezes abria o armário vermelho e olhava dentro: era uma sucessão de ternos que evocava uma sucessão de homens poderosos: todos em seu cabide: todos perfeitamente passados. Eu daria um ano do que me resta de vida para ver de novo aqueles ternos: eram destilação visual de meu pai; eram a forma de visibilidade social de meu pai; eram a forma em que meu pai vinha ao mundo; eram o resplendor da vida de meu pai; sua juventude, sua maturidade, sua indiferença; seu reinado sobre todas as coisas; sobre todas as espécies; sua distinção no meio da natureza.

Meu pai contemplava seus ternos com parcimônia e com meticulosidade – estou falando dos anos 1960 e 1970. Durante o franquismo, a classe média-baixa chegou à posse de algum terno, ou seja, uma camisa branca com gravata, uma calça de tergal e um paletó.

41

No fim dos anos 1960 meu pai nos levava de férias a uma pensão em um povoado de montanha. Esse povoado era Jaca. Ele conhecia essa pensão devido a seu trabalho, era vendedor viajante. Dizia que se comia muito bem ali. Estava contente por nos levar para lá. Estar ali com sua família, estar com os seus no lugar onde habitualmente estava sozinho. Presentear-nos com sua descoberta.

Era o que fazia: oferecia-nos uma descoberta, uma vitória. Era verdade que se comia bem, faziam uma *tortilla* à francesa deliciosa e misteriosa, com um sabor que jamais tornei a provar em nenhuma outra *tortilla*. Eu tinha sete anos na época, de modo que isso foi em 1970, mais ou menos. A imagem que tenho daqueles anos implica uma distorção incorpórea: vejo coisas que brilham, vejo pó amarelo, móveis grandes e antigos em estado líquido, corpos irreais, odores salutares, mas odores falecidos. Antigamente, os cheiros eram melhores, acho; não melhores, talvez mais naturais. O restaurante da pensão tinha um toque oitocentista, pelo menos é como o recordo. As toalhas das mesas eram de tecido bom, muito brancas. As escadas que levavam aos quartos eram de madeira. As portas dos quartos eram altas. As camas me davam medo. No jantar, ofereciam de sobremesa um pudim caseiro que era uma delícia. Deixavam-me entrar na cozinha. Nunca havia entrado na cozinha de um restaurante e fiquei deslumbrado por ser tão grande e ter tantas frigideiras e tantas panelas e tanta gente trabalhando. Passeávamos por Jaca, que me parecia uma cidade linda, mas não tinha praia. Eu não conseguia entender por que não tinha praia se estávamos de férias. Minha mãe me levava à piscina municipal. Lá me ensinaram a nadar, e ali engoli muita água. Naqueles anos deu-se o boom das piscinas municipais. Todos os povoados com mais de dez mil habitantes se emanciparam dos rios.

A Espanha se transformou em prefeituras que construíam piscinas municipais. E nos esquecemos dos rios, que acabaram seus dias servindo de lixão.

Faz muitos anos que fecharam essa pensão. Não sei o que fizeram com aquelas toalhas de mesa tão brancas, nem com as frigideiras, nem com as camas, nem com os móveis, nem com os talheres, nem com os lençóis.

As coisas também morrem.

A morte dos objetos é importante. Porque é o desaparecimento da matéria, a humilde matéria que nos acompanhou e esteve a nosso lado enquanto a vida estava se cumprindo.

42

Quebro coisas ao tentar abri-las. Acho que é o demônio pessoalmente que cria essas embalagens tão difíceis de abrir.

De modo que logo procuro me livrar de todas as coisas enfiando-as no cesto de lixo. Assim não as vejo. Minha luta se baseia em tirar coisas de minha vista. E o cesto de lixo é o melhor lugar; o cesto de lixo é meu aliado; por isso gosto de que seja grande; também sou apaixonado por cestos de lixo; são lugares para tirar do caminho tudo que nos impede de olhar o ar e o espaço sem interferências.

Gosto de encher o cesto de lixo até a boca.

Gosto de me desfazer de coisas, de potes, de latas, de plásticos, tudo ali dentro.

Sempre olho as ofertas de cestos de lixo nos supermercados. Gosto de fazer o nó do saco de lixo, de apertar o nó, para que não escapem os restos, os despojos.

43

Os ferros de passar são enigmáticos. Estou olhando outra vez o ferro. Meu pai passava, porque queria que seus ternos ficassem de uma determinada maneira. Não é comum que as pessoas saibam quanto custa um ferro, especialmente os homens. Aprendi tarde a passar. Agora que já sei um pouco, gosto de acabar com os amassados das camisas e das calças. Não passo roupa de baixo porque ninguém vê. Não cuidamos das coisas que vivem na escuridão. Não passo minhas cuecas. Nem todo mundo passa suas roupas. Agora fico perguntando às pessoas se passam. As pessoas não sabem por que essa pergunta. É muito difícil passar, especialmente camisas. Calça jeans, porém, é bem fácil de passar.

E passar relaxa.

Modelamos a roupa, vemos ali a roupa inerte recebendo o calor e atingindo uma forma, uma visibilidade e uma ordem; do caos dos ferozes amassados com que a roupa sai da máquina vamos passando a planícies, a terrenos lisos, a uma verdade; e pensamos que nosso corpo entrará ali e ficará bem ali, e haverá um sentido, e haverá também amor.

Jamais vi meu pai com uma camisa amassada. Jamais. Jamais na vida ele vestiu uma calça jeans. Tudo bem passado, sempre.

44

Tento chegar depressa. Dirijo de Madri a Zaragoza. Já conheço a estrada. É questão de atravessar um pedaço da Espanha, com uma paisagem avermelhada, desértica. Há grandes pontes, obras de engenharia anônimas. Quem fez tudo isso? Essa estrada, essas pontes. Levo três horas para ir de Madri a Zaragoza. Vou direto comprar comida no Hipercor, vou dar comida a meus filhos. Escolho comida de qualidade, mas estou nervoso, um nervosismo largo e anônimo como essas pontes que atravessei com meu carro.

Entro na fila dos frios, compro coisas caras. Uma idosa compra trezentos gramas de presunto cru, e fico olhando seu rosto inexpressivo.

A funcionária vai cortando o presunto e fico olhando a unha preta do pernil.

45

Já são dois desconhecidos.

Cozinhei para eles. Tentei abraçá-los, mas tudo acaba em um rito incômodo. Não sei onde enfiar a cara, os braços. Cresceram, só isso. Abraços não são necessários, meu pai e eu nunca nos abraçamos. Mas insisto, insisto em criar o costume de nos abraçar e beijar. E conseguirei. Já estou conseguindo. Quando meu primogênito nasceu, precisou operar de estenose pilórica. Tinha quinze dias de mundo. Vomitava tudo que ingeria. Estava ficando pele e osso. Passei a noite inteira sofrendo. A mãe dele, minha ex--mulher, chorava, e esse pranto me provocava uma ternura dolorosa, porque eu entendia seu pranto. Ela dizia "coitadinho", e me parecia que não era ela que me dizia essa palavra, e sim um vendaval de antepassados que falavam por sua boca. Pensei em Pergolesi, no *Stabat Mater*. Essa palavra, "coitadinho", surgia da noite dos tempos, da noite da maternidade. Não sei o que me machucava mais: a ternura de uma mãe ou o perigo que meu filho corria, ou ambas as coisas se somavam, acrescentavam-se uma à outra, criando um rio profundo de amor e de ternura e de medo. Mas meu pai não me ligou no dia seguinte. Não é uma recriminação, sei muito bem que ele o amava. Não é uma recriminação, é um mistério.

Não acerto com os abraços, é como se meu corpo e o deles não conseguissem se encontrar no espaço.

Talvez meu pai soubesse disso. Conhecesse a impossibilidade dos abraços. Por isso não ligou para perguntar se seu neto ainda estava vivo. Foi tudo bem, a operação correu bem, e dois dias depois recebeu alta.

46

Faço a carne na chapa, gastei uma fortuna nesse filé-mignon; o dinheiro que custa me assusta e me assusta que eles não gostem. A casa está suja e desarrumada. A impressora não funciona.
Vivaldi, o pequeno, está muito magro, mas gosto de sua magreza. Brahms, o mais velho, já fala de política e pouco admite discrepância. Como se eu fosse gastar energia em discutir política com ele, se só o que quero é cuidar dele e que seja feliz. Decidi usar esses nomes para me referir a meus filhos. Nomes nobres da história da música. Todos os entes queridos serão batizados com nomes de grandes compositores.

Como eu mandei queimar o corpo de meu pai, não tenho um lugar aonde ir para estar com ele, de modo que criei um: esta tela de computador.

Queimar os mortos é um erro. Não os queimar também é um erro.

A tela do computador é o lugar onde o cadáver está agora. A tela está envelhecendo, logo terei que comprar outro computador. As coisas não resistem mais como antigamente, quando uma geladeira ou uma televisão ou um ferro ou um forno duravam trinta anos, e esse é um segredo da matéria; as pessoas não enterram eletrodomésticos velhos, mas há gente neste mundo que passou mais tempo ao lado de um aparelho de TV ou uma geladeira que ao lado de um ser humano.

Em tudo havia beleza.

47

Vivaldi não me conta quase nada de sua vida. Tento falar da escola. Valdi, abrevio, acabou o primeiro ano do *bachillerato* (entre dezesseis e dezoito anos). Valdi suspeita que a educação pública na Espanha é absurda ou irrelevante.

Torro o pão, comprei um azeite de oliva excelente que me faz recordar minha mãe, cujo sangue e cujo corpo e cuja alma foram azeite de oliva.

O que Valdi está pensando? No fundo, é muito enigmático; muito poucas coisas afloram de sua personalidade à superfície; está tentando fabricar uma identidade, tem dezessete anos e está começando a viver. Bra, Valdi e eu conversamos pouco. Praticamente minha função é preparar almoços. A advogada que cuidou de meu divórcio disse que esses garotos seriam grandes pessoas. Bons rapazes, e é verdade.

São bons rapazes. Não me dão muita bola, assim como eu não dei a meus pais. Bons rapazes, sim; ou melhor, bons músicos. São história da música. Cada um o grande compositor de sua vida. Que compositor eu fui para meu pai? Meu pai não gostava muito de música. Mas minha mãe gostava. Gostava muito de Julio Iglesias. Quando Julio cantava na TV, minha mãe corria para escutá-lo. Suas canções tocavam o coração dela. Alegrei-me com o sucesso internacional de Julio Iglesias porque era o cantor favorito de minha mãe.

Acho que, no fundo, ela estava apaixonada por Julio Iglesias, que para ela era um símbolo de uma vida de sucesso e de luxo que jamais viveria.

Que jamais viveu.

48

Muito tempo passei narcotizado por um salário. Muito tempo: mais de duas décadas. Lembro que acordei às sete e meia da manhã de um 10 de setembro do ano de 2014. Tinha uma reunião às oito e meia com meus chefes. Ia pedir demissão, ia embora. Dava aulas havia vinte e três anos em institutos de ensino secundário, não aguentava mais.

Não sabia quantos anos de vida podiam me restar, mas queria vivê--los sem essa escravidão. Achava que não me restavam muitos anos, e os poucos que restavam queria dedicá-los à contemplação de meus mortos, ao que fosse, inclusive à mendicância.

Ia viver de vento. Viver de vento, gosto dessa expressão, é muito espanhola. Lembro que meus colegas me contemplavam como se eu fosse um perturbado suicida. Adeus, salário. E a vida renasceu, e me dei conta de que nunca havia sido profissionalmente livre. Fiquei eufórico. Senti orgulho de mim mesmo.

Voltei a meu apartamento e fiquei um bom tempo olhando pela janela: a vida voltava, uma vida que não teria cada hora dedicada à sua transmutação em um salário, em um pagamento, em uma ponderação de minha aposentadoria. Minhas horas já não valiam nada. Eram só vida, vida sem direitos trabalhistas.

Passear, olhar as nuvens, ler, ficar sentado, estar comigo mesmo em um grande silêncio, esse foi o lucro.

E no dia seguinte não acordei cedo. Deixei de dar aulas no ensino secundário. Agora penso que aquele não era um emprego aceitável como pensava na época; era só mais um emprego alienante, de uma alienação talvez menos evidente. A alienação trabalhista se camufla, mas continua estando ali, como no século XIX. Escolas, hospitais, universidades, presídios, quartéis, gigantescos edifícios de escritórios, delegacias de polícia, a Câmara dos Deputados, ambulatórios, shoppings, igrejas, paróquias, conventos, bancos, embaixadas, sedes de organizações internacionais, redações de jornais, cinemas, praças de touros, estádios de futebol, todos esses lugares de celebração da vida nacional, o que são? São os lugares onde se cria a realidade, o senso de coletividade, o sentido da História, a celebração do mito de que somos uma civilização. Todos aqueles rapazes e garotas a quem dei aula, que fim levaram? Alguns talvez tenham partido para sempre. E aqueles colegas de trabalho com quem convivi também irão morrendo. Os rostos se apagam em minha memória. Todos vão para as trevas. Recordo vagamente um verso do poeta inglês T. S. Eliot no qual os grandes homens entram nas trevas do vazio. Alguns colegas morreram assim que chegaram à aposentadoria. Isso é um castigo do acaso. O acaso castiga os calculistas, os que calcularam sua aposentadoria. As escolas não guardam recordação daqueles corpos. As escolas espanholas de ensino secundário eram edifícios sem graça, construções deficientes, com corredores imponderáveis, com salas frias nos invernos e tórridas já nas primaveras inclusive. O giz, as lousas, a sala dos professores, as fotocópias, o sinal tocando no fim da aula, o café com os colegas, os petiscos defeituosos, mal preparados, os bares sujos.

 E tudo se decompõe. Não havia fotografias dos professores aposentados nos corredores das escolas. Não havia memória, porque não havia nada a recordar. E aqueles colegas enlouqueceram de mediocridade e vulgaridade e humilhavam e desprezavam seus alunos. Aqueles jovens eram humilhados e ofendidos pelos professores, aqueles medíocres com rancor da vida. Nem todos eram assim. Havia professores que amavam a vida e tentavam transmitir esse amor a seus alunos. É a única coisa que um professor deve fazer: ensinar a seus alunos a amar a vida e a entendê-la, a entender a vida pela inteligência, por uma festiva inteligência; deve lhes ensinar o significado das palavras, mas não a história das palavras vazias, e sim o que significam; para que aprendam a usar as palavras como se fossem balas, balas de um lendário pistoleiro.

 Balas apaixonadas.
 Mas eu não via isso.
 Os professores estão muito mais alienados que seus alunos. Ouvia alunos sendo insultados nos comitês de avaliação, castigados por ser como

eram, reprovados em sádicos exercícios de poder. Ah, o sadismo do ensino... Os alunos são jovens, estão novos. Os professores espanhóis arrancam os cabelos porque seus alunos não sabem isso ou aquilo. Não sei, não sabem quem foi Juan Ramón Jiménez ou como resolver integrais ou qual é a fórmula do dióxido de carbono e coisas assim. Não percebem que o que eles acham importante não é mais que uma convenção, uma construção cultural, um acordo coletivo que a seus alunos simplesmente não interessa. Os jovens não estão alienados sob essas convenções cinzentas. Veem essas convenções como as veria um extraterrestre. Ninguém censuraria um extraterrestre por não conhecer nossos lugares-comuns e nossas superstições sobre a história, a ciência e a arte. Eles são de outro mundo, as crianças de quinze anos já são de outro lugar.

Com eles aprendi um senso de liberdade.

E me lembro de ter contemplado a destruição da adolescência por parte daqueles professores energúmenos. Acabavam com aquelas crianças. Gostavam de reprová-las. Eu não reprovava ninguém. Não podia reprovar ninguém. Talvez, no início, tenha sim reprovado algumas daquelas crianças por não saber analisar frases. No início, claro, quando saímos da faculdade e repetimos como um papagaio as idiotices que nos ensinaram lá, como as orações subordinadas relativas, que eram minhas preferidas: havia nelas uma flexibilidade, havia árvores e flores e céus naquelas subordinadas. Eu ficava olhando com meus alunos as orações subordinadas relativas. Lembro-me desta:

Li o livro que você me emprestou ontem.

Mas quase preferia não as analisar. Ficávamos olhando a frase na lousa. Que livro seria? Quem seria a pessoa destinatária do empréstimo? Valeu a pena ler esse livro? Não teria sido melhor que nos emprestassem qualquer outra coisa em vez de um livro?

Morríamos de rir com o objeto direto em frases como esta:

Juan queimou o carro.

Quem diabos era Juan? Era um carro bom? Por que queimar um carro?

101

O cúmulo era quando passávamos a oração para a voz passiva, porque essa era a maneira de comprovar que "carro" era o maldito objeto direto:

O carro foi queimado por Juan.

Se a frase fizesse sentido, o maldito "carro" era o objeto direto. Ficávamos pensando, meus alunos e eu, de quem seria o carro que Juan havia queimado. Eu pensava em meu carro, que se Juan queimasse meu carro eu o mataria.

O objeto direto representava o proletariado da sintaxe, tinha que arcar com tudo, tinha que arcar com a ação do verbo.

Muitas vezes eu mesmo fui um objeto direto, sempre carregando o verbo, com a tirania do verbo, que é a violência da História.

Praticava uma explicação marxista da sintaxe. Um marxismo cômico, mas pelo menos morríamos de rir. Estou sendo injusto: o único aliado leal da redenção social dos espanhóis desfavorecidos é o professorado. Tive amigos incríveis lá. Vi professores excelentes, mas o sistema educacional agoniza; era isso, na verdade, que eu queria dizer: que o sistema educacional já não funciona porque ficou encalhado no tempo.

Recordo tudo isso neste instante, e é noite, uma noite que se precipita para a madrugada, e há em mim certa euforia e penso em uma garrafa de uísque que tenho na cozinha.

Não posso voltar a beber.

49

Minha mãe levantava cedo no verão para comer frutas. É como se eu a estivesse vendo.
"Agora é a melhor hora", dizia.
Comia peras de San Juan, damascos, cerejas e melancia. Gostava das frutas de verão.

Acordava cedinho para sentir o frescor da manhã naquele apartamento de Barbastro em que fazia calor demais no verão e frio demais no inverno, porque era mal isolado, porque foi malfeito. Onde estarão os pedreiros que o fizeram? Devem estar mortos. Contudo, ainda posso ouvi-los, ouvir suas vozes enquanto trabalham, enquanto levantam paredes, enquanto jogam cimento, enquanto pendem dos andaimes e fumam um cigarro preto.

Passou quarenta verões levantando cedo para curtir o frescor das manhãs. Tinha uma cumplicidade com essas manhãs de verão. Sete e quinze da manhã, essa era a hora. Ela representava a alegria dos verões, daquelas manhãs de quando eu tinha apenas onze ou doze anos e não conhecia as devastações da insônia e podia me levantar com ela às sete da manhã e depois voltar para a cama até as nove.

E volta a voz e me diz: "Faça um pacto comigo: quer continuar vendo sua mãe? Quer vê-la no presente em que você está? Ah, camarada, essas grandes correntes do tempo, tudo isso que vai embora, você se tornou especialista nas coisas que se perdem, passa a vida pensando em sua mãe morta e em seu pai morto, como se não quisesse passar para outro espaço da experiência humana, não quer passar porque justamente entre os mortos vive a verdade, e o faz de uma maneira luminosa, não de uma maneira triste ou lamentável ou patética, e sim com uma declarada alegria, como uma conclusão cheia de júbilo que encerra cânticos, sóis, árvores, e frutas no verão, muitas frutas no verão que neste momento sua mãe morde, veja, ela está ali, é dia 24 de junho de 1971 e está mordendo uma fatia de melancia e são sete e quinze da manhã e você tem certeza de que a morte não existe, de que só existem a imortalidade e a canção do verão, está vivendo o escândalo da transitoriedade de tudo, porque tudo é transitório, e isso você não suporta".

Sim, a canção do verão, desde o final dos anos 1960, grudou em minha pele.

Minha mãe adorava a canção do verão e as batatas fritas de saquinho. Como éramos felizes nessa época!

As batatas fritas da marca Matutano não existem mais; acho que agora têm outro nome. Meu pai sempre pedia essa marca quando estávamos nos bares.

"As batatas têm que ser Matutano", dizia ao garçom com um sorriso tranquilo.

50

Encontro uma foto de meados dos anos 1970.

Éramos crianças na neve, escutando as indicações de um instrutor de esqui, tentando aprender a deslizar pela ladeira, ao lado das montanhas inertes, com o frio no rosto. Com nossos equipamentos de esqui, que eram equipamentos econômicos. Eu estava de capa de chuva.

A capa de chuva era amarela. As pessoas ricas tinham jaquetas; capas de chuva eram roupa de gente mais humilde. Quase morri de raiva por não ter uma jaqueta como os ricos.

Um menino na neve com a capa de chuva amarela.

De toda aquela gente que presenciou o nascimento de uma estação de esqui alpino chamada Cerler no ano de 1972 alguns envelheceram, e muitos outros já estão mortos.

A estação de esqui Cerler foi construída no povoado homônimo, situado nos montes Pirineus da província de Huesca, que é uma província desconhecida na Espanha, ainda mais no mundo. Estávamos embasbacados diante daqueles teleféricos verdes que atravessavam as montanhas acima dos altos pinheiros, acima dos precipícios de pedra escura. E a neve forte, descendo sobre os pilões industriais, a eletricidade, os esquiadores com seus equipamentos modernos, os novíssimos esquis de fibra, as fixações automáticas, os hotéis, o turismo nascente, os automóveis estacionados ao pé das montanhas, os recém-inventados porta-esquis nos tetos dos carros. Os esquis de madeira estavam com os dias contados.

Tudo era uma indústria incipiente.

Tudo estava melhorando no mundo; a ideia de melhorar é um nervo da História, é alegria universal. A melhoria descia sobre o último quarto do século XX como uma trilha rumo à felicidade e plenitude. E era verdade, tudo estava melhorando: melhoravam os automóveis, melhoravam as comunicações, melhorava a justiça social, melhorava o ensino, a medicina, a universidade, estendia-se o aquecimento central a todas as casas, melhoravam as discotecas, os bares, o vinho espanhol, e melhorava a tecnologia dos esquis de montanha.

Não mais haveria fraturas de ossos, anunciavam os instrutores de esqui, mas continuou havendo pernas quebradas. O advento das fixações automáticas não se celebra em nenhuma igreja, contudo, eu me lembro desse feito impressionante, desse avanço.

Sim, e ainda hoje, com as fixações mais tecnologicamente avançadas da Terra, continua havendo fraturas, porque a neve e as montanhas cobram em ossos quebrados. Aqueles nomes lendários da indústria incipiente das fixações de esqui dos anos 1970: Marker, Look, Tyrolia, Salomon. A fixação tem no esqui alpino uma missão transcendental: ela se encarrega de manter o pé do esquiador unido ao esqui. Havia nas fixações uma combustão mística: não nos deixavam cair, mantinham-nos unidos às montanhas, mantinham-nos ao lado das montanhas, em uma dança com as montanhas.

Seguravam-nos: isso é que as fixações faziam. Davam-nos gravidade, enraizamento. Mantinham-nos em pé, impediam que caíssemos no abismo.

Continuei subindo para esquiar em Cerler, mas faz tempo que não vou. Não posso me permitir. Esquiar ficou para os ricos.

Eu me olho no espelho dos banheiros dos cafés da estação de esqui de Cerler, a 1.800 metros de altitude, e vejo meu pai.

"Olá, papai, continuo esquiando, como quando era criança."

"O sol brilha sobre Cerler na Véspera de Natal.

"Subíamos para esquiar em seu Seat 1430.

"Você colocou um porta-esquis nele. Quanto custou?

"Pouco depois, vimos nascer um hotel de luxo ao pé das pistas. Chamava-se e chama-se hotel Monte Alba, mas nunca nos hospedamos ali.

"Depois as coisas começaram a ir mal para você e não subimos mais para esquiar em Cerler.

"Pego a neve na mão e pego suas cinzas. E assim haverá de ser sempre, até que tudo se dissipe e as montanhas languidesçam."

Continuei subindo para esquiar, mas não era mais como na infância. Cada vez subia menos, cada vez era mais caro. Tinha que economizar seis meses para esquiar dois dias. Além do mais, meu corpo já não aguenta tanto esforço físico.

51

Casaram-se em 1º de janeiro de 1960.

Restaram-me muito poucas coisas materiais deles, poucas gravitações da matéria, como as fotos. Fotos, pouquíssimas. Um dos dois cuidou de apagar qualquer marca, qualquer alcance futuro da vida deles, talvez não de maneira premeditada. Nenhum dos dois pensou em meu futuro, em que estou agora recordando-os, em onde estou sozinho.

Encontrei esta foto:

Nunca a havia visto. Minha mãe a escondia. O engraçado é que eu achava conhecer todos os recantos do apartamento de minha mãe, apartamento que foi também minha casa. Julgava conhecer todas as gavetas, mas está claro que não conhecia. De modo que minha mãe escondia fotos que nem meu pai sabia que existiam. O grau de inconsciência de meus pais sobre a própria vida é um enigma para mim. É ainda mais enigmático que seja eu, estando eles mortos, quem esteja tentando saber quem foram. O grau de omissão da própria vida deles me parece arte.

Foram dois Rimbauds, eles, meus pais: não queriam a memória, não pensaram em si mesmos. Foram inadvertidos, mas me engendraram, e me mandaram à escola e aprendi a escrever, e agora escrevo a vida deles; foram descuidados aí, deveriam ter me abandonado no meio do mais revolucionário e radical e inapelável analfabetismo.

O fato de que jamais poderei falar com eles de novo me parece o acontecimento mais espetacular do universo, um fato incompreensível, do mesmo tamanho que o mistério da origem da vida inteligente. O fato de terem partido me mantém em vigília. Tudo é irreal ou inexato ou escorregadio ou vaporoso desde que se foram.

As fotografias dão sempre a precisão da realidade; as fotos são a arte do demônio. Toda a cristandade mataria para ter uma foto de Jesus Cristo. Se tivéssemos uma foto de Jesus Cristo, acreditaríamos de novo na ressurreição dos mortos.

Casaram-se escondidos, não sei por que e nunca saberei. Sei que se casaram em 1º de janeiro de 1960 pelo livro de família, que também estava escondido. Não sei como eram as pessoas em 1960. Poderia ver documentários ou filmes da época. Não vejo nenhuma relação entre minha pessoa atual e essa fotografia de meus pais dançando.

Deve ter sido uma noite excelente.

Não existe nenhuma foto no planeta Terra do casamento de meus pais em 1º de janeiro de 1960. Tiraram alguma foto? Todo mundo guarda uma foto de seu casamento. Meus pais não. Se houve alguma foto, minha mãe a rasgou. Por quê? Por estilo, porque os dois tinham estilo.

Ninguém que esteve nesse casamento continua em pé sobre a terra; todos estão embaixo da terra.

Foram de lua de mel ao povoado francês de Lourdes. Nunca me deram muitos detalhes dessa viagem. Meu pai já tinha seu Seat 600. Imagino muitas vezes essa viagem. Tiveram que atravessar a fronteira; deve ter sido pelo Portalet, se bem que, por ser inverno – inverno de 1960 –, o porto devia estar coberto de neve. Não sei como meu pai fez para cruzar esse porto com um Seat 600. Quando vou com meu carro pelas estradas francesas de montanha que levam a Lourdes sempre lembro.

"Eles estiveram por aqui", digo. Digo a ninguém.

Nunca consigo tocar essas sombras. Esses fantasmas.

Onde teriam se hospedado? Ia perguntar a meu pai e não posso. Parece uma bobagem. A pessoa diz: "Ah, tenho que perguntar a meu pai sobre isto, ele deve saber". Mas acontece que seu pai está morto há nove anos. De modo que nunca saberei onde se hospedaram nessa insólita cidade de Lourdes. É uma cidade de aleijados, de milagres, de virgens e santas, e ao mesmo tempo é uma cidade de vegetação fértil, tudo muito verde e frondoso.

Por que foram passar a lua de mel lá?

Poderiam ter ido a Barcelona. Ou a Madri. Ou a San Sebastián. A Paris, impossível, não tinham dinheiro. Uma escolha estranha, que ninguém mais poderá me explicar. Quem já esteve nessa cidade reconhecerá que é um lugar inesquecível, messiânico, litúrgico, esotérico, louco. Como não perguntei, enquanto pude, por que escolheram como viagem de lua de mel essa cidade onde a Virgem Maria apareceu dezoito vezes para a pastora Bernadette Soubirous? A resposta é óbvia: não perguntei enquanto pude porque pensei um dia desses pergunto, como se eles fossem estar sempre ali. Talvez me desagradasse perguntar por essa viagem, parece algo muito pessoal. Enfim, de qualquer maneira, a única coisa óbvia é que se a pessoa tem que perguntar algo a alguém, que pergunte já.

Que não espere até amanhã, porque o amanhã é dos mortos.

Se tivesse outra oportunidade, também não conseguiria perguntar nada sobre a viagem de lua de mel deles. Não perguntei na época porque sabia que eles não queriam falar disso.

Posso imaginar por que não queriam falar disso. Não gostavam da palavra "casamento"; era essa a questão, na verdade. Algo simplesmente instintivo.

52

O 1º de janeiro se tornou uma data importante em nossa casa, em minha infância, mas meus pais nunca diziam por quê. Meu pai disse: "É dia de nosso santo", e essa foi a única explicação. Em 1º de janeiro celebrávamos o santo Manuel, pois nós dois nos chamávamos assim. Com um efeito de saturação e de pensamento mágico, Valdi, meu segundo filho, nasceu em 1º de janeiro. Há 365 dias no calendário e, pois bem, Valdi foi nascer no mesmo dia em que seus avós se casaram. Foi por acaso? Se o acaso é amor, então foi.

Iam amigos de meus pais em casa todos os primeiros de janeiro, lá por 1965, 1966, 1967, até meados e quase fim de 1970. Depois houve mudanças. Mudaram de amigos. E nos anos 1980 aparecia outro tipo de amigos. Eu intuí que essas mudanças não eram boas. No início dos anos 1990 parou de ir gente, a celebração se reduziu ao âmbito familiar.

Eu era muito feliz nesse dia, não sabia muito bem o que estávamos comemorando. Meu pai sempre estava feliz em 1º de janeiro. Pergunto-me sobre os amigos que foram vê-lo durante trinta anos.

E depois deixaram de ir.

E essas paredes empenadas desse apartamento que com muita sorte será reformado são as únicas testemunhas.

Que fim levou Ramiro Cruz, que era o primeiro a ligar lá por 1968? Que fim levou Esteban Santos? E Armando Cancer? E José María Gabás? E Ernesto Gil? Foram morrendo.

Eu decorava os nomes dos amigos de meu pai porque em meu cérebro de criança todos eram heróis. Se eram amigos de meu pai, eram como ele. Portanto, eram os melhores homens do mundo.

Discavam este número: 310439. Porque na época não precisava colocar o prefixo, isso ainda tardaria a chegar.

Ele gostava muito de que Ernesto Gil ligasse, porque foi prefeito de Barbastro. Gostava de que o prefeito ligasse para cumprimentá-lo pelo Ano Novo e pelo dia do santo.

Lembro-me de meu pai atendendo ao telefone ainda de roupão. Ligavam cedo. Para mim eram chamadas inquietantes, porque oscilavam entre a solenidade e o mistério. Meu casamento me unia de uma maneira racional ou social ou dedutiva ou coerente a meus pais, mas depois de meu divórcio, que coincidiu com a morte de minha mãe, a última testemunha, desatou uma nova relação com a vida de meus pais. Meu divórcio redirecionou minha relação com meus pais mortos. Veio para ficar uma relação fantasmal, cheia de charadas e de clarividência.

Vieram os espíritos. Meu pai é o que mais vem, deita-se a meu lado e toca minha mão.

E ali está ele, carbonizado.

"Por que mandou me queimar, filho?"

Eu também, em pouco tempo, serei um pai morto e mandarão me queimar. E Valdi e Bra me verão como um morto.

É um erro pensar que os mortos são algo triste ou desanimador ou depressivo; não, os mortos são a intempérie do passado que chega ao presente proveniente de um uivo apaixonado.

Acredito nos mortos porque eles me amaram muito mais que os vivos de hoje.

Nunca disseram o que havia acontecido em 1º de janeiro. Nunca disseram "nós nos casamos nesse dia". Quando descobri por acaso, pelo livro de família, fiquei fascinado. Entendi tudo, então.

53

O nome de meu pai ainda está na internet, em um site antigo de agentes comerciais. Pode haver algum ser humano que consulte esse site? É impossível a extinção total no curto prazo, é preciso esperar décadas, até mesmo séculos. Alguma empresa ou particular ainda poderia ligar para contratar seus serviços. Depois de dez anos morto, seus serviços de agente comercial ainda são oferecidos na internet. A internet aposta na imortalidade, é a aposta mais firme na imortalidade a que os seres humanos podem ter acesso.

De vez em quando entro nesse site e fico olhando o nome de meu pai e o número de telefone que o acompanha.

Alguém deveria apagá-lo. Ou melhor ainda: alguém deveria pôr o número de meu celular ao lado, para que, se ninguém atender no fixo, liguem para mim e essa chamada não seja perdida.

Que não se perca essa chamada que espera encontrar um vivo onde há um morto. Que não se desvaneça essa fé.

Muitas vezes digito este número: 974310439. Esse número é uma liturgia.

Muitas vezes pensei em tatuar esse número em meu braço, e acabarei tatuando.

Não quero morrer sem esse número tatuado em meu braço, para que a morte o coma.

Este número: 974310439.

54

Não me incomoda exibir a vida de meu pai. Se bem que na Espanha ninguém quer exibir nada. Seria muito bom escrever sobre nossas famílias, sem ficção alguma, sem romances. Só contando o que aconteceu, ou o que achamos que aconteceu. As pessoas escondem a vida de seus progenitores. Quando eu conheço uma pessoa, sempre lhe pergunto pelos pais, ou seja, pela vontade que trouxe essa pessoa ao mundo.

Gosto muito de que os amigos me contem a vida de seus pais. De repente, sou todo ouvidos. Posso vê-los. Posso ver esses pais lutando por seus filhos.

Essa luta é a coisa mais linda do mundo. Deus, como é linda!

55

Certo dia do verão de 2003 os médicos quiseram falar com minha mãe e comigo.
Não queriam que meu pai estivesse presente.
O médico indicou duas cadeiras para que nos sentássemos. Disse-nos à queima-roupa que meu pai tinha um câncer de cólon bem feio e que fôssemos nos acostumando com a ideia. Notava-se bastante que esse oncologista tinha esses momentos bem ensaiados, os momentos da transmissão da ideia da morte que se aproxima, os momentos da devastação. Essa atitude me impressionou, porque, de alguma maneira, aquele homem estava curtindo – não de maneira imoral, e não porque sentisse prazer em transmitir a contundência da morte ou na divulgação da catástrofe, e sim porque acreditava que estava fazendo seu trabalho direito. Era como se tivesse na cabeça um laboratório de palavras sobre a propagação das notícias decisivas. E houvesse feito todo tipo de testes, houvesse ensaiado com toda sorte de palavras. Tinha na cabeça a articulação verbal do decisivo, mas não era um poeta, era mais um alienado neste mundo de inesgotáveis seres que se gastam em vão.

Meu pai morreu dois anos e alguns meses depois de o médico decretar essa estúpida sentença. Mas acho que meu pai morreu por achar uma ideia interessante o vaticínio daquele oncologista e para não o deixar passar vergonha, por cortesia profissional para com aquele sujeito.

Para meu pai, a estupidez do oncologista foi como uma deixa para sair deste mundo a convite de alguém.

Não acredito nos médicos, mas sim nas palavras. Não acho que os médicos sabem muito do que somos, porque desconhecem o mundo das palavras. Mas acredito nas drogas. A ciência moderna delegou aos médicos a autoridade sobre a catalogação e prescrição de drogas. A medicina vale se fornece drogas. Ou seja, se fornece o que mata. As drogas são a natureza, estavam ali desde sempre. Não nos deixam tomá-las a nosso capricho.

Houve um silêncio e tornei a olhar para o oncologista. Enquanto minha mãe lhe perguntava alguma coisa, de repente senti mais pena pela vida do oncologista que pela de meu pai.

Achei mais deprimente a vida desse homem que a notícia da doença de meu pai.

56

Nunca dissemos nada a meu pai, nem ele perguntou. Meu pai decidiu desprezar sua doença. Acho que foi uma atitude mística. Limitou-se a guardar silêncio.

Foi operado várias vezes, e guardou silêncio. Era como se não lhe importasse que entrassem em seu corpo para realizar tarefas imprecisas, protocolares, apáticas. Não lhe importava que os cirurgiões visitassem seus órgãos internos e, assim, cumprissem sua jornada trabalhista, tão escrupulosamente acordada e delimitada pelos sindicatos e a administração.

Enquanto os médicos ganhavam seu salário mensal, meu pai morria. Havia menos alienação na morte de meu pai que no salário desses seres imponderáveis.

57

Ele gostava de ver TV. Acho que engoliu milhões de horas em frente à TV. Vi a evolução da tecnologia dos aparelhos de televisão. Comprar uma TV nos anos 1960 e 1970 era um ato transcendental e dava alegria e medo.

Lembro-me da primeira TV que entrou em minha casa. Lembro que, quando eu era pequeno, meu pai via com fervor aquele programa de concurso da década de 1970 que se chamava *Un, dos, tres... responda otra vez*. Meu pai era viciado nesse programa, no qual os concorrentes tinham que responder a inesperadas perguntas sob o mantra "un, dos, tres... responda otra vez".

Meu pai respondia com os concorrentes e costumava ganhar. Podia ter participado desse concurso.

Nunca participou.

Devia pensar que teria que pegar um ônibus; não gostava de ônibus, nem de trens. Só gostava de seu carro, porque seu carro era uma emanação de si mesmo. Seu carro era ele. Por isso o deixava à sombra nos verões tórridos, porque meu pai não gostava de ficar ao sol.

Eu detestava esse concurso, mas passava às sextas-feiras e todos estávamos relaxados. No dia seguinte não havia escola.

Não sei como você podia gostar desse programa, era horrível. Saiba que eu não gostava nem um pouco, aquelas perguntas bobas, só me resta o consolo de que vão morrendo todos os concorrentes e todos os apresentadores e os produtores e as assistentes de palco daquela imensa bosta de programa, você nem imagina como eu sofria diante daquela cafonice na televisão, e você ali, respondendo com aqueles seres humanos reduzidos a um sorriso amarelo. Acho que mostravam uma Espanha subdesenvolvida. Bem, seu filho já estava em outra ordem da história da Espanha. Ainda bem que tudo agora é um fantasma. Morreram os apresentadores, foram morrendo quase todos. O alívio e a purificação da morte para aqueles cujo rosto a televisão capturou: humoristas, cantores, apresentadores, todos esses rostos obstinadamente espanhóis. Porque a única maneira de vencer a vulgaridade na Espanha é por meio da morte. Posso imaginar fotos desses concorrentes, em molduras de luxo aparente, nas paredes de suas casas; fotos passando de pais para filhos, são mamãe e papai no *Un, dos, tres... responda otra vez*, mamãe e papai participaram em 1977 com Kiko Ledgard. Lembram-se de Kiko Ledgard?

Onde estará enterrado Kiko Ledgard, aquele apresentador lendário da televisão espanhola de meados da década de 1970? Teve filhos? Seus filhos se lembram dele? Meu pai e eu o víamos todas as sextas-feiras. Bem, na realidade, eu olhava meu pai assistindo. Lembro que Kiko Ledgard punha vários relógios nos dois pulsos, devido a uma superstição.

Em algum lugar devem estar esses relógios; eram bons.

No entanto, papai, agora entro em uma coisa que se chama YouTube e procuro esses programas da televisão espanhola dos anos 1970 e os vejo com uma saudade e um amor indizíveis, porque eram seus programas. Não é verdade que eu odiava esses programas, só queria que você me pegasse pela mão e fôssemos passear na rua, que ficasse comigo e não com eles, com os apresentadores da televisão espanhola, com quem estou agora, em uma tela de computador, viciado na saudade, viciado em você, viciado no YouTube. Viciado no passado.

Sonho que você, mamãe e eu estamos vestidos de gala, com roupa de marca, com sapatos brilhantes, e nos esperam no melhor restaurante de Paris, com vista para o Sena.

Sonho que rimos e bebemos champanhe e comemos caviar e *escargots* e que mamãe acende um cigarro com um isqueiro Dupont de ouro que você acabou de lhe dar.

Sonho que somos ricos.

Sonho que você conta piadas em francês, sonho que é 1974 e que o mundo é nosso.

Sonho que jamais assistimos à televisão.

Sonho que estávamos sempre viajando, uma noite em Paris, outra em Nova York, uns dias em Moscou, outros em Buenos Aires, ou em Roma, ou em Lisboa.

Sonho o domínio do mundo.

Sonho cenas dos três nos melhores restaurantes do mundo. E contamos piadas em todas as línguas: em russo, em inglês, em italiano, em português.

Sonho que você compra uma mansão perto de Lisboa.

Sonho que nós três olhamos juntos o Atlântico.

Porque sei quanto você amava a vida.

58

Passaram-se os anos e meu pai, já no fim da década de 1990, ficou viciado em programas de culinária. Passava as horas vendo cozinheiros fazendo bolinhos ou bacalhau ou paellas na televisão. Punha um roupão verde bem fino que ele tinha, um roupão de seda, colocava os óculos e se sentava em frente à televisão para ver programas de culinária.

Parecia um anjo, meu pai; um anjo risonho, contemplando a organização gastronômica da realidade.

Parecia um enviado cuja missão era santificar a comida com o sentido da vista.

Não havia nenhuma trama nesses programas, ou a trama era simplesmente como fazer uma merluza à *mallorquina*. Acho que o que o fascinava na verdade era a adscrição geográfica das receitas da culinária espanhola. Era que cada prato era feito conforme se fazia em determinado lugar. Talvez, no fundo, ele se imaginava vivendo em Mallorca, ou em Bilbao, ou em Madri e comendo uma merluza, um bacalhau ou um ensopado. Ele sabia cozinhar e sabia fazer todos esses pratos, mas gostava de ver como os outros cozinhavam.

Gostava de ver a alegria que cria alguém que está cozinhando. Porque em alguém que está cozinhando há uma proposta de futuro. Tudo será, tudo é preparado para a posteridade, nem que seja uma posteridade de daqui a quinze minutos.

59

Um dia ele deixou de se preocupar com seu carro, um Seat Málaga antigo. Sempre havia se angustiado obsessivamente por seu carro, por cuidar dele, mantê-lo sempre em perfeito estado. Abandonou-o em uma garagem e deixou de dirigir. Eu mesmo fui ver o carro, e estava cheio de pó.

Disse: "Papai, o carro está cheio de pó". Ele me olhou, e parecia que isso sim o atingia.

"Era um bom carro, faça o que quiser com ele", disse. Quando ele abandonou seu carro, eu soube que meu pai ia morrer logo; soube que era o fim.

Foi um dos momentos mais tristes de minha vida; meu pai estava me dizendo adeus por meio de uma máquina.

Em vez de me dizer: "Temos que conversar, a coisa está acabando", disse: "Era um bom carro". Meu Deus, quanta beleza. De onde quer que procedesse, o espírito de meu pai fora tocado pelo dom da elegância, pelo dom do inesperado, da ingênua originalidade.

Pelo estilo.

Sentei-me em uma cadeira da cozinha e fiquei olhando para ele. Fiquei muito nervoso. Muito angustiado. Só eu, em todo o universo, sabia o que significavam essas palavras, "faça o que quiser com ele".

Ele estava me dizendo algo devastador: "Faça o que quiser comigo, não percebo seu amor".

Não percebo seu amor.

Não o amei suficiente, nem você a mim. Fomos iguais, maldição.

60

Fui ver o carro dele. No carro todo se respirava o vento espiritual de meu pai. Suas mãos grandes no volante, seus óculos, o porta-malas vazio, a manta dentro do porta-malas para proteger o porta-malas sabe-se lá de quê (e, evidentemente, meu carro também tem uma manta no porta-malas para proteger o porta-malas sabe-se lá de quê), o porta-luvas com os documentos em ordem. Meu pai soube ver a ligação mística da classe média--baixa espanhola com os automóveis que essa classe média-baixa chegou a possuir.

Era uma mística industrial e política: uma irmanação ancestral de chapa e tinta com carne e sangue.

Para mim, sua maneira de ir embora deste mundo parece de uma arte superior. Foi embora com uma discrição admirável.

A morte tanto fazia para ele, não a levava em conta. Teve pena do carro. Deve ter se assustado porque aquilo que havia sido motivo de preocupação constante ao longo de sua vida – portanto, alicerce e sentido dessa vida – não mais importava. Era uma mudança radical.

Iam morrer ao mesmo tempo seu carro e ele.

No dia em que abandonou seu carro, meu coração se apertou.

Eu sabia o que o carro significava para ele. Era um pouco de enraizamento material no mundo, uma propriedade. A alma de meu pai provinha de muito longe no tempo, da velha noite planetária, alma de homens sem enraizamento – homens vivos ou mortos, era a mesma coisa –, dali provinha a alma de meu pai; almas que não arraigavam, que eram de uma extrema beleza e de uma extrema volatilidade.

Tornamo-nos invisíveis perante meu pai.

Minha mãe teve ataques de pânico.

Tinha medo das últimas fases da doença.

Éramos uma família catastrófica, e ao mesmo tempo possuíamos nossa originalidade.

Íamos e vínhamos dos hospitais. Não conversávamos.

Não entendo o que aconteceu. Acho que eu tive bastante responsabilidade nisso. Havia uma insatisfação em mim que me impedia de cuidar de tudo aquilo. Eu tinha crises depressivas nos hospitais. Não suportava aquilo.

Minha vida ia mal e a vida de meu pai ia embora.

Púnhamos a culpa uns nos outros. Meu pai em minha mãe. Minha mãe em mim. Eu em meu pai. Meu pai em mim. Minha mãe em mim etc. Era uma espécie de caos de insatisfação e culpas.

Não tivemos nem um minuto de descanso.

61

Na verdade, aconteceu algo sobrenatural em minha família: ninguém nunca disse: "Somos uma família". Não sabíamos o que éramos. Por isso, quero recordar agora uma Véspera de Natal terrível de quase meio século atrás, deve ter sido em 1967 ou 1968. Meu pai ficou muito bravo com algo referente à preparação do jantar, algo que não estava de seu gosto.

Quebrou os pratos.

Teve um ataque de ira, estatelou os pratos na parede, no chão, como nos filmes.

Fomos dormir.

Não houve Véspera de Natal nem nada. Tudo isso foi sendo gravado na mente de minha família, até nos envolver em uma atmosfera de tristeza inconfessável.

Ele escolheu a Véspera de Natal para quebrar os pratos.

Eu não sabia o que estava acontecendo. Só vi pratos voando. De repente, os pratos deixaram de estar em cima da mesa.

Supostamente era Véspera de Natal, caramba, a data mais respeitável em uma família. Nunca perguntei sobre essa cena, mas deveria; talvez, assim, houvesse entendido algo relacionado à minha família e, portanto, relacionado a meu futuro.

Como ia perguntar sobre essa cena se acabou se precipitando ao inominável, ao fantasmagórico, se eu quis apagá-la, destituí-la, se quase consegui ao acrescentar milhares de gotas de inverossimilhança, as gotas de minhas lágrimas, de minha comoção, como aquela outra comoção rígida e sórdida que me causou o padre G. ao entrar em uma sala cheia de luz?

Como é bem sabido, aquilo que testemunhamos quando crianças determina nossa vida ulterior. Porém – e esta é minha contribuição –, isso não se dá sob nenhuma ordem sociológica ou política, e sim por uma atávica decantação do sangue; e em meu caso, foi pela ciência pesada da bênção de nosso destino, porque ter um destino é uma bênção.

A maioria dos homens não tem destino.

E é fascinante que o passado lavre um destino nos vãos mecânicos de minha respiração. Porque a maioria dos homens e mulheres não tem história. Possui vida sem história. E isso é lindo também. E no fim das contas, o planeta Terra é um cemitério geral de milhões de seres humanos que estiveram aqui e carecem de história, e se carecemos de história, vale perguntar, então, se estivemos mesmo vivos.

Ordenam-se as estações e as décadas, ordenam-se a mão e o dente corrompido, desordenam-se os restos ósseos dos enforcados e no final só cabe pensar na "detestabilidade" de Deus.

Um Deus detestável e de cujo tédio brotou a odisseia dos homens.

Um filho não deve assistir ao momento em que sua mãe se transforma em uma menina.

62

Acho que minha mãe chorou naquela fatídica Véspera de Natal. Minha mãe, que quando chegavam as tempestades se trancava na despensa da cozinha. Minha mãe, horrorizada pelas tempestades. Abríamos a despensa da cozinha, que parecia um caixão, e lá estava minha mãe. Quando há tempestade, onde está minha mãe? Minha mãe desaparecia. Minha mãe fugia do mundo quando chegavam ao mundo os trovões e os raios e a chuva descomunal.

Escondia-se na despensa da cozinha, e assim foi sua juventude: fugindo das tempestades.

E eu achava que era uma brincadeira, abria a porta da despensa e lá estava ela, rígida, jovem, como uma estátua, paralisada. Mas seu rosto jovem se desvaneceu de minha memória, e só consigo me lembrar da velha decrépita em que se transformou, para horror dela mais que meu. Ela foi uma testemunha responsável de seu próprio horror. Por isso tinha a constituição de um anjo; só os anjos são capazes de não se perdoar o horror da decrepitude.

A decrepitude não pode ser perdoada. É "detestabilidade" e fracasso. A consciência da decrepitude, é disso que estou falando. Quanto mais consciente somos de nossa decrepitude, mais nos aproximamos da "detestabilidade" de Deus.

Minha mãe era um anjo. Viu sua decrepitude e a repudiou, e então se fez mártir, mas em tudo isso só pulsava seu serviço à vida. Não suportava espelhos, e eu também não. Espelhos são para os jovens. Quem respeita a beleza não pode respeitar seu envelhecimento.

Não há mais despensas nas cozinhas dos apartamentos espanhóis atuais. Mas estava esquecendo de um aposento essencial da casa de meus pais; era um cômodo cego que eles chamavam de "guarda-roupa". Ficava no final do corredor. Sempre era difícil entrar porque a porta prendia. Dentro guardavam-se as maletas de trabalho de meu pai, as maletas onde ficavam os mostruários dos fabricantes de tecidos que ele vendia no pequeno comércio dos povoados de Huesca, Teruel e Lérida. E mais coisas; também se guardavam roupas e objetos misteriosos. A meu irmão e a mim a entrada era proibida. Sei que minha mãe escondia lá coisas relacionadas com o passado, coisas que não se atrevia a jogar fora – se bem que, com o tempo, foi jogando todas. Eu nunca soube o que havia no guarda-roupa. Aparecia às vezes nas conversas, em frases como "Isso deve estar no guarda-roupa" ou "guardaremos isso no guarda-roupa, se couber", mas era um cômodo estranho, de canto, triangular, com papel de parede de estrelas sobre um fundo de firmamento azul-escuro. Acho que o papel de parede era o que mais me inquietava. Tinha papel de parede porque a casa toda tivera um dia. Minha mãe foi mudando o design das paredes, optou pela pintura, pelo gesso, mas deixou o guarda-roupa como estava desde sempre, desde 1960. De modo que o guarda-roupa era uma viagem no tempo. Papel de parede saiu de moda. O guarda-roupa conservou sua parede forrada: estrelas no firmamento, e malas e roupas, e coisas invisíveis. E minha mãe escondida quando chegavam as tempestades, ou escondida no guarda-roupa ou escondida na despensa; acho que ela gostava muito mais da despensa, porque o guarda-roupa era um lugar perigoso; havia nele uma força obscura; eu adorava o guarda-roupa, ali se condensava a gravitação de meus pais. O boom do papel de parede passou. Não eram feias aquelas paredes com papéis de todas as cores.

    Minha mãe virava uma menina e se escondia quando chegavam as tempestades. Não só no guarda-roupa e na despensa, mas também embaixo da cama. Eu era uma criança que via a magia dissolver sua mãe do espaço e do tempo. De repente, minha mãe não estava ali. E eu começava a procurá-la pela casa enquanto as tempestades de verão alargavam o céu, transformavam o firmamento em mil pedaços de luz sólida. E então, éramos um menino e uma menina com um parentesco indecifrável e quase maldito. Venha, venha se esconder aqui com a mamãe, dê a mão à mamãe, o mundo é mau.

63

Nossa desgraça estava justificada. Sempre pensei isso.
Nossa desgraça foi arte de vanguarda.
Talvez fosse uma desgraça genética, uma espécie de não saber viver.
Meu pai teve bons momentos.
Quando, nas primeiras prefeituras democráticas que houve na Espanha, ele foi eleito vereador, foi um bom momento. Meu pai se divertia com aquilo. Estava de bom humor. Foi nos primeiros anos de 1980. Eu morava e estudava em Zaragoza. Às vezes ele ia a Zaragoza me visitar, mas continuávamos sendo pobres. Meu pai não se entendia bem com o dinheiro. Sempre andávamos mal de dinheiro. Eu tinha vinte anos quando ganhei um prêmio literário. E minha mãe ficou com o dinheiro desse prêmio e o gastou todo. Eram vinte mil pesetas de 1982. Gastou-as, e nunca me disse em quê. Ela o recebeu porque o pessoal do prêmio mandou o dinheiro pelo correio ao domicílio da família, não a Zaragoza.

Acho que o gastou no bingo. Minha mãe jogava bingo. Lembro que com meus dezoito anos recém-completados minha mãe me levava ao bingo.

Os dois, meu pai e minha mãe, jogavam bingo. Algumas vezes ganhavam. Iam todos os sábados. No fim dos anos 1970 o jogo foi legalizado na Espanha. Minha mãe ficava louca no bingo. Lembro-me dela quando faltava só um número para gritar bingo, agitando a cartela de um jeito supersticioso, suplicando a não sei quem, murmurando palavras esquisitas, invocações do acaso, dando nomes aos números como "a menina bonita", e às vezes ganhava, sim.

Mas na maioria das vezes perdia. Dizia: "Vamos jogar cinco cartelas e vamos embora", e as cinco cartelas se transformavam em cinquenta. Não havia jeito de fazer dinheiro. E isso acho que é hereditário. Eu também sou pobre. Não tenho onde cair morto, o bom é que agora ninguém tem onde cair morto. E isso pode ser uma libertação. Tomara que os jovens busquem a vida errante, o caos, a instabilidade profissional e a liberdade. E a pobreza habilidosa, a pobreza desativada moralmente, ou seja, a pobreza em sociedade. É uma boa solução: a pobreza como fundamento coletivo; o não ter mancomunado.

O problema da pobreza é que acaba se transformando em miséria, e a miséria é um estado moral.

Minha mãe não suportava o tédio da vida. Por isso ia às piscinas ou aos rios, por isso ia ao bingo, por isso tomava sol, por isso fumava.

O sol e ela, quase a mesma coisa.

64

Falei com a oncologista que cuidou de meu pai em seus últimos dias de vida. Foi uma conversa irritante e cruel. Era uma médica jovem, estava estressada. Pensei que devia ser vítima de alguma situação trabalhista precária. Aposto que ganhava pouco. Os oncologistas têm um monte de moribundos sob sua responsabilidade e devem ganhar o mesmo que os ginecologistas, que têm uma missão profissional mais alegre, pois trazem bebês ao mundo. Ir embora do mundo e vir ao mundo, e o mesmo salário em ambos os casos.

Eu disse àquela mulher que tentasse fazer que meu pai não sofresse em seus últimos momentos. Ela não entendeu direito o que eu estava dizendo. Achou que estava propondo eutanásia ou algo assim, uma espécie de assassinato. Tudo era um mar de confusões. Ficou brava comigo; nem liguei para isso, parecia que estava vivendo uma ficção, um delírio, uma peça de teatro não deste mundo. Mas assegurei que meu pai não sofresse. Espero que alguém faça o mesmo por mim: assegurar que me droguem, que me droguem até as sobrancelhas. Ele passou um dia inteiro agonizando. Eu o via agonizar. Ouvia-se uma respiração que parecia uma tempestade, um oceano de lamentos misteriosos e longos. O corpo estava consumido. Mas soava, seu corpo produzia música. Os dedos de seus pés tinham um aspecto religioso, como de cristo martirizado, como de pintura espanhola do século XVII, pés deformados, mas em atitude de espera. Tudo era uma tentativa de respirar. E era uma tentativa inteligente. Meu pai fazia ruídos retumbantes, aziagos, catastróficos. Sua garganta parecia o ninho de milhões de pássaros amarelos, quebrando as paredes do ar. Meu pai se transformou no Barroco espanhol. Então entendi o Barroco espanhol, que é uma arte severa de adoração da morte porquanto a morte é a mais lograda expressão do mistério da vida.

65

Desde que cheguei à adolescência, com seus lamentáveis rigores, rejeitei qualquer contato físico tanto com meu pai quanto com minha mãe. Não gostava de tocá-los. Não é que não gostasse, não era isso. O que acontecia era que não havíamos criado essa tradição. Não estabelecemos esse rito. Com muito esforço eu lhes dava os dois beijinhos protocolares. E menos ainda iria tocar meu pai quando estava morrendo. Já disse que fomos uma família estranha; "disfuncional", como se diria agora. Acho que isso não era nem bom nem ruim.

Meu pai nem sequer foi ao enterro de sua mãe, minha avó, nem sequer fez uma ligação. E minha mãe se encarregou de dinamitar a relação de meu pai com os irmãos dele, mas tanto faz. Meu pai dizia que minha mãe escondia os papéis dele. A maneira de minha mãe arrumar a casa era jogar no lixo todos os papéis que via.

Lembro-me de meu pai dando cabeçadas em uma estante porque não encontrava a cópia de uma venda que havia feito. Gritavam um com o outro com frequência, mas jamais se insultaram. Meu pai jamais insultou minha mãe, nunca. Simplesmente se irritava e se desesperava e batia nas coisas, nos objetos; era sua ira. Desde então, sempre que passava pela estante eu a olhava com intensidade: o lugar onde meu pai deu cabeçadas. E, evidentemente, no dia em que desmontei o apartamento, quando minha mãe morreu, fiquei olhando a coluna da estante e a acariciei pela última vez. Nem era uma coluna de madeira nobre. Devia ser de MDF ou de melamina. Sempre achei que era de madeira, mas não, não era.

Havia esquecido aqueles gritos. Eu era pequeno, muito pequeno, quase minúsculo, mas minha frágil inteligência se ativava e fabricava uma pergunta minúscula: por que minha mãe não deixava os papéis de meu pai em paz?

Minha mãe estava cega, essa é a única razão. Mas era uma cegueira ferida. Minha mãe não entendia a importância dos papéis. Jogava tudo fora. Não guardava nada. Jogava meus gibis fora. Jogava os papéis de meu pai fora. Comprava um gibi para mim e na semana seguinte sumia com ele. Mas se já o leu, para que quer esse gibi?, dizia. Também queria jogar os livros, mas descobriu que não tinha estatuetas e enfeites baratos suficientes para pôr na estante e decidiu lhes dar uma oportunidade. Assim os livros se salvaram.

Mas não é recriminação. As pessoas são como são, pronto. E quando todos estão mortos tudo dá na mesma, porque todos os mortos foram grandes homens e mulheres; a morte lhes deu um significado final digno e afortunado.

Porque a vida social e a familiar e a vida profissional e a vida afetiva dão na mesma, são uma invenção que se descobre com a morte. Por isso escrevo assim. Porque em qualquer vida há um milhão de erros que constituíram a própria vida. Os erros se repetem várias vezes. A infidelidade se repete. Repete-se a traição. Repete-se a mentira. E não consta em lugar nenhum registro das repetições. Contar o que aconteceu é legal, é um bom trabalho. Tentar contar o que aconteceu, claro. Talvez por isso me queima tanto por dentro a contemplação das fotografias da família; porque a fotografia representa o que vimos sob a luz do sol; o que esteve sob o sol e, tal como a luz, modelou a vida dos homens e das mulheres; por isso a fotografia é tão perturbadora, é a coisa mais perturbadora que existe: fomos capazes de enfiar a luz dentro de um papel; meus pais foram iluminados pela luz do sol e essa luz ainda perdura nessas folhas acartonadas, nesses retratos gastos.

A luz, que foi condenada a descer do sol e acabou combatendo contra os corpos humanos aqui na vida.

As fotos de meus pais obstinadamente afirmam que eles estiveram vivos um dia. Essa remota lembrança deles é mais importante que o capitalismo presente, que a geração de riqueza universal.

66

Minha mãe nunca gostou de dar dois beijos em ninguém, nem de dar a mão. Não gostava de tocar as pessoas. Acho que herdei isso. Que, pensando bem, é uma determinação genética para nos proteger das infecções que os outros carregam.

Quando meu pai morreu, alguns parentes e amigos – não muitos – deram-lhe um beijo na testa.

Eu não.

Minha mãe também não.

Nesse momento, eu soube que meus filhos também não o fariam comigo. Essa corrente de frieza para tocar o corpo de nossos progenitores, de onde vem? Há nessa frieza, nessa assepsia, um alto grau de desumanidade, ou de medo, ou de covardia, ou de egoísmo. É uma disposição genética. Meus pais esqueceram a morte de seus pais – meus avós –, como meus filhos esquecerão minha morte. E acho isso original.

Há aí algo que nos engrandece.

Uma espécie de aristocracia do afastamento. Eu não toquei o corpo de meu pai morto.

Nunca vi seu tumor, nunca ninguém o mostrou a mim, nunca me ofereceram ver aquele pedaço de carne que ia matá-lo.

Eu teria gostado de tê-lo na mão, de ter esse tumor na mão.

O que é um tumor cancerígeno?

É vento cansado, história geral do ar poluído, porcaria na alimentação, ou seja, outros tumores mais descomunais, de vacas e de porcos e de frangos e de merluzas e de cordeiros e de peixes-espada e de coelhos e de bois processados.

Quando mais velho não me aproximava, não tocava meus pais, salvo os beijos protocolares que tão nervosos nos deixavam. Eram beijos em que chafurdava a baleia do diabo, uma espécie de desconforto mais antigo que os mares.

Com que idade deixamos de andar de mãos dadas com nossa mãe ou nosso pai?

67

Recordo com ternura o esmero de minha mãe, pouco antes de sua morte, para continuar pintando as unhas de vermelho; isso me comovia. Ficava olhando sua mão idosa, ainda ostentando um senso de beleza e de memória, com aquelas unhas feitas por manicure. Eu achava a vaidade de minha mãe idosa delicada, gentil. Ela queria se mostrar perante os outros com elegância, e eu achava isso maravilhoso. Estar sempre com as unhas pintadas era um dom. Mas, mesmo assim, nunca peguei sua mão por vontade própria, salvo quando tinha que a ajudar a andar; aí sim pegava sua mão.

Agradeci essa obrigação, porque me permitia pegá-la pela mão sem perder o pudor, a distância, o afastamento. Pegava-a pela mão por obrigação facultativa, não por vontade. E não peguei a mão de meu pai moribundo. Ninguém me ensinou a fazer isso. Tinha pânico disso, tinha medo, um medo que ia agigantando minha solidão. O medo de uma mão, que acabou consistindo na grande solidão em que vivo.

68

O câncer o devorou, mas ele nunca pronunciou o nome de sua doença. Jamais falou do câncer nem da morte. Jamais ouvimos de seus lábios a palavra "câncer". Acho fantástico ele jamais ter dito essa palavra.

Nem perguntou nem falou.

Era um anarquista profundo.

Nunca nos disse a que ou a quem dedicava seus pensamentos enquanto estava morrendo.

Esse mistério ele levou consigo. Não disse nem boa noite.

69

Foi desvanecendo, desvanecia sua vida e sua conversa desvanecia, já era silêncio. Pode um homem se transformar em silêncio? Meu pai, que é silêncio agora, já foi silêncio antes; como se soubesse que seria silêncio, decidiu ser silêncio antes da chegada do silêncio, dando assim uma lição ao silêncio, da qual o silêncio saiu vestindo música.

Ele havia feito um pacto secreto e lânguido com seu corpo, do qual nascia música.

A música de Johann Sebastian Bach, isso foi meu pai.

70

Sei que a medicina do futuro permitirá aos moribundos conversas dilatadas e complexas com os tumores que os matarão, quando a medicina der um passo fundamental que é quase inimaginável hoje: quando a medicina perceber que o corpo é um templo, uma construção espiritual da origem do cosmo, quando a medicina for inteligente, por fim. A medicina ainda não é inteligente, ainda é simples prática, simples constatação de fatos. Tem que descobrir a beleza e o amontoamento imaterial de um tumor cancerígeno, porque em um tumor cancerígeno também está a vontade de vida do corpo do homem que o leva dentro de si.

Essa é a razão de meu pai escolher o silêncio. Não havia nada a dizer. A medicina estava vazia, a religião jamais existiu, e ele já havia abandonado seu carro. Os seres humanos já estavam na invisibilidade, não tinha nada a nos dizer.

Não me disse nada.
Não me disse "adeus".
Não me disse "amo você".
Não me disse "amei você".
Calou-se.

E nesse silêncio estavam todas as palavras. Como em um bumerangue metafísico, em seu silêncio ardiam as estrelas das paredes do quarto guarda-roupa. Era eu então quem procurava, no quarto do hospital em que meu pai estava prostrado, um lugar onde me esconder, e esse lugar era o quarto guarda-roupa com sua pequena parede forrada de estrelas.

O guarda-roupa foi nosso *aleph,* o *aleph* da classe média-baixa espanhola surgida no pós-guerra. Os quartos guarda-roupas foram nosso refúgio especulativo.

71

Meu pai nunca disse que me amava, nem minha mãe. E vejo beleza nisso.
Sempre vi, porquanto tive que inventar que meus pais me amavam.
Talvez não me amassem e este livro seja a ficção de um homem magoado. Mais que magoado, assustado. Não ser amado não dói: na verdade, assusta ou aterroriza.
Acabamos pensando que se não nos amam é porque existe alguma razão poderosa que justifica que não nos amem.
Se não nos amam, o fracasso é nosso.
Desde que me casei e fundei outra família, deixaram de me amar como me amavam. E cada vez me amaram menos. Já não lutávamos pela vida no mesmo bando.

72

Meu pai nunca me ligava e minha mãe ligava toda hora, mas me ligava para se tranquilizar. Eu via seu número, 974310439, na tela de meu celular. Ela era perseguida por paranoias, as mesmas paranoias que fazem que eu ligue para Bra e Valdi e que eles não atendam ao telefone. Minha santa mãe tendia à paranoia: lembro-me dela, no fim dos anos 1960, assustada cada vez que meu pai tinha que trabalhar, porque trabalhar, no caso de meu pai, era viajar. Ela temia que ele sofresse um acidente na estrada. De modo que o telefone se transformou em um instrumento com poderes oraculares. Uma chamada a assustava. Minha mãe odiava viagens longas, em especial quando meu pai tinha que ir vender em Teruel – essa era a viagem mais longa. Passava a semana toda fora, dormindo nas pensões, vendendo o tecido catalão aos alfaiates daqueles povoados de Teruel. Talvez nessas viagens de cinco dias meu pai se transformasse em outro homem. Tomara que tenha sido assim. Nunca saberei, porque ele nunca me contou nada, e porque nunca me disse "amo você".

Nunca me contou nada que durasse mais de um minuto. Quem dera eu soubesse fazer o mesmo...

73

No dia seguinte à morte de meu pai, ou seja, 18 de dezembro de 2005, a oncologista mandou me chamar. Entrei no consultório dela. Estava sentada em uma cadeira olhando para o computador. Era uma manhã com enfeites, o Natal já batia à porta. Pediu-me desculpas. Disse que lamentava ter sido desagradável comigo um dia antes ao falecimento de meu pai. Usou a palavra "falecimento", palavra que eu detesto. Ia dizer: "Palavra que a morte e eu detestamos". Ouvi suas desculpas. Ela falava, mas para mim falava na distância, como se ela também estivesse morta, ou falecida. A força da morte de meu pai a estava matando, esmagando-a também, como se meu pai fosse um assassino.

Acho que ele só disse adeus àquela oncologista, que ainda deve estar viva e certamente trabalhando em algum hospital de província espanhola, já amarrada e vinculada a algumas dúzias de mortos, que sempre estarão a seu lado.

E naquele Natal de 2005 não sei que espectrais presentes decidimos comprar. Os anúncios da TV, a oncologista me dizendo palavras sem som, meu pai morto, minha mãe que queria comprar um presunto cru, porque a cabeça de minha mãe já não batia bem, não entendia nada, não sabia o que havia acontecido, queria fazer compras de Natal como se tudo continuasse igual, e no fundo tudo continuava igual, minha mãe não entendia que de repente tinha que renunciar às bobagens que a faziam um pouco feliz, como as coisinhas que comprava no Natal.

Quanto mais pobre se é na Espanha, mais se ama o Natal.

74

"Mas como pode pensar em comprar um presunto cru se meu pai morreu e temos que ficar de luto?"
"Seu pai gostava de presunto cru", disse minha mãe; e isso era verdade. Meu pai adorava, e sempre que como presunto cru me lembro dele, de quanto gostava.
"Pobre homem, nunca mais comerá presunto cru", dizia minha mãe. Muitas vezes depois minha mãe evocaria assim meu pai morto: "o homem", ou "pobre homem". Via-o reduzido a sua essência antropológica: um homem. Não seu marido, e sim "o homem". Nunca disse "meu marido". Eu ficava fascinado.

Havia uma insignificância em tudo tão difícil de explicar: aquela mulher me pedindo desculpas, meu pai fugido do mundo, os enfeites baratos de Natal pelos corredores do hospital, a máquina de café, os zeladores empurrando idosos de um lado para o outro em um baile de camas, a cara de susto desses idosos, essas caras de sofrimento profundo, de medo lento, de desvalimento e de perda da vontade. Talvez seja melhor não chegar a esse estado. A cara dos idosos é a cara de quem pede misericórdia aos jovens. E eu bebendo café: custava cinquenta centavos aquele café. Eu me embebedava de café de máquina de hospital. Gostava de jogar os copinhos de plástico barato em uma lixeira gigantesca. Gostava de contaminar o mundo com lixo, é o luxo dos pobres. É isso que os pobres fazem: jogam lixo.

Nosso corpo é lixo.

Todo o fim de meu pai está tingido pela fantasmagoria e pela verdade.

75

Meu celular tocou às três da madrugada. Era o legista. Disse que eu não havia declarado o marca-passo de meu pai. Como se eu tivesse que declarar uma coisa dessas. O filho da puta estava me ligando, parecia o registrador dos mortos. Não sabia que existia registrador dos mortos, achava que só existiam registradores de propriedades.

Com marca-passo não podia haver cremação, disse ele, irritado.

Eu tinha que assinar um documento autorizando a extração do marca-passo do corpo de meu pai. Enfim, tinham que fazer autópsia, ou seja, trezentos euros a mais. No capitalismo, quando em qualquer negócio nos dizem duas palavras a mais é porque há algum problema, ou seja, a conta vai aumentar. O ramo de negócio dos mortos é perturbador, mas os mortos exigem trabalho, e o trabalho deve ser cobrado. O problema é o preço. É assombrosa a capacidade do capitalismo de transformar qualquer fato em uma quantidade de dinheiro, em um preço. A conversão de tudo que existe em um preço é presença de poesia, porque a poesia é precisão, como o capitalismo.

A poesia e o capitalismo são a mesma coisa.

No dia seguinte, assinei a autorização. Pedi para ficar com o marca--passo, mas ninguém me deu ouvidos. Pensaram que eu estava transtornado de dor. Mas eu teria gostado de ficar com algo que esteve dentro do corpo de meu pai, dentro de sua carne. Imagino que iam lavar ou purificar ou desinfetar o marca-passo e colocá-lo em outro. Ou talvez não o lavaram e o colocaram como estava, com restos orgânicos de meu pai colados no plástico. Aposto que esse marca-passo ainda continua marcando os passos de outro infeliz qualquer, que deve andar pelo mundo feliz e contente, com a pilha dentro de si.

A pilha que passa de corpo a corpo na noite do mundo.

Depois, senti a presença de meu pai em todos os lugares, como se a eletricidade daquele marca-passo reativasse o sangue desaparecido. Sinto-a agora mesmo. Meu pai se transformou em eletricidade, e em nuvem, e em pássaro, e em canção, e em laranja, e em mexerica, e em melancia, e em árvore, e em autoestrada, e em terra, e em água.

E o vejo sempre que quero me ver.

Sua alta gargalhada caindo sobre o mundo.

Sua vontade de transformar o mundo em fumaça e cinzas. Assim são os fantasmas: são forças e formas da vida anterior à nossa, que está ali, coroada, acrisolada.

Meu pai é como uma torre cheia de cadáveres. Sinto-o muitas vezes atrás de mim quando me olho no espelho.

Isto é você agora, diz meu pai, e depois há um grande silêncio.

Ele só diz quatro palavras.

Agora você é "o homem" ou, muito melhor, o "pobre homem".

Isto é você agora.

De sua morte passo à minha, à espera da minha. A morte de meu pai chama a minha. E quando chegar minha morte, não saberei vê-la. Quando contemplei a agonia de meu pai senti terror. Essa agonia me sugava. Estava me levando. Era meu pai que estava agonizando naquele hospital?

Seu corpo estava se rasgando.

Parecia outro homem.

Parecia um herói, parecia uma lenda.

Parecia um Deus.

76

Segui em frente como pude, papi. Eu sei que você está sempre a meu lado, que contempla esta imensa ruína de casa em que vivo, contempla meu apartamento da avenida Ranillas: os papéis se amontoam, o pó invade as mesas, há um cheiro estranho nas roupas, o chão está sujo, a mesa da cozinha com as coisas sujas em cima, a cama sem fazer e, portanto, sem desfazer; e a outra cama, a destinada a meus filhos, que nunca vêm dormir (eu também não iria), está cheia de roupa revirada e de papéis. A roupa revirada e seu cheiro acre, o pó entrando na roupa, a roupa sempre suja mesmo que esteja limpa. Eu também não encontro nenhum papel e me lembro de seus ataques de desespero, batendo a testa nas paredes, acusando minha mãe de jogar fora as cópias e os boletos, e é aqui que eu queria chegar, porque se não encontro meus papéis é porque não sei organizar nada, e pensei que com você aconteceu a mesma coisa, que na verdade ninguém jogava fora papel nenhum seu. Era você que os sepultava uns embaixo dos outros por sua incapacidade de lidar com a correspondência e os assuntos. Mas nunca saberemos.

Nunca.

77

Depois do divórcio, fiquei com o armário que estava no quartinho da bagunça da casa que foi minha e agora minha roupa fede a umidade acre. Você não sabe como é angustiante que sua roupa recém-lavada acabe fedendo a ranço. É o armário, que ficou doze anos jogado no quartinho da bagunça.

Sabe o que é andar por aí cheirando a armário fermentado todo santo dia? Não ter dinheiro para comprar um armário novo depois de passar vinte e três anos preso a um trabalho cheio de gritos, cheio de "calem-se"?

Vinte e três anos dando aulas para adolescentes. E não tenho armário. Não tenho nem um triste armário onde enfiar a roupa para que cheire decentemente.

E meu pai me diz: "Eu disse para não se casar, que esperasse, que era novo demais, que ainda tinha coisas para viver, eu disse isso há muitos anos, mas você não me deu ouvidos".

Hoje você usou muitas palavras, digo a meu pai. Diante de mim está o fantasma da pobreza.

Nunca foi fácil cheirar a limpo. Historicamente não foi.

Se cheiramos a limpo é porque os outros estão sujos, não esqueçamos.

78

Comprei, depois de muita indecisão, uma cadeira de escritório no Hipercor, e Bra a montou. Sou incapaz de montar qualquer coisa. Nunca entendo as instruções. Fico bravo, alterado e acabo jogando tudo pela janela. Tentei ter uma conversa com o grande Vivaldi. Falei do futuro, de que terá que tomar decisões. Ele tem um futuro, eu não.

Recordei quando eu o tive, quando tive um futuro.

É a sensação mais maravilhosa da vida, quando nada ainda começou. Quando a cortina ainda não se abriu, esse momento.

Sei que há pessoas que jamais verei, pessoas que foram importantes em minha vida, e a quem não mais verei não porque morreram, e sim porque a vida tem leis sociais, culturais, não sei, na verdade são leis políticas, são leis atávicas, leis que ajudaram a montar isto que chamamos de civilização.

Assim funcionam os seres humanos: há pessoas com quem, mesmo estando vivas, nunca mais conversaremos, e assim alcançam o mesmo estatuto dos mortos.

Ainda há um grau maior de dor: saber que estamos pensando em um vivo como se já estivesse morto. Aconteceu isso comigo em relação à minha tia Reme: nunca ia visitá-la. Não podia ir vê-la; sentia-me culpado. Se fosse vê-la, eu me sentiria culpado; se não ia vê-la, também; mas era mais cômodo não ir vê-la. Quando morreu, eu estava no começo de uma aventura com uma mulher em Madri. Poderia ter ido ao enterro, tinha tempo. Poderia ter pegado um trem. Mas tinha compromisso naquele dia com aquela mulher, e gostava muito daquela mulher, estava enlouquecido, e aquela noite seria definitiva. Disse isso mentalmente à minha tia Reme. Disse que não ia a seu enterro por erotismo, e que um morto tinha que respeitar o erotismo. Acho que ela entendeu. Não aparece para mim à noite nem me censura por não ter ido a seu enterro. Acho que entendeu o que estava acontecendo comigo. Acho que entendeu que estava enfiado em um buraco e que demoraria para sair, e demorei para sair.

Hoje sim teria ido a seu enterro.

Os seres humanos evoluem; o que era importante ontem já não é hoje. Não fui a esse enterro, e quando estava com aquela mulher pensava no enterro de minha tia Reme, de modo que forcei a relação e a noite para que fôssemos para a cama; porque se fôssemos para a cama o fato de eu não ter ido ao enterro de minha tia teria sentido. Todos esses pensamentos ocorriam em minha cabeça com realismo, como argumentos impecáveis, com lógica irrefutável. Eram um erro, agora sei, e uma falta de caridade. Mas na época não pareceu.

Sim, eu estava muito louco, mas, pensando bem, talvez não estivesse tão louco. Na época eu bebia, claro. Bebia muito e passava horas andando pelas dunas brilhantes do paraíso dos que bebem. Para quem bebe o sexo é só um aditamento, é um enfeite do álcool, talvez seu melhor enfeite, mas só um enfeite. Viajar, olhar mares, rir, comer, entrar em corpos nus de mulheres são artigos complementares. O tema principal é o álcool, a dimensão perfeita, a mão de ouro que pega uma taça.

E, agora, o que fiz na época simplesmente não me serve.

Quando estava com aquela mulher, pensava no cadáver de minha tia; era impressionante, porque tinha que disfarçar, de modo que me sentia culpado, meu cérebro sangrava. Se aquela mulher houvesse conhecido minha tia, eu não teria me sentido tão culpado. A culpa nascia da estrangeirice. Minha amante era uma desconhecida para minha família, aí estava o problema. Esse tipo de pesar me acompanhou muitas vezes na vida. Precisei da aprovação de minha mãe para tudo. Depois transferi essa responsabilidade para minha ex-mulher. Teria sido o cúmulo ligar para minha mãe ou minha ex-mulher para pedir permissão. Mas se me concedessem a permissão, eu teria ficado tranquilo.

Eu estava buscando a presença de minha mãe em todos os lugares; não havia saído da infância: tinha muito medo.

A presença de quem? Chamo de mãe o mistério geral da vida. Mãe é a morte viva. Chamo de mãe o Ser. Sou uma alma primitiva. Se minha mãe não estava, o mundo era hostil. Por isso bebia tanto e acabei tendo uma conduta sexual errante e promíscua. Ainda hoje não sei o que buscava. Precisaria de um concílio de psicoterapeutas para saber o que queria.

A questão é que não fui ao enterro de minha tia, mais uma ausência na lista de ausências ou deserções dos enterros de minha família. Quando não vamos ao enterro de alguém que foi importante em nossa infância, a criança que fomos rasga as veias cerebrais do adulto que somos e para diante de nós com o rosto retorcido e nos pede uma explicação; diz que não consegue dormir, que não consegue fechar o maldito círculo da experiência humana.

Tomara que todos estejam bem.

79

Quando comecei a procurar apartamento, no meio de meu divórcio, não encontrava nada. Encontrei verdadeiros malucos que vendiam apartamentos impraticáveis, fora de toda lógica arquitetônica, eram inabitáveis. Eu tinha uma grande urgência de encontrar algo. Durante esse tempo passei umas semanas em um hotel. Passava o dia todo bebendo e não percebia nada. Era um hotel até que bom, custava trinta e cinco euros a noite. Peguei um quarto com varanda, na parte antiga de Zaragoza. Eu levava uma garrafa de gim ao quarto e umas cervejas, e quando as garrafas iam se esvaziando me dava na telha ligar para as pessoas. Ligava para amigos, amigas, pessoas. No dia seguinte não me lembrava de nada. Ficava completamente envergonhado. Estava perdendo tudo. E minha mãe já estava morta: nossas vontades de falar ao telefone não se encontraram; quando ela as teve, eu não as tinha; quando surgiram em mim, ela não estava mais neste mundo. É uma merda que minha mãe não me visse tão falante, com tanta vontade de falar pelo telefone.

É engraçado: minha mãe e eu tivemos um grande desencontro. Esse desencontro foi o telefone. Agora poderíamos falar por horas e horas. Nosso desencontro teve a ver com a vontade de falar ao telefone, e digo isso quase sem ironia.

Quando ela queria falar, eu estava ausente. Quando eu quis falar, ela estava morta.

Como esse hotel ficava em uma área de bares de quinta e de clubes de garotas de programa, eu costumava descer e dar uma volta lá pela uma da madrugada pelas ruas San Pablo, Predicadores, Casta Álvarez, e entrava em algum antro quase sempre administrado por estrangeiros. Costumava haver prostitutas e gente da noite ali. Eu só queria beber minhas cervejas. Estávamos todos ali completamente sozinhos, havia uma grande sensação de irrealidade. Em uma dessas noites encontrei o ex-campeão do mundo de peso-pena de boxe Perico Fernández, que peregrinava de bar em bar por aquelas ruas estreitas, escuras e sujas, lá onde Zaragoza se transforma em uma cidade do passado, como se estivesse mumificada. Conversamos um pouco e eu lhe ofereci uma cerveja. Eu estava bêbado, como era natural. Mas vê-lo tão magro, tão acabado, com o cérebro maltratado pelos socos e pelo Alzheimer, causou-me uma forte sensação de pena, e também de ternura. Pena e ternura ao mesmo tempo. Perico era outro homem abandonado, sem família, derrotado, de bar em bar, consolidando um silêncio de chumbo à sua volta. Estava ali no balcão, o bar era sujo, a cerveja servida em copos velhos. Tiramos uma foto. Guardo a foto. Parecemos dois anjos nessa foto. Ele estava sem família, embora Perico Fernández tenha tido três mulheres e cinco filhos. Onde estavam seus cinco filhos e suas três mulheres naquela noite? Haviam-no abandonado, claro. Ainda havia um sorriso em seu rosto destruído, um sorriso doce, sereno, indolente. Perico cresceu em um orfanato. Ficou famosa uma frase dele: "Se minha mãe não me queria, para que me teve?". Ele nunca conheceu a mãe. Nasceu em 1952 de ventre desconhecido. Isso é um grande mistério.

    Outra noite o vi de novo em outro bar de quinta categoria, bar de kebabs e batatas fritas, com o balcão cheio de restos. Estava mais animado. Lia-se em seus olhos a história de sua vida. Estava tão indefeso, tão desamparado que parecia uma criança perdida. Estava naquela região em que estar perdido já é ardente plenitude. Ele disse que havia sido campeão do mundo, e eu disse, em um arroubo de embriaguez, que também era campeão do mundo. Ele riu, achou engraçado. Um sorriso bom, porque em seu coração havia bondade, essa rara bondade da gente simples, da gente que caiu no mundo e fez o que pôde. Era um filho do povoado, com aquele sotaque aragonês que em Perico chegava até a filigrana sonora e mostrava uma inteligência milenar, essencial e cheia de senso de humor. Um verdadeiro filho do povoado aragonês, como nenhum outro. Era uma comédia ouvi-lo contar sua vida. Recordei quando, em 1974, ganhou o título de campeão do mundo; lembro porque ouvi meu pai dizer em alvoroço. Na época, Perico era um rei. A Espanha inteira era sua namorada. Nos primeiros anos de 1970, Perico era adorado em todos os lugares. E nesses mesmos anos eu tinha meu pai, que me adorava. Nós dois triunfamos naquela época.

E lá estávamos os dois naquele momento, em 2014, campeões do mundo. Eu me salvaria, embora naquelas noites não soubesse, mas ele não. Ele não se salvaria. Morreu pouco tempo depois, vi no jornal.

Os homens com família morrem igual aos homens sem família, foi o que pensei.

Talvez Perico soubesse disso.

80

Via apartamentos que eram uma verdadeira merda. Mas encontrei um situado em uma avenida cujo nome me pareceu um sinal. O segundo sobrenome de meu pai era Arnillas, e o apartamento que encontrei situava-se na avenida Ranillas, ao lado do Ebro.

Pensei que meu pai estava falando comigo, mandando-me uma mensagem. Nisso fui como Jesus Cristo, que também recebia sinais de seu pai. Não sei o que há de extraordinário na vida de Jesus, no fato natural de que conversasse abundantemente com seu pai. Em geral, todos os pais falam com seus filhos. Talvez o pai de Jesus de Nazaré parecesse mais interessante, mais devastador, mais poético, ou Jesus soube fazê-lo parecer mais cativante, por obra e graça da literatura.

De modo que fiquei com esse apartamento na rua cujo nome parecia o segundo sobrenome de meu pai. Neste apartamento os problemas aparecem quando escurece. Caiu um parafuso da persiana e descolou uma espécie de isolante (sei que tem um nome específico, teria que ver no dicionário, porque tudo tem um nome, mas às vezes não o conhecemos) da janela. Ninguém fez as coisas direito neste apartamento. Este apartamento me faz recordar minha vida.

Estou esperando Valdi chegar. Saiu um pouco com os amigos.

81

Meu pai passava muito calor em agosto. Nos últimos anos de sua vida comprou um ar-condicionado portátil. Não era grande coisa, mas esfriava um ambiente, talvez metade de um ambiente, sequer o ambiente inteiro. Era barulhento. Precisava passar um tubo pela janela. De modo que chamaram alguém para que fizesse um buraco no vidro da janela da sala de estar. Nunca perguntei quem fez aquele buraco tão perfeito pelo qual saía o tubo do ar-condicionado. O vidro era o original da casa, um vidro de 1959.

Quando minha mãe morreu, alguém deve ter levado aquele aparelho obsoleto. Meu irmão ligou para uns homens que esvaziam apartamentos. Lembro-me da geladeira e da máquina de lavar.

Não posso me lembrar da lava-louças porque minha mãe nunca teve lava-louças. Eu fiquei com a placa que havia na porta da casa, com o nome de meu pai; era uma dessas placas que as pessoas punham nas portas de seus apartamentos, um costume do pós-guerra que chegou até fim dos anos 1960 e começo dos 1970, herdado das profissões liberais, de médicos e advogados, e que agora passava a profissionais de muito menos substância, talvez aviso da democracia que vinha, ou talvez simples impostura. Foi fácil desaparafusar a placa, achei que seria mais difícil. Talvez essa facilidade estivesse significando algo, era estranho que nada se quebrasse e que eu soubesse realizar essa tarefa manual, porque quase sempre tudo quebra em minhas mãos.

Essa placa deve de ter uns cinquenta anos. Agora a coloquei na porta de meu apartamento na Ranillas, para que aguente os anos que me restem de vida, pois eu tenho o mesmo nome que meu pai. Talvez o porteiro equatoriano tenha pensado que a placa era recente, que eu a havia acabado de encomendar, que era nova. A ideia de que o porteiro pudesse pensar isso me espantou. E me aterrorizou, inclusive.

82

A placa com o nome de meu pai tem um toque mortuório, pois o fundo é preto e é feita de vidro resistente, materiais revolucionários da década de 1960. Aguentou muitos anos. Não anunciou nenhuma prosperidade, ficou ali encalhada, como uma baleia preta, no meio de uma porta; essas placas anunciavam sucesso, auge; declaravam que a família que vivia por trás da porta havia conseguido, havia alcançado a prosperidade. A de meu pai, e agora minha, não anunciou nada. Foi um exercício de caligrafia sobre a madeira da porta. Por isso meu espanto, por isso a vida de meu pai me desconcerta tanto.

Fico olhando para ela quando chego em casa. Sinto medo e pena ao vê-la. E muita saudade, e muita bondade. É a coisa mais solitária do mundo. Essa viagem que essa placa fez através do tempo me parece uma viagem homérica. Não somos capazes de imaginar o que acabará acontecendo com as pessoas nem com os objetos. Meu pai jamais teria imaginado que essa placa que encomendou não sei a quem (não tenho nem ideia de quem as fabricava) acabaria em um apartamento de seu filho divorciado em uma rua que se chama como seu segundo sobrenome. Não tem sentido que essa placa esteja onde está agora, mas essa falta de sentido é prodigiosa.

Cerco-me de prodígios baratos. São baratos, contudo, têm força sobrenatural. Como se o sobrenatural escolhesse a humildade para se manifestar. Ou como se sobrenatural e humildade fossem a mesma coisa.

Nenhum prodígio aristocrático, nenhum prodígio VIP, só os prodígios que emergem da classe média-baixa espanhola dos anos 1960, que são muito bonitos, e são o espelho de minha alma.

83

Logo chegará o Natal. Nos tempos de minha infância, meu pai adorava o Natal. Meu pai comprava a árvore e os torrones e muita loteria. Comprava uma árvore de verdade, que um lenhador vendia na Plaza del Mercado de Barbastro; havia de diversos tamanhos. Comprava um pinheiro que chegava até o teto. Era um verdadeiro fã do Natal. Nas manhãs de 22 de dezembro checava se os décimos ou os bolões haviam sido contemplados. Desde as dez da manhã, meu pai ligava a televisão todos os 22 de dezembro e anotava com sua caligrafia estilosa e inclinada os números premiados, que as crianças de San Ildefonso iam cantando.

Nunca ganhou nada, salvo algum reembolso. Mas eu era feliz vendo-o anotar os números em um caderno, aqueles números com tanto esmero desenhados. Esculpia um 5 cheio de refinamento, cujo risco de cima se transformava em um gorro inclinado para o céu. Os 4 e os 7 também saíam barrocos e estilosos. Eu gostava de ver meu pai tão concentrado, tão festivo. E depois assobiava porque havia comida boa. Acho que ele era profundamente feliz. Sentia-se afortunado, alegre, cheio de propósitos.

A caligrafia de nosso pai é sempre importante. Não há outra caligrafia no mundo que importe. Assino quase igual a meu pai. Até minha assinatura é dele. Eu o vi assinar tantas vezes, e assinava com letras altas e cheias de nuvens, bordava seu nome com traços arredondados e o conjunto era o desenho da identidade de um anjo.

Por que ele assinava assim se não era rico?

Parecia a assinatura de alguém grande na Espanha.

Parecia a assinatura de um duque, de um marquês.

Era uma assinatura gótica, barroca. A minha é muito parecida, mas tem menos enfeites, é mais austera, mais pobre.

Fiquei apaixonado pela assinatura de meu pai. Era um espetáculo o amor a seu próprio nome. Ele via a si mesmo cheio de pompa, de coroas, de orgulho. O orgulho de meu pai era cósmico.

84

Eu também sou fã do Natal, herdei isso dele. Então, por que deu escândalo naquela noite em que ficou tão bravo e teve um ataque de ira e quebrou os pratos? Isso: teve um ataque de ira. Devia querer quebrar nossa cara e nos trocou pelos pratos. Devia estar farto de ter uma família e o que queria era voltar a ser o homem bonito de vinte e sete anos com seu terno transpassado, livre e sem compromisso, aquele homem que foi fotografado em frente ao balcão de um bar, um histórico e marmóreo balcão de bar enquanto olhava as mãos, ensimesmado.

Meu pai comprou um presépio quando eu tinha cinco ou seis anos, ou menos. Não sei quantos. Comprou-o em uma papelaria de Barbastro cujas donas já morreram e de cuja loja eu sou a única testemunha que se lembra. Tinha orgulho de seu presépio. Gastou dinheiro. Devia ser 1966. Lembro-me do carinho com que colocava as estatuetas. Tinham um toque de barroco vallisoletano, de Valladolid. Não eram estatuetas pequenas. Deviam ter um palmo, no mínimo, ou talvez um pouco mais de um palmo. O boi e a mula me fascinavam.

As estatuetas foram se quebrando.

Minha mãe as guardava no guarda-roupa, mas mal guardadas, porque minha mãe acabava quebrando tudo. Acho que foi minha mãe que as foi quebrando; primeiro quebrou a mula. Decapitou a mula. Minha mãe deixava cair as coisas das mãos, não sabia como segurar algo com uma mão, tudo estava em risco de cair, de quebrar. Tinha um pulso ruim. Meu pai colou a cabeça da mula com cola Imedio. Mas já era uma mula danificada. Depois quebrou o boi. Depois são José. Cortou uma mão de são José.

A cada Natal aquele presépio passava por uma deterioração inexorável. Caíram os pajens. Os camelos também. A Virgem e o Menino Jesus resistiam. Mas não fazia sentido um presépio com dois sobreviventes, parecia quase uma heresia satânica. Uma confraria de aleijados.

Ao fim ficamos sem presépio e meu pai não quis comprar outro, porque acabou a ilusão e porque já eram maus tempos e meu irmão e eu estávamos crescendo. Minha mãe poderia ter guardado melhor aquele presépio. O que acontece é que minha mãe não entendia o significado daquelas estatuetas. Isso era o mais deslumbrante e ao mesmo tempo o mais irritante em minha mãe: tudo era dispensável, tudo lhe parecia insignificante, tudo lhe parecia suscetível de ser jogado no lixo. Fosse pelo que fosse, não queria guardar esse presépio. Não entendia quem era o Menino Jesus, nem o que os Reis Magos faziam ali. Para ela, tudo isso carecia de sentido. Era de um ateísmo natural. Seu ateísmo era portentoso, porque era inato. Assassinou aquele presépio. Assassinou mais coisas, assassinou todos os meus gibis, jogou todos no lixo. Não me deixou nem um.

Ela era um furacão exterminador.

85

Ganhei um toca-discos de presente quando fiz doze anos; era um toca-discos de maleta; nele ouvi meus primeiros discos; ali suspeitei que a música me curaria, senti o poder curador da música; por isso chamei meus filhos de Vivaldi e Brahms. Que todos os nomes se transformem em músicos. Ora, estou notando uma coisa: não pus nomes neles, meus pais, não pus neles prestigiosos nomes da história da música. Talvez meu pai devesse se chamar Gregoriano e minha mãe Euterpe. Eu deveria encontrar um nome de um compositor célebre para cada pessoa que amei e, assim, encher de música a história de minha vida.

Eu os vi comprar o toca-discos. Eu o havia pedido de presente de Natal; eu os vi entrar na loja, foi um acaso estar passando por ali, por aquela rua onde ficava a loja de eletrodomésticos. Calculo que foi em 1974. Pode ser que essa imagem de eles entrando nessa loja seja um limite da memória. Meu pai estava com um sobretudo.

Por que entravam naquela loja? Meu coração se alegrou. Sabia por que estavam entrando naquela loja: iam comprar meu presente. Por que colocou um sobretudo para ir comprar um toca-discos?

Eu o havia pedido de presente de Natal ou por tirar boas notas na prova? Não sei. Só vejo uma imagem: os dois entrando naquela loja. Mas agora duvido do sobretudo.

86

Meu pai morreu com setenta e cinco anos. Será que viverei mais que meu pai? Tenho certeza de que viverei menos, ou talvez o mesmo: setenta e cinco. Mas acho que não, acho que irei antes.

Acho uma indelicadeza a pessoa viver mais que seu pai. Uma deslealdade. Uma blasfêmia. Um erro cósmico. Se vivemos mais que nosso pai, deixamos de ser filhos, a isso me refiro.

E se deixamos de ser filhos, não somos nada.

Meu pai sabia que estava se excedendo com a comida, que comia demais e estava engordando. Sua relação com a comida tornou-se daninha. Ele gostava de comer e gostava de viver. Porque quem come muito, embora não pareça, escolheu morrer; acaba escolhendo a devastação dos órgãos, a exploração do intestino, o abuso do pâncreas, do fígado, do estômago, do reto, do cólon. Todo mundo tem peso de sobra. Nós nos acostumamos a ver como normal pessoas com sete quilos a mais, e só reparamos nas pessoas que têm vinte ou vinte e cinco, ou quarenta, ou sessenta quilos a mais. Quase todo mundo engordou. Só dois quilos a mais já são nefastos. Esquecemos dos dons da fome.

Hoje não está nem um pingo de calor. É um dia perfeito para uma pergunta direta. Para contemplar quanto meu pai e minha mãe me amaram.

Esse amor não vai embora do mundo.

Por que me amaram tanto?

É verdade que me amaram ou estou inventando isso?

Se inventei seu amor, é lindo. Se foi real, também é. Porque para trazer esse amor das sombras tenho que viajar. A viagem mais lenta do mundo, e a mais prodigiosa.

87

Há poucos dias o célebre ator e comediante norte-americano Robin Williams se suicidou, aos sessenta e três anos. Ou seja, meu pai viveu doze anos a mais que ele. Robin se enforcou com um cinto. Isso não era necessário, camarada, não precisava se matar. Meu pai, que não tinha nada, viveu doze anos a mais que você. Doze anos é uma eternidade. Você era rico, Robin, e escolheu morrer. Meu pai era pobre, e a morte veio buscá-lo.

Não é justo.

Você poderia ter nos deixado seu dinheiro, meu pai teria conseguido encontrar oncologistas na vanguarda das pesquisas que teriam salvado a vida dele, essa que você não quis. E meu pai estaria comigo agora. Teria oitenta e quatro anos. Há pessoas de oitenta e quatro anos que estão perfeitamente bem. Se meu pai houvesse tido o dinheiro que você tinha, teria se salvado.

A morte nunca é necessária.

Pois a morte sempre nos é dada por acréscimo ou por falta. Não é preciso ir buscá-la. É um serviço em domicílio. Não temos que ir a lugar nenhum fazer esse trâmite. Eles vêm à nossa casa. É cômodo. É um bom serviço que nos oferecem. Não há ironia, é que é assim mesmo.

Passamos pelo mundo e depois vamos embora. Deixamos o mundo para os outros, que vêm e fazem o que podem. As cidades duram muito mais que nós, embora, evidentemente, são refundadas, transformam-se ou até mesmo desaparecem. Meu avô materno também se suicidou, como Robin Williams acaba de fazer. Talvez o desespero e o vazio e a náusea moral que levam ao suicídio configurem a pior doença da Terra.

Este é o rosto de minha avó, acompanhada de um de seus filhos, que está com um bolo na mão:

É um olhar de grande sofrimento, de um mal interno que tem a ver com o terror. De qualquer maneira, nos olhos dessa mulher prefiguram os meus e os de minha mãe. Quando essa foto foi tirada, seu marido já havia se suicidado e seu filho primogênito havia morrido. Por isso ela está aterrorizada: não tem marido, não tem primogênito. Acha que a culpa é dela.

Essa mulher viu um de seus filhos morrer em um acidente de trânsito fatal que fez seu marido enlouquecer e se suicidar com um tiro de espingarda de caça em 1957. A data não sei com certeza, mas calculo. Talvez 1955, ou 1951, não sei. Nos anos 1950, os acidentes de trânsito eram numerosos. São dados que fui reconstruindo como pude, porque ninguém falava e agora estão todos mortos. Não há como corroborar dados e datas, todos partiram. É como se me houvessem dito: "Invente tudo, nós vamos embora, faça o que quiser com seu passado, tanto faz, não estamos mais vivos".

Nesses olhos de minha avó vão séculos de vida rural espanhola, de mãos cansadas, de cheiro a suor, de barbas malfeitas, de calor maldito nos verões, de animais respirando ao lado de nossa boca, de padres oficiando missa, de mais padres oficiando mais missas, de outra vez setecentos milhões de padres oficiando missa. O grande inimigo de Deus na Espanha não foi o Partido Comunista, e sim a Igreja católica.

Setecentos milhões de padres oficiando missa. O marido dela se matou. Seu filho também, antes inclusive, e seus olhos impugnam o sentido da vida, que não é mais que o sentido da terra, uma terra sem nome, porque só duas cidades na Espanha têm nome e fama e prestígio e riqueza e sucesso e honra e força militar e força econômica e universalidade: Madri e Barcelona.

As outras cidades e povoados foram só províncias abandonadas, lugares vazios.

Ela, minha avó inominada (vou chamá-la de Cecilia, em honra a Santa Cecília, nomeada padroeira da música pelo papa Gregório XIII em 1594), é filha de uma terra esquecida, as terras do Somontano, e agora eu nomeio essas terras e esses povoados graças ao fato de ter feito faculdade, ou seja, graças ao ditador Francisco Franco Bahamonde, que fundou as bases para que os netos de Cecilia soubessem ler e escrever, que fundou as bases da classe média espanhola, que atrasou a modernidade política da Espanha em algumas décadas e o fez por ignorância e por simplicidade.

Escrevo porque os padres me ensinaram a escrever. Setecentos milhões de padres.

Essa é uma grande ironia da vida dos pobres na Espanha: devo mais aos padres que ao Partido Socialista Trabalhista Espanhol. A ironia na Espanha é sempre uma obra de arte.

88

Encontraram um câncer em Cecilia. Minha mãe a evitava porque achava que o câncer poderia ser contagioso. De modo que para mim foi uma verdadeira desconhecida. Não me lembro muito dela, salvo pela foto, mas seus olhos são os meus hoje. "Não a toque", disse minha mãe. E se dizem isso a uma criança, ela acredita que sua avó é uma massa corporal infecciosa, um roedor doente, um precipício com pedras negras em seu abismo. Mas não havia má-fé em minha mãe, em absoluto; só desespero. Isso é o que sempre houve no coração de minha mãe e no meu; ela me queria a salvo do câncer porque eu era desesperadamente o que mais amava neste mundo. A simples ideia de que pudesse acontecer algo comigo era horrível para ela. Era um amor pré-histórico, enlutado, claustrofóbico, absorvente e exasperado.

Minha mãe falava com sua irmã Reme e com meu pai sobre a inevitável morte de Cecilia; eu ouvia essas conversas; faziam preparativos; estudavam a situação, e tudo aquilo criava uma atmosfera que eu vivia de uma forma especial, porque era o rei de todas as coisas e era a alegria que compensava a morte iminente de Cecilia. Eu era a esperança e o futuro e Cecilia era o adeus. Nós nos compensávamos, estávamos relacionados, para que seu adeus tivesse sentido era necessário meu futuro, e vice-versa. E passados quarenta e cinco anos de tudo aquilo, essa lembrança das conversas às custas de Cecilia desperta em mim visões que eu não sabia que estavam em meu cérebro: os limites da memória são líquidos. Vejo novas coisas, sempre vendo velhas cenas como se fossem novas.

As torneiras de metal dourado com o encanamento de cobre à vista da casa velha de minha tia Reme, e Cecilia, muito doente, bebendo um copo de água.

89

Tento pensar em momentos alegres da vida de Cecilia. Talvez o dia do nascimento de seus filhos. Como seria sua voz? Essa voz não está gravada em lugar nenhum.

Como seria quando jovem? Nas estações de trem, ou de ônibus, ou nos terminais dos aeroportos poderíamos cruzar com nossos avós e não os reconheceríamos. Com nossos mortos não cabe verificação, porque nossos mortos são seres anônimos, sem iconografia, sem fama. Se nossos mortos se levantassem do túmulo seriam uns desconhecidos. Só com os mortos célebres, tipo Elvis Presley, Adolf Hitler, Marilyn Monroe ou Che Guevara haveria identificação se ressuscitassem.

Eu não reconheceria meus avós se eles voltassem à vida porque nunca os vi enquanto estiveram vivos e porque não tenho nem uma triste foto deles nem me falaram deles. Agora os procuro entre os mortos, e minha mão se enche de cinzas e excrementos, e esses são os emblemas e a heráldica da classe trabalhadora universal: cinzas e excrementos. E esquecimento.

Não existe tal parentesco. Família não existe.

Ali não há nada, a vaidade de dizer "meus avós". Não sei quem foram. Não sei que vida levaram, se eram altos ou baixos, se tinham o cabelo moreno ou louro, não sei nada. Não sei nem o nome. Meu avô paterno não sei quem foi. Meu avô materno menos ainda. Nem a data de sua morte. E nunca saberei porque não posso perguntar a ninguém.

O que faço eu na noite do mundo se não posso possuir a primeira noite de meu mundo?

90

Minha mãe me dizia: "Não a toque, não a toque". Cecilia tinha um câncer embaixo de suas roupas pretas, no flanco. Eu imaginava o câncer como algo branco escondido na roupa preta de Cecilia, o câncer como um rato branco que comia os braços das pessoas. Nunca falamos do câncer de Cecilia. Ela está morta, mas talvez sua peregrinação à purificação não termine até minha morte. Também posso pensar em minha morte.
Quanto pode me restar?
As pessoas não pensam nisso, porque isso não pode ser pensado, não há conteúdo aí, não há nada, e especialmente não há cortesia social.
No entanto, há um número esperando: cinco anos, três dias, seis meses, trinta anos, três horas.
Há um número ali, esperando se cumprir.
E esse número se cumprirá. Porque todos carregamos esse número. Parece uma sangrenta ironia de Deus. O gosto pelos números. Meu pai viveu setenta e cinco anos. Os números simbolizam bem as vidas. As pessoas fazem seus cálculos quando perguntam a idade de um morto que acabou de morrer.
Morrer com menos de vinte anos é quase não morrer, porque não houve vida.
Morrer com menos de cinquenta anos é triste. Meu pai escolheu um número misterioso: setenta e cinco.
Não são muitos, mas também não são poucos. Parece uma fronteira. Parece um bom número. Parece um número esotérico. É como uma fronteira. Um partir antes da decrepitude, logo antes. Mas não muito antes.
Na noite em que ele morreu fiquei pensando nesse número, tentando descobrir se meu pai queria me comunicar algo por meio desse número.
Todas as minhas senhas cibernéticas têm o setenta e cinco.

Há uma perfeição nesse número. Ele poderia ter vivido mais dez anos perfeitamente, quinze inclusive.

Mas poderia ter morrido aos sessenta e cinco, aos sessenta e oito, ou aos setenta e três.

Escolheu um número hermético e cheio de mensagens, de cataratas de mensagens, uma sinfonia de símbolos.

91

Cecilia e eu estamos andando pela rua. Ela está completamente coberta, cheia de véus. Estamos indo a uma igreja. Entramos na igreja. Há velas acesas e Cecilia me diz: "Eu sou sua avó". Quero recordar que ela me disse isso, mas, na verdade, não disse nada. Não disse nem uma sílaba. A confissão do amor é um sonho de meu presente. E eu a olho, e só vejo véus de ferro, presídios onde estão os mortos dos quais seus filhos vivos não falam, muros, caixões.

Quando a enterraram, no dia de seu enterro, seus filhos se reuniram, devia ser 1967 ou 1968. Também pode ter sido em 1969, ou em 1970, ou em 1966, não sei. Só posso especular, ninguém me comunicou as datas, pois ninguém tornou a dizer em voz alta a data da morte dela anos depois. Reuniram-se para falar da divisão do pouco que restava. Imagino que ela teria gostado de vê-los todos juntos no dia em que a enterraram. Vejo seus filhos sentados a uma mesa comprida, havia agitação, devem ter trocado palavras altas. E depois, passado o dia do enterro, eles a esqueceram.

Minha mãe quase não falava dela. Mas imagino que a levava no coração. Não sei. Se a levava no coração, fazia-o em silêncio.

Oh, fantasmal Cecilia, não é que seus filhos não a amaram, é que você se transformou em uma recordação furiosa ou incômoda. Não estavam preparados para pensar nos falecidos com racionalidade. Ninguém estava preparado, porque você viveu em uma Espanha tão pobre que não dava nem para manter a memória quente. Era um país atrasado, mas como era tanto, nenhum historiador sabe disso.

Nenhum historiador tem a menor ideia disso.

O enigma espanhol, dizem.

Você não surgia nas conversas. Não sei nada de você porque nada me contaram. Esqueceram-na miseravelmente. Sem dúvida, você viveu e lhe aconteceram coisas. Quando surgia em alguma conversa, em poucas ocasiões, aparecia como uma sombra distante, sem concreção, mas um de seus filhos a amava muito.

Era Alberto, o pequeno.

Ele sim falava de você com a voz do desamparado.

Chamarei Alberto de Monteverdi, porque ele merece e esse pode ser seu bom nome, o que ainda não floresceu na montanha, o que se perdeu em uma montanha esquecida e nunca amadureceu, nunca chegou a florescer.

92

Era Monteverdi quem a recordava. Era o que ficou sozinho na vida, o que não fundou família, o que não arraigou e rezava por você e a interpelava buscando amor. Ele a evocava no meio de uma conversa com seus filhos, os irmãos dele, e ficava sozinho, abandonado, nenhum deles continuava a evocando; eu olhava com a incompreensão de uma criança de sete anos que só reparava na veemência com que Monteverdi dizia "mama", porque, além do mais, não a pronunciava oxítona, e sim desconsoladoramente paroxítona, e meu ouvido registrava essa estranheza, que provinha de um desamparo primordial e que acentuava sua distância, porque seu nome não era "mamá", como era o de minha mãe.

Monteverdi continuava buscando você entre os ausentes, era o único dos irmãos que fazia isso.

Os outros haviam se tornado pais e mães, e a deixaram em paz entre os idos.

Mas Monteverdi dizia: "Não se lembram do que mama sempre nos dizia?". E a vejo agora, Cecilia, cuidando de seus filhos, e daquele que mais precisou de você: Monteverdi.

Não vi sua família, nunca a vi.

Agora a vejo, entre os mortos. Saber que um dia essa família existiu já me basta. Saber que não a estou inventando me basta. Um dia essa família deve ter existido, e devia ser uma família plena, nobre, unida, forte, alegre.

Porque a diferença entre vivos e mortos concerne a líquidos e rápidos movimentos do nascer e pôr do sol, tem a ver com a luz e seu trânsito sobre a cabeça dos homens.

Monteverdi sabia que você foi a única pessoa que o amou. E recorria a você como uma criança perseguida pelos homens, que nunca o amaram. Mas você partiu do mundo e deixou Monteverdi sozinho. Não sei nem quantos anos você tinha quando partiu, não sei se tinha noventa anos ou sessenta. Também não sei quantos anos tinha seu marido, meu avô, quando se suicidou.

Cecilia, de você eu não soube nada, nem sei como se chama, por isso inventei esse nome da padroeira da música. Porque ninguém dizia seu nome de batismo.

Biologicamente você foi minha avó, e agora talvez seja meu melhor fantasma.

93

Ninguém a citava, salvo meu tio Monteverdi.

Mas ainda há alguém que a superou no grau de inexistência, alguém que jamais foi citado. Quase foi o Espírito Santo. É como se Cecilia houvesse engendrado seus sete filhos por intervenção divina, e não pela de seu marido. Você, Cecilia; sim, você foi citada e eu a vi em vida. Ele foi um buraco negro. Minha mãe era filha do Espírito Santo e de você, Cecilia. Os cinco irmãos vivos de minha mãe também tiveram Ninguém como pai.

O inominável, mas por quê?

Quem foi esse homem? Porque existir, existiu, e esteve sob a luz do sol, como estou agora.

Se teve filhos, teve que existir.

Não acredito no Espírito Santo como doador de sêmen.

Meu avô não tem rosto vivo, nem rosto de morto. É que jamais foi visto em vida, portanto, não tem nem morte. É impossível pensar em mortos a quem não vimos vivos.

Perdemos a lembrança porque escolhemos a vergonha, o sentimento de vergonha. O suicídio de seu marido e pai de seus filhos os envergonhava. E em vez de compreensão e tolerância, optaram pelo esquecimento radical. Adeus à lembrança, que é tão barata... A lembrança, que se mantém só com as brasas do sangue. A lembrança, que é grátis. Não há impostos sobre a lembrança. O Estado não cobra de seus cidadãos por recordar; ou talvez cobre.

Porque a lembrança pode ser letal. Muitos, muitos anos depois, vi gente escolhendo o silenciamento de pessoas incômodas. Recordamos só o que nos convém, exceto eu, que quero recordar tudo. Ou recordamos o que convencionalmente se instituiu para ser recordado, exceto eu. Não pretendo renunciar ao "exceto eu" nem que pareça vaidade e pompa. Minha memória põe em pé uma visão catastrófica do mundo, já sei, mas é a que eu sinto como verdade. Não podemos renunciar à catástrofe, é a grande ordem da literatura, o vento da maldade e o vento de todas as coisas que foram.

94

Nessa única foto de Cecilia que chegou a mim há um adolescente, quase uma criança, que segura um bolo; vê-se pouco o bolo na foto, só um cantinho. Quem comeria esse bolo que quase não se vê? Que sabor teria um bolo da época?

A criança era Alberto, meu Monteverdi.

A vida não o havia atacado ainda. Atacaria mais tarde. Uns anos depois Monteverdi foi diagnosticado com tuberculose, isso foi no fim da década de 1950, em 1957 ou 1958, por aí, calculo.

Agora, quando escrevo, Monteverdi também está morto.

Não fui ao enterro de Monteverdi, como sempre faço. É difícil descrever o grau de degradação a que Monteverdi chegou nos últimos anos de sua vida. Monteverdi morreu em 2014. Acho que nasceu em 1940. Ninguém sabe. Ninguém se importou.

Por exemplo, Monteverdi não tomava banho. Não se lavava. Era um ser errático que atravessava a cidade de Barbastro, caminhava por ela inteira, sem missão alguma. Era visto nos bares, nas lojas, nas praças. Monteverdi sempre estava pletórico, envolto em um júbilo ilusório. Há uma cena de minha infância na qual Monteverdi me persegue com uma faca. Foi real e ele quase me assassinou. Monteverdi me perseguiu com uma faca. Tinha ataques de fúria, ou de loucura. A vida sexual de Monteverdi também é um mistério. Éramos todos loucos, uma família de perturbados. Não sei se Monteverdi sofria, imagino que sim. Sua vida era simples. Não trabalhava. Sua tuberculose o tirou do mercado de trabalho daquele tempo, meados da década de 1960.

Nossa loucura familiar foi também um Natal. Uma liturgia de irmanação.

Fomos muito felizes nos porões do mundo. Porque Monteverdi sempre tinha um sorriso carnívoro no rosto. De sua simplicidade nasceu uma lança, uma ponta afiada; acontece com os seres onde o elementar não se transforma em inocência, onde o elementar ou o simples se precipita rumo à deformação, à anomalia ou ao espasmo moral. Monteverdi era anômalo, básico, mas não havia bondade em seu coração. Só havia trevas, simples trevas, trevas básicas.

O grande Monteverdi não fez nada na vida. No final, ele se virava com uma pensão de uns duzentos euros de agora. Meu pai, nos anos 1970, dava de presente a ele seus ternos velhos. De modo que esses ternos passeavam por Barbastro em dois corpos diferentes. Meu pai usava ternos porque era vendedor viajante. A pessoa veste um terno e já parece algo, é o mistério igualador dos ternos, especialmente nos anos setenta do século XX.

Agora esse mistério vai desaparecendo.

Monteverdi usava gravatas muito vistosas, cheias de cores. Para piorar, Monteverdi deixou o cabelo comprido.

Parecia Jesus Cristo Superstar com gravata e óculos. Porque Monte usava óculos, uns óculos como os de Paul Newman no filme *A cor do dinheiro*. Uns óculos de liquidação comprados no fim do mundo.

Seu jeito de falar era atropelado, cheio de coloquialismos que buscavam a amizade ou a aceitação do interlocutor; era uma maneira de falar que ia do delírio à ternura, e da ternura ao abismo.

Monte estava no abismo.

95

Estou há muito tempo sem beber.

Na Espanha, a ajuda que um ex-alcoólatra recebe é facilidade para voltar a beber. Acho que na Espanha não existe o perdão dos pecados.

Por isso, no fim, ninguém pode abandonar o álcool na Espanha, por isso a expectativa que um ex-alcoólatra espanhol desperta é: vamos ver quando cai, vamos ver quando volta a beber.

Dará prazer vê-lo cair outra vez. Dessa última não se levantará.

E aplaudiremos. E diremos: "Já esperávamos".

Esse é o mistério da Espanha pelo qual se perguntam os historiadores, e se perguntam os homens de boa vontade, e se perguntam os escritores inteligentes, e se perguntam os intelectuais honestos: ver as pessoas caírem nos deixa a mil.

Não somos boa gente entre nós. Quando vamos para fora parecemos boa gente, mas entre nós nos esfaqueamos. É como um atavismo: o espanhol quer que todos os espanhóis morram para ficar sozinho na península ibérica, para poder ir a Madri e que não haja ninguém, para poder ir a Sevilla e que não haja ninguém, para poder ir a Barcelona e que não haja ninguém.

E eu entendo, porque sou daqui.

O último espanhol, quando todos os outros espanhóis estiverem mortos, será feliz por fim.

96

Quando pequeno, eu fantasiava com a ideia de que meus pais não eram meus pais, de que eu era uma criança adotada. É uma ideia triste, quebra o vínculo, conduz ao limbo maquinal das estrelas que vemos no firmamento à noite, a uma espécie de estatismo da vontade; ser adotado era uma perversão, era uma organização criminosa de nossa origem, era um castelo cheio de cadáveres que apodrecem à vista de todos; em minha infância, ser adotado era um estigma; minha mãe ia em busca de informação sobre crianças adotadas de Barbastro; revelava-me a doença moral que pulsava em frases como "esse menino de sua classe é adotado", e esse menino se transformava em carne involuntária com alma fortuita, mas era lindo, porque havia um segredo ali.

Se somos filhos adotados é porque nossos verdadeiros pais não nos amaram nem cinco minutos nesta vida. Outros nos amaram, os pais inventados pela sociedade, mas não pela natureza, que é a única verdade.

Quanto eu estaria disposto a pagar agora mesmo para voltar a sentir aquela inocência! Sentia uma enorme compaixão pelas crianças adotadas, partiam-me a alma. Tinha vontade de acolhê-las. Dá-las a meus pais. Eram a imagem mais feroz do desamparo. Tudo se passava só em minha cabeça, porque, na verdade, essas crianças eram felizes.

97

Minha mãe sempre conseguia galinhas caipiras, lá pelos anos 1960 e 1970. Eram trazidas por uma mulher de algum povoado próximo. Trazidas vivas. Minha mãe as assassinava, ajudada por sua irmã Reme, que tinha muita experiência e muita habilidade. Reme ia à nossa casa matar galinhas. Pegava a faca e lhes cortava o pescoço, e eu via isso com certo nojo, mas não com medo. Depois ferviam o cadáver, recordo cenas na cozinha com muito vapor, com penas, sangue e facas. Recordo o pescoço da galinha aberto de cima a baixo, e a fumaça.

Nojo, sim, desconforto pelo cheiro a sangue e pelas penas e porque a cozinha ficava cheia de fumaça. E em que momento nasce o outro nojo, o nojo de entrar no banheiro com meu pai, em que momento começam os tabus, porque o menino pequeno quer estar sempre com seu pai, mesmo quando seu pai está sentado no vaso sanitário. Não sente nojo. Não sente repugnância. Não sente nenhum desconforto físico nem psíquico. Porque o nojo é um tabu da civilização. O nojo dos excrementos do pai nasce socialmente no momento da independência, da emancipação social do filho. Para que seja possível que os filhos saiam de casa deve nascer a repugnância dos odores do pai. Lembro-me de ter visto meu pai urinar e ter ficado fascinado e assustado diante de seu sexo. São cenas do passado, e o passado tem cada vez menos prestígio.

Lembro que alguém me contou, quando eu era criança, a história de um pai, na guerra civil espanhola, que se entregou para salvar a vida do filho. O filho foi posto em liberdade e o pai foi fuzilado. Por isso a paternidade é tão importante, porque anula a dúvida, nunca duvidamos. Sempre daremos a vida por nosso filho. Tudo que resta no mundo é confusão, hesitação, perplexidade, egoísmo, indecisão, incerteza, nenhuma grandeza. Esse pai foi fuzilado, mas seu filho ficou livre.

Receber a bala por outro sem que nos importe: essa é a maior grandeza que a vida pode nos reservar.

Receber a bala por nosso filho é o bom mistério, não há outro mistério maior que esse sobre a Terra. A luz do sol se apaga diante desse mistério. Não sentiremos a bala entrar em nossa carne, não sentiremos a perda do futuro, a perda das coisas que nos restavam por fazer, não pensaremos nele, porque já não será ele e sim só o fervor bem-aventurado por nosso filho, que estará vivo, que continuará vivo.

Dar a vida por alguém não está previsto em nenhum código da natureza. É uma renúncia voluntária que desorganiza o universo.

A paternidade e a maternidade são as únicas certezas. Todo o resto quase não existe.

98

Acho que 1970 foi o ano em que inauguraram as Piscinas da Cooperativa e deixamos de ir ao rio Vero, o riozinho que passa por Barbastro.
Recordo os banhos no rio Vero e no rio Cinca.
As pessoas se banhavam nos rios na época, cheios de barro e libélulas e pedras e galhos. E pouca água.
Quando as piscinas públicas chegaram à Espanha, no começo da década de 1970, minha mãe ficou muito contente. Passava o dia todo na piscina, uma piscina que tinha um vestiário, o que era uma grande novidade, e que também tinha máquinas de bebidas, onde podíamos contemplar nós mesmos o automatismo da introdução de uma moeda de cinco pesetas e a extração de bebidas refrescantes da época, como a Mirinda, que desapareceu ninguém sabe por quê.
Também dispunha de um porteiro, que vigiava severamente se quem entrava na piscina tinha a carteirinha, e me lembro da cara daquele homem, cujo cadáver me roça neste instante, um homem feio, calvo, inclinado para o nada, de olhos pretos, expressão doente, um homem idoso à altura de 1970, que olhava três vezes a foto da carteirinha da piscina para ter certeza de que ninguém o estava enganando e fazer seu trabalho direito, que não podia acreditar que as pessoas se banhavam, que não podia acreditar que as mulheres punham biquíni e que queriam tomar sol, e beber uma Mirinda, nem que existisse uma coisa chamada "a canção do verão"; um homem que não acreditava no sol.
Essas piscinas não existem mais, desapareceram em meados da década de 1980. Agora há apartamentos em cima, onde vivem os filhos dos que se banhavam, os filhos dos banhistas mortos, a serviço da prosperidade da Espanha, se é que a província de Huesca fica na Espanha.

Meu pai serviu à prosperidade da Espanha fazendo que alguns espanhóis da década de 1970 tivessem um terno sob medida. Para mim isso é heroísmo.

Não lhe deram medalha de honra ao mérito em uma cerimônia presidida pelo rei da Espanha e pelo presidente do Governo e pelo presidente do Governo de Aragão e pelo capitão-general da IV Região Militar e pelo arcebispo de Zaragoza.

Não, não lhe deram.

Ele, por umas santas razões, não a recebeu.

A mim também não darão, mas por outras razões, razões diferentes, razões muito diferentes; contudo, também santas.

Meu pai e eu nos vingamos de tudo isso; ele por meio de sua esposa; eu por meio de minha mãe.

Minha mãe nunca soube que Barbastro era um povoado de uma comunidade autônoma chamada Aragão nem que Aragão era um território que pertencia à Espanha nem que a Espanha era um país do sul da Europa. E não sabia não por ignorância.

E sim por divina indiferença.

99

Não me lembro de meu pai gostar de bandeiras. E minha mãe não sabia nem que a Espanha tinha uma bandeira. Minha mãe não concebia a vida política sobre a Terra. Não estava nem aí. Não servia para o cumprimento de seus desejos. Minha mãe era atávica como um rio, uma montanha ou uma árvore. Acho que meu pai jamais usou a palavra "bandeira" para nada. Há palavras espanholas que meus pais nunca empregaram. No entanto, é inconcebível minha vida sem a Espanha, porque, de alguma forma, amo a Espanha. Na verdade, amo a Espanha por causa de meu pai, porque foi onde ele viveu, só por isso. Porque amo tudo que teve a ver com meu pai. Se meu pai houvesse sido português, eu amaria Portugal. Acho que ele jamais teria tido a sorte de ser francês ou britânico ou norte-americano.

Meu pai sempre viveu na Espanha. Sempre esteve na Espanha, salvo no serviço militar, que o cumpriu na África, na cidade de Melilla. Quando visitei Melilla, há alguns anos, a voz saltou: "Ele esteve aqui quando tinha vinte anos, aqui, esteve aqui, com toda a vida pela frente; quando esteve aqui não sabia o que era morte, nem sabia que sessenta anos depois você viria a esta cidade buscando-o; sessenta anos depois e ainda restam vestígios no ar de Melilla; você ainda pode vê-lo sorrindo, com aquele sorriso bondoso que tinha e que Bra herdou e não sabe; Bra não sabe e ele também não, só você sabe, e talvez esse seja o conhecimento mais importante que alcançou, e agora você sorri, sorri porque ele esteve aqui".

100

Alguns mortos morrem com a aprovação dos vivos e outros não: mortos qualificados como grandes homens e mortos qualificados como homens perversos, mas uma vez que entram na morte toda descrição ou julgamento ou discernimento moral fica de fora, e só persiste a igualdade na putrefação da carne; a putrefação da carne não se importa com a bondade ou a maldade moral que habitou o corpo morto. Mas se os vivos os amam, quem vai morrer morre mais tranquilo, e isso conta.

Depois, não há nada.

O perverso apodrece do mesmo jeito que o bondoso.

Não sei se os insetos necrófagos notam a diferença entre a bondade e a maldade; é aterrador pensar que não a notem, é aterrador pensar que a espuma amarelada e a gordura transformada em sabão de um cadáver bondoso sejam as mesmas que as de um cadáver maligno; que o bem e o mal não sejam diferenciados por meio de putrefações diferentes; que o bem e o mal acabem na mesma pestilência, no mesmo tipo de larvas e fungos.

Talvez por isso fiz bem em queimá-los, mas não acredito.

101

Vamos caminhando de mãos dadas, meu pai e eu, pelo cemitério de Barbastro. É 1º de novembro talvez de 1968, ou 1969, ou 1970. Meu pai para diante de uma parede de nichos. Olha para os nichos de cima, que estão deteriorados e sem nome.

Ele me fala, diz: "Em um desses ali de cima está seu avô". Eu olho, mas só vejo dois ou três nichos sem nome, descascados, desarrumados, rachados como parede de tijolos, cinza, distantes, sem identificação possível, vejo só areia suja e úmida. Olho para meu pai e com meu olhar lhe peço uma precisão, que esclareça qual nicho é. Ele não sabe. Não lhe inquieta não saber.

É como se meu pai não houvesse tido pai.

É estranho.

Acho que ele nunca mais tornou a falar do pai. Era uma zona mística. Uma zona secreta. Meu pai parecia um agente da CIA.

Eu teria gostado de saber em que ano meu avô paterno morreu. Acho que essa confissão que meu pai me fez ao me mostrar aproximadamente o nicho onde meu avô foi enterrado foi um gesto de fraqueza, uma indiscrição. Por que meu pai me negou qualquer conhecimento sobre a vida de meu avô? Não houve tempo para essas revelações; não pensamos que tudo acabaria tão cedo. Meu pai esqueceu o pai dele. Não sei o que aconteceu ali, mas algo foi. Acho que a memória é uma arte burguesa, e nisso meu pai foi profundamente antiburguês. Esse é o ponto de fuga da vida de meu pai. Vestia-se como burguês, mas tinha em si a subversão e alguma forma bondosa da anarquia moral que conduzia ao esquecimento de seus progenitores. Talvez pensasse em seu pai todos os dias, só que não me disse. Pensou que era melhor que eu não soubesse, porque não o entenderia. Na verdade, eu nunca soube quem era meu pai. Foi o ser mais tímido, enigmático, silencioso e elegante que já conheci na vida. Quem foi? Ao não me dizer quem era, meu pai estava gestando este livro.

A presença do cadáver no túmulo não é estática. Há uma atividade frenética, há uma reconversão industrial da matéria dentro da caixa. O caixão é uma fábrica. Uma planta industrial onde a matéria se enfurece para baixo, para o profundo, porque tudo ocorre embaixo da superfície com vontade de ir mais para dentro, como se buscasse o coração do planeta. Não está à vista, mas percebo toda essa atividade: a alegria do cadáver do qual saem fagulhas de vida através de seres nauseabundos. Mas a vida nunca é nauseabunda mesmo que nasça na pocilga, pois a manjedoura também era uma pocilga.

Há uma fundição e uma fundação no mundo do caixão, há consciência e essência; e eu impedi tudo isso quando mandei queimar o cadáver de meus progenitores, mandando queimar a mim mesmo dessa forma, porque a forma suprema da vida é o cadáver da vida, e eu não soube ver isso.

Não soube ver nada.

Os restos ósseos são molde, pilar e coroa de quem ficou em cima da terra, na superfície.

Porque há no esqueleto ambição e manifestação e sedição. E eu não soube ver isso. E há comunidade, porque nos cemitérios os esqueletos são vizinhos uns dos outros, e nessa vizinhança ainda alenta uma forma de esperança.

A esperança de voltar a vê-los, papai, mamãe. Sou só isso: esperança de voltar a vê-los.

102

Com meu pai também acontecia, tinha quedas de vontade. Como comigo. Houve um momento em que já não compensava sair para vender, tinha que pagar gasolina, pagar as pensões e a comida, e vendia pouco. Não valia a pena. Ele vendia pouco tecido e eu vendo poucos livros, somos o mesmo homem. Sofro a obsessão de que somos o mesmo homem desde antes de sua morte.

Meu pai era autônomo, tinha que pagar seus gastos. E a comissão que ganhava pelas vendas era inferior ao que tinha que desembolsar. Seu "para que viajar para vender" chega a mim em forma de "para que escrever".

São quedas da vontade de fazer.

Por isso ele optou por vestir o roupão verde e ver os cozinheiros na TV. Tudo que aconteceu com meu pai repercute em minha vida com uma precisão milimétrica. Estamos vivendo a mesma vida, com contextos diferentes, mas é a mesma vida. E nessa comunhão de vidas pode pulsar uma mensagem ou uma ironia oculta. Quem manda a mensagem? Transformam-se os aldeões sociais e culturais, mas somos o mesmo. Às vezes esse grau de coincidência massacra o tempo, funde o tempo tornando-o líquido e inseguro, e as duas vidas se tornam equivalentes. Também não quero chegar a ser alguém diferente de meu pai, causa-me terror chegar a ter uma identidade própria.

Prefiro ser meu pai. Quando descubro as altas e enérgicas coincidências entre a vida de meu pai e a minha, não só me impressiono como também me assusto, mas ao mesmo tempo me sinto seguro, acreditando que nessa repetição há uma ordem e um código maiores.

A vida toda escrevendo, como meu pai. Eu, poemas e romances; ele, cópias de pedidos dos alfaiates espanhóis. Meu pai era viajante, vendedor viajante. Eu, mais ou menos, também. Eu escrevo, ele escrevia. Dá no mesmo o que escrevíamos. Estamos fazendo o mesmo. Ele chamava suas obras literárias de "pedidos e cópias". Vejo-o sentado à mesa da sala de jantar: pegava sua caneta Parker (que ganhou da empresa) e ia anotando tudo com um cuidado quase infantil, com sua excelente caligrafia barroca. Foi meu pai quem me revelou a palavra *pendolista*. Disse-me o que significava: pessoa que escreve com letra bonita. Ficou gravado em minha memória: *pendolista*. A mesa estava manca e ele tinha que pôr um calço em um pé para que sua caligrafia não fosse prejudicada. Acho que meu pai jamais teve uma mesa em boas condições sobre a qual escrever.

A caligrafia era importante. As cópias eram amarelas. A vida se torna amarela. Até o amanhecer é amarelo.

103

Meu pai não me ensinou a amá-lo. Pegava minha mão quando eu era criança e saíamos. Também ninguém lhe perguntou se queria ser pai, se havia tomado a decisão de ser pai de uma maneira livre e sem coações.

Meu pai escrevia suas cópias, ia anotando ali o que vendia aos alfaiates das províncias de Huesca, Lérida e Teruel; alfaiates que fizeram ternos sob medida para homens que já morreram e que talvez foram enterrados com esses ternos; morreram também os alfaiates e nenhum de seus filhos herdou o negócio porque já não havia negócio a herdar.

Ele não soube me ensinar a amá-lo, mas como se faz isso? Várias vezes lhe deram honrarias porque era o viajante que mais vendia. Eu também ganhava honrarias naquela faculdade pobretona que fiz em Zaragoza, um curso cuja finalidade era aprender meia dúzia de frases sobre Lope de Vega e algumas destrezas para analisar as orações subordinadas relativas: que carreira acertada... Era a mesma coisa, a mesma coisa o que fez meu pai e o que eu fiz. O subdesenvolvimento persistia, havia se camuflado um pouco, mas continuava ali.

Os ricos continuavam sendo os outros. Nunca nós.

Não houve como conseguir uma oportunidade; essa é a Espanha para todos nós, para quarenta e quatro milhões de espanhóis: ver um milhão de espanhóis conseguindo uma oportunidade e você não.

104

O amarelo é um estado visual da alma. O amarelo é a cor que fala do passado, do desvanecimento de duas famílias, da penúria, que é o espaço moral ao qual nos conduz a pobreza, do mal de não ver nossos filhos, da queda da Espanha nos miasmas espanhóis, dos carros, das autoestradas, das recordações, das cidades em que vivi, dos hotéis onde dormi, de tudo isso fala o amarelo.

Amarelo é uma palavra sonora em espanhol.

"Penúria" é outra palavra importante.

"Penúria" e "amarelo" são duas palavras que vivem juntas, geminadas.

Tive um sonho: ia à casa de meus pais, mas em tempos futuros. Era o porvir. E meus pais tinham uma idade imprecisa, mas relacionada com a velhice. Em meu sonho, os dois estavam vivos, mas em um tempo futuro, talvez em 2030, ou em 2050, em um ano distante.

Da última vez que os vi estavam mortos, não mortos ao mesmo tempo, e sim mortos separados pelo tempo, nove anos meu pai esteve morto enquanto minha mãe continuava viva.

Muitas vezes pensei nesse crescimento, nessa progressão vital como morto que meu pai realizava na solidão, sua experiência como fugido da vida, sua casa entre os mortos, seu trabalho entre os mortos, enquanto minha mãe estava entre os vivos. É como se houvesse emigrado à América e ali estivesse fazendo uma fortuna ou lavrando seu porvir.

Eu sei as coisas que minha mãe fez enquanto meu pai estava morto, mas não sei as coisas que fez meu pai enquanto minha mãe estava viva.

Foram nove anos em que cada um foi para um lado. Não se telefonavam.

Nove anos é bastante tempo.

Agora devem ter tido que se dar muitas explicações. A maioria dos seres humanos só entra em contato com algo verdadeiramente enriquecedor uma vez, com um bem material que lhes é outorgado gratuitamente, e esse é o dia de sua morte, mesmo que seja representado na morte de um ser amado.

A morte é, no fundo, quase um lucro financeiro, pois a natureza por fim nos deixa livres, não há mais ação nem trabalho, nem esforço, nem salário, nem sucesso nem fracasso; não há mais que fazer a declaração do imposto de renda, nem checar os extratos bancários nem conferir a conta de luz. A morte representa, nesse sentido, a utopia do anarquismo.

Entrava em uma casa com grandes salões. Lembro que no sonho eu não entendia bem a disposição da casa e me confundia com os dormitórios. Vi que meu pai estava na cozinha fazendo uma sopa de peixe. Quando eu o conheci na vida real e no passado dessa vida real, meu pai, de fato, sabia fazer uma saborosa sopa de peixe. Era uma sopa *bullabesa*; fazia-a muito bem. Ele ficou me olhando do mesmo jeito que olhamos para alguém que nos parece familiar. Olhou-me por alguns segundos e continuou preparando a sopa. Entrava muita luz pelas portas-balcão daquela casa surpreendente onde meus pais viviam agora. Duvidei que houvesse me visto. Era como se eu fosse uma sombra; eu, que estou vivo. E ele fosse de verdade; ele, que está morto. Aproximei-me e o vi pôr muito empenho na preparação da sopa. Fiquei fascinado com a meticulosidade com que ele cozinhava essa sopa, como se finalmente houvesse se transformado em um daqueles cozinheiros da televisão de cujos programas tanto gostava.

Notei que meu pai, no futuro, era um ser laborioso, como também foi no passado, mas no futuro sua laboriosidade estava isenta de desespero e de angústia, essa era a diferença, que me entusiasmava e fazia feliz.

Descobri outro cômodo, que era um dormitório. Eu esperava encontrar o dormitório de meus pais, com uma cama de casal; contudo, havia várias camas individuais. Minha mãe apareceu em cena e ela tinha outros filhos, mas isso não me doeu. Não conseguia ver o rosto desses outros filhos, desses seres, desses irmãos que habitavam aquele deliquescente porvir. Também não conseguia ver minha mãe com nitidez, mas sua presença era segura, como se estivesse espalhada por todo o quarto, seu espírito espalhado ou semeado no ar. Eu não conseguia entender as dimensões do dormitório, mas visualizava com clareza as camas. Muita gente vivia ali.

Por que tanta gente vivia na casa de meus pais no porvir se na casa de meus pais no passado só vivíamos meu irmão e eu?

Era um sonho, sim, mas não era um sonho totalmente. Era um bálsamo, uma consolação, porque nossa mente é sábia, como se dentro de nossa mente habitasse alguém que é mais que nós; às vezes tive a sensação de que atrás de mim havia outro ser, outro ser que sairá de mim no dia de minha morte. Pensei nesse ser muitas vezes e acabei conferindo-lhe um nome: "O maquinista".

São sonhos que buscam a absolvição, e que nosso corpo possa continuar vivo sentindo-se exculpado. O maquinista sabe que me sinto culpado, pensa que meu inconsciente me condena por não ter estado perto deles quando ficaram idosos, por ter ido morar fora de Barbastro, por isso me oferece sonhos clementes nos quais meus pais continuam vivos e eu não existo. Minha inexistência nesse sonho simbolizava minha condenação, mas gosto de não existir, por isso, quando for julgado, essa minha querência pela inexistência enlouquecerá os juízes que deverão me condenar, porque a condenação é o resultado de qualquer julgamento com pedigree. A absolvição é insubstancial e inesquecível.

Só recordamos as condenações.

A absolvição não tem memória, assim são os seres humanos.

No entanto, minha culpa é problemática. Esse é o grande buraco da vida de todos os seres humanos fronteiriços, daqueles que estiveram entre o bem e o mal.

Acordei com certa euforia. Estava grato por ter visto meus pais de novo, mas os vi em um tempo vindouro, no futuro, um futuro sem mim. Havia visto um ilusório eixo do tempo, um plano alternativo, onde meus pais fundavam outra família à qual eu não pertencia, na qual eu não existia.

Não me senti excluído, não me senti mal.

Tudo me pareceu de uma ternura indizível, como se eu estivesse contemplando uma segunda oportunidade de todas as coisas; meus pais pareciam felizes com outros filhos, e eu não estava lá, minha ausência melhorava a vida de meus pais e isso me fazia feliz, não tinha medo de desaparecer.

Não tinha medo de desaparecer, nem sequer da raiz.

Se fui um mau filho, essa mácula se apagava para sempre.

Fui um mau filho?

Se fui, foi por incompetência, não por vontade. É possível ser um filho incompetente.

Ninguém está preparado para ser pai, nem para ser filho.

Eu poderia ter feito mais nos últimos tempos, claro que sim. Meus filhos me pagarão na mesma moeda, de modo que estamos quites. Ninguém deve nada aqui. Livres de dívidas. As dívidas estão pagas com o esquecimento de mim.

Conforme o sonho desvanecia, passei a recordar como era o quarto de meus pais no passado, ou seja, o quarto onde eu estive.

Nunca verei de novo esse quarto. Preciso dizer uma por uma todas as coisas de meus pais que não tornarei a ver.

Lembro que me causava uma grande alegria a contemplação do quarto real que se deu no passado.

Bem, eu havia visto meus pais vivendo no futuro por meio de um sonho.

Como será minha morte daqui a três mil anos? Os mortos continuam, transformam-se, perduram.

A morte de um ser humano vai e vem no tempo. Todos os mortos vão e vêm. Fazem coisas diferentes das que fizeram quando estavam vivos.

Dentro da morte continua existindo uma atividade frenética.

105

Eu tinha seis anos e ia ao quarto de meus pais. Achava que era uma nave espacial. Repito mais uma vez, como em uma salmodia, que é totalmente impossível que torne a ver esse quarto: as paredes pintadas de uma cor clara, as cortinas, a cama e os lençóis, a mesa de cabeceira, uma poltrona, um abajur, um armário. Vejo minha lembrança enquanto minha lembrança está vendo o passado.

O presente no qual todo ser humano vive transforma o passado em um enigma; contudo, o presente não é um mistério, mas assim que se tornar passado o enigma o invadirá, por isso olho o presente com lupa, com microscópio, tentando ver como ocorre sua transformação: um almoço de domingo terminado com Bra e Valdi, por exemplo, conduz-me ao desejo de saber como meus filhos recordarão esse almoço daqui a trinta anos. E então esse almoço me deixa ver seus mistérios, sua apoplexia espiritual, seu pâncreas amarelo. Como eles recordarão esses almoços de domingo quando eu estiver morto e houver me transformado em distância?

O passado são móveis, corredores, casas, apartamentos, cozinhas, camas, tapetes, camisas. Camisas que os mortos vestiram. E tardes, são as tardes, especialmente as tardes de domingo, em que ocorre uma suspensão da atividade humana; e a natureza, que é elementar, volta a nossos olhos, e vemos o ar, a brisa, as horas vazias.

A morte impede a continuação do envelhecimento e, apesar de poder parecer um julgamento absurdo, visto que é desprezível, a fantasia de que um morto possa continuar celebrando aniversários, os vivos contabilizam os aniversários dos mortos como se fossem vivos ausentes; de modo que os laços se estreitam e a contabilidade entre vivos e mortos encontra intersecções excêntricas, devido ao fato de que a morte não tem conteúdo e de que a vida sem a morte não tem finalidade.

Mas estava falando dos mortos sem vaidade, dos mortos que em vida não foram pessoas renomadas ou exímias.

A morte dá um significado inesperado à vida de qualquer ser humano. Qualquer notícia é impedida de forma inapelável. Fecha a possibilidade de movimento. A morte premia os que fracassaram em vida, os que não foram motivo de primeiras páginas de jornais, de notícias na televisão, de fotografias, de fama e celebridade iconográfica. Aos célebres e famosos em vida, a morte castiga com fotografias e imagens em movimento fora de moda, das quais já não podem escapar, estão trancados nelas.

Estão trancados na vida que levaram.

Os mortos anônimos estão livres do ridículo do passar do tempo. Não foram motivo de fotografias recordadas. São ninguém, são vento, e o vento não faz papel de ridículo.

Nunca se deixe fotografar.

106

A luz entra pelas portas-balcão de meu apartamento da avenida Ranillas, número 16, escada 1, apartamento quinto B, bê de Barcelona; tem dentro de si a alma de meus pais, que se chamaram Bach, meu pai, e Wagner, minha mãe, pois por fim encontrei dois nomes da história da música para eles. Já os transformei em música, porque nossos mortos hão de se transformar em música e em beleza.

Consegui por fim comprar uma lava-louças, é uma marca X, ou seja, não tem marca, mas funciona. Já não lavo louça. Custou 250 euros.

Mamãe Wagner, você nunca teve lava-louças. Foi o que disse a voz quando esvaziamos sua casa: "Mas sua mãe nunca teve lava-louças, como não comprou uma para ela?". Todo mundo tem lava-louças agora. Você poderia ter tido uma desde o início ou meados dos anos 1990, que é a data – calculo mentalmente – em que as lava-louças se generalizaram na Espanha. Claro que devia haver antes, imagino que desde fim dos anos 1970 e início dos 1980, especialmente nos bares e restaurantes, mas não nas casas particulares. Nas casas particulares, nos anos 1990. Mas você ficou cerca de vinte e cinco anos lavando louça sem necessidade.

Lembro-me de pilhas de pratos nos almoços de Natal, que você lavava sozinha; estou vendo agora esses pratos, quando já é tarde demais, ou as bandejas com restos de canelones grudados, que precisava esfregar forte com a bucha para que saíssem; e os canelones, aqueles de que Johann Sebastian tanto gostava; e havia muitos pratos e receitas que desapareceram com você; e a alegria daqueles almoços também desapareceu; lembro que não a ajudávamos a lavar, quando muito a enxugar a louça; não a ajudávamos em nada.

Ficávamos sentados à mesa como se fôssemos marqueses. E agora sei o que é isso.

Desde que estou sozinho, sei o que é manter uma cozinha limpa: é um trabalho extenuante, é uma obra de arte, é algo que nunca termina, porque uma cozinha nunca acaba de ficar limpa.

Podemos dedicar uma vida inteira a manter a cozinha limpa, foi assim para muitas mulheres. Viveram dentro de uma cozinha, por isso olho minha cozinha da Ranillas e a utilizo para me comunicar com Wagner, minha mãe.

Se acaricio minha cozinha, acaricio a alma de minha mãe. Se acaricio todas as cozinhas da Terra, acaricio a escravidão de milhões de mulheres, cujos nomes se apagaram e são música agora. A música de meu coração aturdido.

107

Faço compras na rede de mercados Dia. Há um Dia ao lado da Ranillas. Entro e está cheio de gente, gente vivendo na catástrofe, herdeiros da crise e do desemprego e do nada. Olá, colegas, comprem iogurtes de marca X; não têm o mesmo gosto que os da Danone, mas são infinitamente mais baratos. Gosto de comprar no Dia: tudo é barato e simples e óbvio e comestível, como minha passagem por este mundo. Tudo é barato porque está tudo quase vencido. Se repararmos na data de validade do que compramos, temos a surpresa de ver que boa parte dos produtos são tão baratos porque estão prestes a vencer. As bolachas estão quase vencidas, o peixe está quase vencido, por isso baixam os preços, porque os produtos são quase cadavéricos. Bolachas vencidas são como um cadáver. Dá medo comer coisas vencidas, é como se jogar no forno da indústria de alimentação. Os técnicos que tinham que vigiar a data de validade dos produtos também têm data de validade vencida. As datas de validade das pessoas vencem. Morrer é estar vencido, e o que quero dizer é que estendemos o conceito de fim a tudo que nos cerca. E, no fim, a medida ou transcendência de nossa morte não está longe da medida e transcendência de um iogurte vencido.

A data de validade é uma data fúnebre.

No entanto, a data de validade dos mortos não vence; mas dos vivos sim. A morte é o lugar onde o vencimento já não conta. Uma garrafa de Coca--Cola Zero de um litro custa um euro: uma equidade simbólica, que reúne a medição de seres líquidos com seres monetários. As pessoas que compram no Dia de meu bairro às onze ou ao meio-dia são desempregadas, idosos e donas de casa, e loucos ou doentes. Idosas que levam o dinheiro contado na mão, e compram uma lata de suco de laranja e um saquinho de alguma guloseima, e jogam as moedas no caixa, e a moça tem que contar as moedas sujas, cheias do suor da idosa já em demência, que usa fralda e fede. Se essa velha falasse inglês, estaríamos diante de uma cena de realismo americano, cheia de poesia acerada, mas na Espanha, e falando espanhol, e ainda por cima com sotaque de Zaragoza, simplesmente ficamos sem acerada poesia, sem transcendência, sem épica, sem nada; de qualquer maneira, ficamos com o exotismo das raças inferiores. Mas isso tanto faz, o mais inquietante é minha propensão a me irmanar com a desgraça; não a remediá-la, e sim a torná-la minha, a enfiá-la em meu coração. Enfio a idosa em meu coração e a amo. E penso que um dia essa octogenária foi uma menina ao lado de uma mãe jovem. Penso nisso, com força.

Fiquei a semana toda sozinho em meu apartamento.

Pequenas viagens à cozinha, ao quarto, ao banheiro, passeios pela sala onde escrevo, ligar a televisão. Contemplar a cozinha, os pratos, os talheres, a cafeteira. Contemplar a cama desfeita no quarto. Olhar a agenda. Deitar no sofá. Eu me irmano com minha tristeza como se procedesse de um terceiro, isso é outra coisa que me inquieta, e que me esmaga, porque penso que estou ficando louco.

Foi a irmanação com tudo que deu errado; com isso me irmano, com toda a desgraça, com todo o sofrimento; mas ainda sou capaz de me irmanar com algo infinitamente superior à desgraça: eu me irmano com o vazio dos homens, das mulheres, das árvores, das ruas, dos cães, dos pássaros, dos carros, dos postes.

108

Quando chega a madrugada, olho a avenida e já não passam carros. Todo mundo está dormindo. Não tenho horário, posso ir para a cama quando me dá na telha, posso passar a noite em claro, posso olhar a avenida às três da madrugada; posso, se quiser, sair para passear perto do Ebro a três graus abaixo de zero às quatro da madrugada, mas nunca faço isso porque acho que alguém poderia me ver, e isso me assusta. Poderia passear às cinco da madrugada perto do rio, mas temo que isso me perturbe, que me ataque os nervos. Poderia olhar as águas do Ebro às seis da manhã, quando já se pressente o alvorecer.

Não passam carros pela avenida Ranillas, bairro Actur, cidade de Zaragoza, norte da Espanha.

As pessoas estão dormindo, mas eu não. Tenho vontade de ir embora.

Comprei um esfregão novo.

Gosto desse momento em que, de tanto limpar, de repente o chão reluz, e conseguimos uma vitória, um triunfo sobre a sujeira e o pó. Conseguimos uma purificação. Limpo o chão como quem purifica almas. Quem dera eu pudesse lavar meus órgãos internos: tirar meu estômago e lavá-lo, tirar meu intestino e lavá-lo.

Sim, tenho vontade de cair fora.

Ficarei em Madri por uns dias, isso também me agrada muito.

Gosto de Madri, está cheia de milhões de ruas e circunvalações e rodovias e bairros que não conheço. Tenho que ir para a cama. Estou atrasando demais a hora de ir para a cama. Há alguns anos, tive um amigo em meu povoado natal, Barbastro, que não se deitava antes das cinco ou seis da manhã.

Eu poderia chamá-lo de Giuseppe Verdi.

Tinha o dobro de minha idade, quase o triplo. Passava a noite vendo filmes, imerso em uma felicidade indescritível, imerso em uma exaltação de seus prazeres privados que me fascinava; lembro-me dele neste instante, de suas longas noites de inverno no Barbastro dos anos 1970 e 1980; noites que Verdi passava lendo e, desde que surgiu o vídeo, vendo filmes até o amanhecer. Como eu gostaria de tornar a vê-lo e dizer que sempre o admirei e que está em meu coração, que o levo no coração. Na verdade, ele era amigo de meu pai, como um amigo cedido, um instrutor concedido. Um amigo de meu pai que acabou também sendo amigo meu.

Era um homem livre, vivia para seus prazeres tranquilos. Meu pai o apreciava e o amava, embora fossem homens diferentes. Era surpreendente para mim que meu pai e eu tivéssemos um amigo em comum. Uma vez, quando eu era criança, ele me deu um envelope que continha cento e cinquenta pesetas. Nunca falamos disso anos depois, quando eu cresci e nossa amizade se tornou sólida. Nunca disse a Verdi que quando eu era criança ele me deu esse presente, esse abstrato presente, que me foi inquietante porque acho que foi a primeira vez que me deram dinheiro de presente. Verdi era solteiro, e morreu muito sozinho e cedo demais. Morreu mal – pelo menos eu não gostei de como morreu. Acabou perdendo a razão de viver. O tempo dos solteiros é um tempo breve. Quando o corpo perde a juventude e perde as faculdades, os solteiros se abandonam. Especialmente os homens. E especialmente essa geração de homens que não foram instruídos na vida doméstica: homens que não sabiam nem fazer uma cama. E, no fim, foram vítimas dessa educação que, em tese, os preparava para uma vida de privilégios.

Minha amizade com Verdi foi especial porque se alicerçava na de Verdi com meu pai; era como se nossa amizade tivesse uma garantia, um respaldo, um aval incontestável, e eu me sentia tranquilo.

Passei centenas de horas falando com Verdi quando eu tinha dezesseis ou dezessete anos. Eu não tinha amigos de minha idade, só tinha Verdi. Depois, com o tempo, e coincidindo com minha mudança para Zaragoza, acabamos nos distanciando e, no fim, Verdi morreu. E, como sempre, não fui a seu enterro. Não fui a nenhum enterro das pessoas de quem gostava – ou, talvez, não gostei de ninguém nesta vida. Não descarto essa possibilidade.

Verdi já está se extinguindo em minha memória. Já é um morto anônimo. Não há fotos dele na internet. Fiz algumas buscas no Google, nem rastro. Nada. Sobre meu pai ainda há algumas entradas.

Bach, duas entradas na internet. Verdi, nenhuma.

A morte de Verdi me afetou muito, não entendi sua morte. Não entendi a morte de ninguém. Verdi parecia tão seguro da vida, estava tão arrebatadoramente vivo que sua morte o transformou, a meus olhos, em um falsário, em um traidor. Não o estou censurando, e sim exaltando. Quem dera eu pudesse massacrar o desajuste entre estar vivo e estar morto, sua falta de solidez e de proporcionalidade; este é o assunto: o trânsito desatinado e culpado que vai do movimento vital ao *rigor mortis*. Estou lacerando minha alma, porque não entendo esse obstinado movimento que vai do que se move e fala ao imóvel e mudo.

Quem conheceu Verdi entende. Sua morte, na verdade, acaba revelando o punho vazio de Deus socando as coisas. Ninguém mais se lembra dele em Barbastro. Johann Sebastian às vezes o convidava a almoçar em nossa casa.

E Wagner fazia canelones.

Havia paz e carinho nesses almoços. Barbastro foi um povoado radiante pelos seres humanos que viveram ali, especialmente nas décadas de 1960 e 1970. Foram homens e mulheres extraordinariamente luminosos.

Eu conversei centenas de horas com Verdi. Víamos filmes juntos. Quando isso acontecia, nenhum dos dois suspeitava deste futuro onde estou e escrevo.

Se houvéssemos suspeitado, teríamos dado um tiro na cabeça ou derrubado um governo; um não, todos os governos do mundo.

Verdi era um grande homem e foi feliz. E os momentos que passamos juntos jamais voltarão, esse é meu problema. Eram os anos 1970, quando a vida andava mais devagar e podíamos vê-la. Os verões eram eternos, as tardes eram infinitas, e os rios não estavam poluídos.

O mês de junho surgia em Barbastro como um Deus que iluminava a vida das pessoas.

Era o paraíso. Foi meu paraíso. Foram eles meu paraíso, meu pai e minha mãe, quanto os amei, como fomos felizes e como nos derrubamos. Que linda foi nossa vida juntos, e agora tudo se perdeu. E parece impossível.

109

Não vejo ninguém, não saio com ninguém para jantar ou almoçar, nem mesmo tomar um café, quando estou aqui, nesta cidade, em minha casa da Ranillas. Como se quisesse me consagrar a mim mesmo, dentro de uma urgência, a urgência de mim, que é a deles, a de meus entes queridos. Quem são meus entes queridos? A complexidade da vida não existe, isso é um engano, vaidade nada mais. Só existem os entes queridos. Só o amor.

Não tenho vontade de me encontrar com ninguém porque estou comigo mesmo, porque fiquei comigo mesmo, porque me ocupa muito estar comigo. É um vício estar comigo mesmo.

Vejo só meus filhos, e eles não me veem. Vejo quem não me vê. Vejo uma foto de uma criança e a metade do corpo de seu pai. Somos Johann Sebastian Bach e eu. A boca aberta e o chaveiro de Johann Sebastian, e seus sapatos. Lembro que eu gostava dessa camisa polo, porque a vaidade me visitou bem cedo. Eu continuo neste mundo, mas Bach foi embora.

Já estava indo embora quando alguém bateu essa foto estranha e ao mesmo tempo alegre. E alegorizou essa partida com a supressão visual de meio corpo.

Milhões de pais e filhos desfilam pelas ruas de milhares de cidades da Terra, é o grande desfile.

As nuvens emudecem a seu passo rumo ao esquecimento absoluto.

110

Meu apartamento da Ranillas é solar, celebra o espanto perante a existência do sol. Jamais na vida contemplei o sol em toda a sua grandeza como nestas manhãs na Ranillas. Meditei a respeito, porque o que vejo é mais que sol.

É a luz em estado comunicativo, a luz como se fossem palavras.

Deve ter existido um culto ao sol nestas terras antes da romanização, intuo; gente com quem aconteceu o mesmo que comigo: o sol veio por elas.

O sol vem me ver. E o sol é generoso.

Ele nos oferece o que lhe pedimos.

A visita do sol; o sol decide visitar alguns seres humanos e se mostra nu diante deles, mostra o que é a luz. A luz e o sol são uma família, e o filho deles é o calor.

A amizade do sol.

Peço ao sol por meus mortos, que torne a iluminar seus corpos, e ele me atende. O sol é Deus. O culto ao sol é meu culto. A adoração do sol é a adoração do visível. E o visível é a vida. Se estamos vivos, é porque o sol inunda de luz nosso corpo, e só sob a luz somos reais e somos materiais.

A luz vertiginosa entra em meu quarto, que tem um banheiro humilde. Ali tomo banho. Tenho xampu e condicionador de cabelo.

O esforço de tomar banho, é nisso que penso; conforme passam os anos, o esforço do corpo para continuar recebendo a água, a consciência de tudo sob a água do chuveiro, o consumo de água na lavagem de um corpo que já não merece nada; mas nenhum corpo merece nada.

Há um quarto pequeno, destinado a Brahms e Vivaldi, mas eles nunca dormem lá. É lindo esse pequeno dormitório, no qual eles nunca dormem, no qual nenhum gênio da música nunca dorme. Entro nele e está vazio, e essa vacuidade parece uma criatura, um irmão.

O irmão vazio. O músico invisível. A luz é forte, é vontade. Dá visibilidade ao vazio humano desse quarto e faz que esse vazio se transforme em uma lágrima negra por meus filhos que não estão aqui.

Bra e Valdi estão saindo de minha vida porque cresceram, porque os vejo pouco, porque os seres humanos se distraem. Nós nos distraímos.

Tudo isso é virginal. Acabamos nos apaixonando pela simples luz, por existir a luz embora não mais se derrame sobre um ente querido. Essa é a luz de meu apartamento da Ranillas.

Jamais pensei que me seria concedida a contemplação da luz.

A morte de todos os homens está dentro dessa luz.

111

Minha geladeira é muito pequena, mas é melhor assim. Não jogo nada fora. Não jogo comida. Bach me ensinou a não jogar comida fora. Sempre insistia em não jogar comida fora. Era sua mais ardorosa convicção política: não jogue comida fora. E herdei esse cuidado. Bach falava de uma guerra, por isso não se podia jogar comida fora. Bach esteve nessa guerra, foi criança nessa guerra, havia acabado de fazer seis anos quando começou. Às vezes contava coisas, muito poucas; talvez essa guerra não lhe interessasse como acontecimento histórico, e sim como algo que simplesmente aconteceu.

Estendo a roupa limpa e depois não a recolho, não a guardo nos armários. Deixo-a no varal durante semanas, dentro de casa. Gosto de vê-la ali pendurada, como aqueles réus executados, enforcados, deixados à intempérie na Idade Média.

Arrumo e limpo meu apartamento com uma emoção adolescente que renuncio a entender, especialmente tendo mais de cinquenta anos. Limpo o fogão e ligo a lava-louças, que se chama OK. Essa é a marca.

É um bom nome: OK.

Ontem vi em um shopping mais eletrodomésticos dessa marca desconhecida. São os mais baratos do mercado e fazem o mesmo que os mais caros do mercado; isso deveria deixar as pessoas intrigadas. Um OK de duzentos euros faz o mesmo que um AEG de 1.200. Quase todos os dias me peso, tenho uma boa balança, muito precisa. Por vinte euros dá para comprar uma balança excelente.

Uma balança mede o acúmulo de gordura no ventre, no abdome, no rosto, nas mãos, nas veias.

O câncer de cólon transformou meu pai em um homem macérrimo, assim, vimos sua essência.

Ele mesmo ficou assustado com sua essência.

Bach acabou pesando setenta quilos. E media um metro e oitenta. Em seus bons tempos, chegou a pesar noventa quilos.

Nas últimas semanas, pesava menos de setenta quilos.

Chegou a sessenta e quatro.

Eu queria pesá-lo, mas não tinha a quem pedir. Estava disposto a levar minha balança ao hospital para pesá-lo. O câncer o fez voltar a pesar o mesmo que pesava quando tinha dezesseis anos. Estava retrocedendo no tempo.

Voltava ao ano de 1946. Eu olhava sua magreza e rogava ao destino que seus pensamentos e sua esperança e seu desejo fossem também os de 1946.

A devastação da doença nos conduz à origem, faz-nos viajar à adolescência.

112

Irei a Madri hoje com meu carro.

Gosto de viajar com meu carro. Pegar estradas. Parar nos bares e restaurantes das estradas, onde todo mundo é ninguém. Há ali garçons com vidas difusas, repare só.

Sim, repare neles.

Costumo parar em um restaurante de estrada que tem um menu muito aceitável por oito euros. Um garçom obeso me atende. Sempre fico pensando em como ele aguenta oito horas de trabalho com tamanha carga.

Outro ser que precisa de uma balança.

Vemos quatro torres muito antes de chegar a Madri. Faltam quase setenta quilômetros para chegar à capital da Espanha, mas as torres já são visíveis. Só há quatro arranha-céus em Madri. São poucos. Os principais beneficiários da abundância de arranha-céus nas cidades não são os ricos, como acredita inocentemente boa parte da esquerda espanhola tradicionalista, e sim a classe trabalhadora: a complexidade do capitalismo é idêntica à complexidade do universo.

Achamos que sabemos muito sobre o capitalismo, mas não sabemos nada. O capitalismo se baseia na heterogeneidade de nossa cobiça. A cobiça humana é inenarrável. Há séculos narramos a cobiça e nunca a alcançamos. O capitalismo atávico acaba sendo uma forma de comunismo. Nosso coração cobiça. As pessoas querem ter apartamentos grandes nas melhores cidades, e querem segundas casas à beira do mar, e querem vidas plenas, e o capitalismo nos beija. Beija homens de esquerdas e homens de direitas, e assim ficam irmanados pela cobiça, que faz avançar o mundo e faz avançar este livro.

A R-2 é uma estrada-fantasma porque quase nunca há carros nela, e não há trânsito porque é paga. Foi feita para aliviar a entrada a Madri pelas rodovias. A R-2 é belíssima, porque sua solidão impõe; é cercada de deserto e de terras sem nome e sem esperança. Há muito poucos carros na R-2 porque as pessoas escolhem não pagar, escolhem a rodovia, que é lenta e cheia de saídas e entradas de estradas secundárias e cheia de malditas placas com limitação de velocidade. Odeio essas placas que dizem 80. Um círculo e dentro o número 80. Ou pior ainda: o número 60, porque o monopólio da velocidade é do Estado, ou seja, do rei da Espanha, ou seja, de Beethoven.

Neste livro, Felipe VI poderia ser Beethoven, o rei da história da música. A monarquia espanhola e antes o franquismo vigiaram a vida de meus pais e eles responderam com frugal indiferença, com a indiferença que procede da natureza: a natureza diante da História.

A Espanha não deu nada a meus pais. Nem a franquista nem a monárquica.

Nada.

Ao menos durante o franquismo foram jovens; pelo menos isso. Não gosto do que a Espanha fez com meus pais. A direita espanhola, sempre ali, imperterrita.

Mais eterna que a catedral de Burgos, a direita espanhola.

Não gosto do que Espanha fez com meus pais, nem do que está fazendo comigo. Contra a alienação de meus pais não posso fazer nada, pois é irremível. Só posso fazer que não se realize em mim, mas já quase se realizou. Que não se realize em Bra e Valdi, mas se realizará também. Essa alienação que por ter sido padecida por meus pais se irmana comigo e a acabo beijando, e quero ir com ela, apaixonado por ela.

Apaixonar-se por quem nos humilha.

Se toco essa alienação, toco a eles. A vida deles. A doce vida deles.

Essa gente que trabalha nas cabines de pedágio da R-2, quem são? Músicos de alguma orquestra de alguma pequena cidade da extinta União Soviética. Gosto de tocar suas mãos quando pago, só para tocar carne humana. É barata a R-2, custa seis euros, também não são tantos quilômetros. Eu gostaria de trabalhar nessas pequenas cabines. E levar uma vida honorável como as pessoas que envelhecem ali dentro. Os trabalhadores da R-2 constroem um mundo nessas pequenas cabines: têm sua Coca-Cola, seu aquecedor, seu celular, seu sanduíche, sua roupa confortável. São boa gente. Gente sem pretensões. Têm maridos ou esposas e filhos que os esperam quando acabam o trabalho.

Que alguém nos espere em algum lugar é o único sentido da vida, e o único sucesso.

Desde que não bebo, todo mundo me parece boa gente.

Desde que não bebo, não tenho pretensões.

Qualquer dia desses Beethoven perderá o controle político e a República voltará à Espanha, porque a Espanha é um país de contrastes, é imprevisível. E a cada quarenta ou cinquenta anos a Espanha se divorcia de si mesma.

Qualquer dia desses um telejornal vai começar com a cabeça de Beethoven num poste.

Cuidado, amigo, pois, embora tenha composto a nona sinfonia, tudo periga na Espanha.

113

Vejo-me obrigado a sobreviver em um mundo que exige que saibamos fazer algo, sendo que eu não sei fazer nada. Imagino que você também não sabia fazer nada, papai. Mas acho que temos nossas razões. Quando Bra e Valdi se referem a mim com a mesma palavra com que eu me referia a você, vejo resolvida a origem da vida, esse problema que sempre desafia a ciência. O cristianismo é observado de outra maneira, de uma maneira mais simples e elementar e não religiosa nem solene, acaba nos sugerindo a inocente relação de um pai e um filho.

Nossa inutilidade para alcançar um lugar neste mundo, papai, para ganhar dinheiro, para que nos olhem com atenção em algum lugar é uma forma de bondade.

Você não quis nada, nem eu.

Quando quase ficou desempregado, em meados dos anos 1970, lembro que um amigo, que era diretor de um banco, disse que você merecia um bom cargo como o dele. E o indicou para entrar no banco.

Apesar de eu ser criança na época, quando ouvi dizer que você ia trabalhar em um banco entrando pela porta da frente, soube imediatamente que isso nunca aconteceria.

Teria sido a solução para nossos problemas.

As pessoas o viam tão elegante com seu terno, com sua gravata, com seu protocolo, com seu estilo, que logo queriam fazer algo por você.

Você era Johann Sebastian Bach, um grande nome da música. Mas você não servia para isso.

Mamãe fantasiou que de fato o nomeavam diretor de um banco. "Você entende muito sobre como tratar com as pessoas, isso é fundamental para ser diretor, tem boa aparência, vou falar com o diretor provincial agora mesmo", disse seu amigo enquanto bebia mais um licor de anis.

Pode ser que tenha falado com alguém, sim. Mas eu sabia que aquilo nunca vingaria. Eu era uma criança, mas tinha visões do mundo dos adultos.

A história de que o nomeariam diretor de um banco durou alguns meses, meses de infundada euforia familiar. Não o nomearam diretor de nada. A mim também não nomearam diretor de nada. Aquilo foi em 1974 ou 1975. Essa expectativa da nomeação iluminou nossa casa, e Wagner já queria comprar móveis novos, carro novo. Wagner teria sido tão feliz se tivéssemos mais dinheiro... Que Deus dê uma boa dose de miséria a todos esses cafonas que dizem que dinheiro não traz felicidade. Até quatro dias atrás, eu achava que a Espanha que me coube era melhor que a sua, mas agora já não acredito que a História avançou muito. Bem, temos computadores e celulares, mas Bra e Valdi quase nunca atendem, e quando atendem falamos durante uns trinta segundos, ou quinze.

Você envelheceu em um labirinto espanhol idêntico ao labirinto espanhol em que eu envelheço. Os valores são os mesmos. Cabe acrescentar algo que havia em seu caráter e que passou a meu, algo parecido a uma desalentadora timidez para conseguir um lugar no mundo, para dizer: "Estou aqui".

O ano de 1980 é idêntico ao ano de 2015.

Todo mundo quer vencer, é a mesma coisa. O sucesso e o dinheiro, é a mesma coisa. Você, no fim, dedicou-se a ver televisão. Eu me dedico a navegar pela internet, que é a mesma coisa. Nossa maneira de dormir ou morrer evolui tecnologicamente.

Nem você nem eu tivemos acesso à felicidade; havia e há algo que faz tudo se distorcer; pois bem, essa inacessibilidade procedeu e procede de uma forma de simpatia para com o mundo, para com todos os pobres e desventurados da Terra. Por isso não pudemos, não posso ser feliz. Faltaríamos com a cortesia geral para com todas as desgraças havidas neste planeta e no universo.

Já reparou, papai, na imensa ruína do universo, nessa solidão do tamanho dos mortos humanos e nessa luz em que você se transformou?

Não é casual que minha fantasia lhe tenha dado o apelido lendário de Johann Sebastian Bach, porque essa é a música que desenha você lá entre os corpos celestes. Porque você era espírito e fundou uma família, e a família é presença do inamovível. Você era Deus, música de Deus. Você era a música do que permanece. Todo homem ou toda mulher quer fundar uma família.

Os seres humanos são fundadores de famílias.

114

É verão e estou na Ranillas, e os insetos se sentem atraídos pela luz do computador. Por mais insetos que eu mate, não acabo com eles. Vêm atrás da luz de minha luminária, sob a qual escrevo. São criaturas abomináveis. Cômicas também. Quando os esmago na mesa, deixam um rastro pegajoso, mas pouca coisa. Só são sujeira com asas minúsculas. Têm a sorte de que sua existência não é nem vida nem morte, parece só um automatismo vegetal. Revoam como partículas de pó com asas. Nenhum é igual a outro. Olho os restos de vários insetos. Uns são verdes, outros marrons, outros quase pretos. Tamanhos desiguais.

Não têm família.

Não são uma família. A família é uma forma de prosperidade. A Espanha é um conjunto finito de famílias, e a França também.

Nenhum desses insetos que eu assassino é irmão de outro.

Não são maridos nem esposas, nem filhos nem pais. Não têm estrutura social.

São só excrementos voadores.

115

A casa da Ranillas está cheia de pó. A sujeira é incessante. Valdi reclama que não há uma luminária no teto. Valdi chega quando lhe dá na telha. Não sorri. Os grandes compositores da história da música não sorriem. Isso é uma catástrofe. Mas a catástrofe ocorre só em mim. Valdi não a vê, porque os adolescentes não veem ninguém, nem sequer a si mesmos. Têm, na verdade, um bom pacto com a vida. Nem sequer sabem que estão vivos; simplesmente se deixam levar.

Há poucos dias fiquei sabendo que a Prefeitura trocou o nome de minha rua; não se chama mais avenida Ranillas.

É você, Johann Sebastian, quem está me mandando uma mensagem dentre os mortos? A mudança do nome da rua significa que tenho que ir embora de Zaragoza para sempre? Seu segundo sobrenome era Arnillas. Por isso vim morar nesta rua, porque era seu nome com duas letras em outra ordem. Acho que você está querendo me dizer algo.

Quando soube que a autoridade municipal havia mudado o nome de minha rua me senti impotente. Xinguei quem tomou essa decisão. Poderia tê-lo matado a porradas, pois foi um insulto contra meu pai. Deitei-me na cama da Ranillas e queria chorar de raiva, mas não saía nem uma triste lágrima; essa impossibilidade de chorar que assola os homens que já completaram cinquenta anos; não nos é mais permitido chorar, carecemos de potássio e de manganês, o poço lacrimal está seco. Em vez de chorar, nós nos afogamos em angústia.

Haviam mudado o nome de minha rua, e seu sobrenome e sua pessoa se desvaneciam uma vez mais.

Você não estava me mandando mensagem nenhuma. Simplesmente trocaram o nome de uma rua, como trocam calçadas, postes, ônibus, bancos, estátuas, casas.

Nunca houve nenhuma mensagem.
Tudo acontecia em minha cabeça.
Só em minha cabeça.

116

Tenho que pôr a língua no meio dos dentes para que não se choquem entre si. A língua entre o maxilar superior e o maxilar inferior. Fui ao dentista porque estava com dor de dente.

"Não há nenhuma cárie", disse, "mas sim um trauma. Procure não apertar os dentes. É nervosismo, é um problema psicológico, é estresse, angústia; provavelmente acontece quando você dorme. Os dois maxilares se chocam, colidem."

Fez um gesto. Apertou os dentes.

De modo que ponho a língua entre os dois maxilares.

Paguei duzentos euros ao dentista.

Duzentos euros de nervosismo, porque não havia cáries. Dou muita importância ao dinheiro pelo simples fato de ter pouco. Gostaria de saber: se acaso tivesse muito dinheiro, eu lhe daria tanta importância? De qualquer maneira, interiorizamos o valor do dinheiro sem notar que isso acaba nos destruindo ou nos transformando em um ser alienado. Todos nós caímos na armadilha do dinheiro. E todos acabamos vendo o dinheiro como a forma final, e justa, de medir as coisas. É como o passo definitivo rumo à objetividade. O dinheiro provém de um anseio da objetividade. Anseio do inapelável. O dinheiro é a firmeza; perdê-lo nos enlouquece; não o ganhar nos transforma em deficientes mentais, em tapados; o dinheiro é a veracidade suprema, e isso é um espetáculo, é onde nossa espécie consegue sua maior densidade, sua gravidade.

"Não sei, a cárie pode estar escondida", disse eu.

"Não, impossível, eu a teria detectado. Não há cáries", disse ele.

Volto a meu apartamento da Ranillas, que não se chama mais assim, e vejo na televisão notícias de corrupção política. Um desfile de imputações a políticos: prevaricação, fraude, suborno, lavagem de dinheiro, tráfico de influências, malversação de caudais públicos, associação a organização criminosa etc.

Os políticos espanhóis estão afundando, transformam-se em vítimas absurdas, só pensam em comprar casas e carros e em viagens de luxo e em hotéis de seis estrelas. Estão cheios de vazio.

São fascinados por riqueza, pelo acúmulo de riquezas. Não conseguem gastar tudo que acumulam, mas não se importam, é o acúmulo que almejam. É como se sentar em uma cadeira e ver a ascensão incontrolável de suas contas bancárias, principalmente na Suíça, novo nome do El Dorado.

É um deleite aritmético, o prazer de fazer operações matemáticas. E nisso quase parece um jogo infantil de adições e subtrações. É uma luta contra o tédio: é preciso fazer algo na vida, algo que seja objetivável. Não percebem que estão roubando. Logo os descobrem e acabam enrolados em longos julgamentos nos quais costumam se dar bem, mesmo que sua reputação acabe na lama. Não têm consciência de seu crime, e talvez isso seja o mais interessante, essa anulação do discernimento, em que o fato de ter chegado a uma alta posição na hierarquia social deve estar acompanhado da isenção do julgamento dos outros, da dispensa de todo espelho, do dom da impunidade e do silêncio.

E, de repente, o silêncio se quebra e o espelho aparece, e são acusados de corrupção, e nessa acusação só veem injustiça e falta de gratidão.

Ouvimos suas carnes se corromperem. Pressentimos sua transformação em seres de trato difícil, quebrados, enfurecidos, uma vez que acabam na prisão; mas nunca passam muito tempo na prisão, talvez três dias, ou três meses. Nunca muito tempo, e tudo se esquece. O esquecimento joga a favor de todas as ações humanas, tanto das boas quanto das más.

A corrupção política espanhola me faz esquecer a corrupção da carne de meus pais e da minha própria.

Há uma função social na corrupção política, uma função catártica, que deveria ser um atenuante. As pessoas esquecem suas próprias misérias quando veem na TV um político sendo processado. A corrupção dos políticos distrai nossas próprias corrupções morais.

Vejo no telejornal a saída da prisão de um desses políticos, e como suas filhas foram buscá-lo.

Cheias de esperança, suas filhas foram buscá-lo. Apesar de tudo, suas filhas estavam ali. Amam-no igual, para elas é o pai. Nada nem ninguém pode destruir isso. Há alguém o esperando. Não o criticarão. Não farão cara feia. Não lhe dirão: "Viemos porque não tivemos alternativa". Não reclamarão. Darão dois beijos nele e sorrirão. Tenho inveja desse homem. A mim ninguém esperaria.

Minha mãe me levava ao dentista quando eu era pequeno: meu canino estava saindo em cima do primeiro pré-molar; não havia lugar para meu canino; estava montando sobre o pré-molar. O dentista me pôs um aparelho; disse que se não pusesse o aparelho, quando crescesse eu pareceria o conde Drácula. Meu pai não ia ao dentista. Meu pai tinha um dente de ouro. Foi colocado na juventude.

Havia esquecido o dente de ouro de meu pai. Em minha infância, a boca de meu pai era de luz por causa daquele dente, que eu achava misterioso e me dava um pouco de medo.

Para a criança que fui, meu pai era o homem do sorriso de ouro. Para mim, sua boca iluminada era um enigma que acentuava a procedência heroica e sobrenatural de meu pai.

Quando o cadáver de meu pai foi queimado, será que o dente de ouro derreteu? A que temperatura o ouro se funde? Teria que olhar esse dado na Wikipedia, e o que conseguiria descobrindo?

O legista que fez a autópsia de meu pai para extrair o marca-passo ficou com o dente de ouro? E depois o revendeu? Quanto conseguiu? Fez um kit, dente de ouro mais marca-passo? O ouro e o coração?

Meu pai teve um coração de ouro.

117

Estou no trem e acabei de abrir minha mochila e vi o que havia dentro. O nécessaire, um pente e umas chaves. Lembro-me do envelhecimento do nécessaire de meu pai. Nunca pensei em lhe dar um nos últimos anos. Ele tinha um nécessaire puído, quase caindo aos pedaços, com suas coisas dentro, com seu mistério. Era um nécessaire antigo, com um compartimento para o sabonete e outro para o pincel de barbear. Quem sabe havia quantos anos tinha esse nécessaire? Uma vida inteira, quase certeza. Meu pai era fiel aos objetos, era sua maneira de demonstrar cortesia também aos seres inanimados. Também não se animaria muito se eu lhe desse um. Cheirei o que havia dentro de minha mochila: era o cheiro da solidão. Cheiro meus pertences para saber um pouco mais de mim mesmo e de quem me pôs no mundo.

Não há nada que defina melhor a solidão de um ser humano que seu nécessaire. Lembro-me das bolsas de minha mãe. Como deve ter se sentido sozinha nos últimos anos... Edificamos todos juntos um escabroso caminho para a solidão. Meu pai dizia que eu me parecia muito com minha mãe. Nunca lhe perguntei por quê. O que eu queria era me parecer com ele. Acho que não me pareço com nenhum dos dois – nisso reside o abismo da procriação, na aparição de seres diferentes.

Nenhum filho se parece com ninguém, nem com seu pai nem com sua mãe, nem com seus tios nem com seus avós, com ninguém; nunca entendemos isso.

Um filho é um ser novo. E está sozinho.

Costumamos dizer que a criança se parece com o pai, ou com a tia, ou com uma avó para evitar o inevitável: que essa criança acabará sendo um homem solitário ou uma mulher igualmente solitária.

Que acabará morrendo só.

É nossa maneira de conjurar o futuro.

118

É verão de 1970. Estamos na praia, em Cambrils. Fim de julho. Não sou mais que uma criança fascinada com o turismo europeu. Ficamos em um hotel que se chama Don Juan. Seduzido pelos carros dos alemães, dos suíços, dos franceses. Pergunto a meu pai o que significam as letras CH que aparecem nas placas de alguns desses carros de 1970. Meu pai diz: "Confederação Helvética". Anos depois eu entenderia, quando no colégio traduzi Júlio César e os helvéticos apareciam em suas páginas.

Cambrils é um povoado pesqueiro da província de Tarragona. Um taxista de Barbastro, que morreu há muito tempo, fala a meu pai do hotel Don Juan. Tenho medo desse taxista, está sempre com um charuto na boca. É um homem grande, com uma barriga proeminente, bem escuro, com uns lábios grossos que parecem sair de seu rosto, como lábios pendentes. Cada vez que o vejo pelas ruas de Barbastro penso nisso: "Esse é o homem que revelou a meu pai a existência do hotel Don Juan".

Eu achava que existia uma confederação, uma espécie de sociedade entre os homens que viajavam, na qual passavam informações relevantes uns aos outros. Meu pai era vendedor viajante e aquele homem era taxista, faziam mais ou menos a mesma coisa.

Os homens que viajavam pelas estradas espanholas da década de setenta do século XX fundaram a Confederação.

"Aqui se come muito bem por cinquenta pesetas", diziam.

"Aqui se dorme muito bem, lençóis limpos e quartos quentes por sessenta pesetas, e servem um bom café da manhã", diziam.

Era o que eu achava.

Era uma espécie de Booking.com (uma sociedade de ajuda mútua) de gente que se virava naquele mundo.

Johann Sebastian está feliz na praia. Fez amizade com o dono de um quiosque, que faz uma *tortilla* de batata para ele no meio da manhã. Estou vendo meu pai comer essa *tortilla*, vejo agora mesmo, quarenta e cinco anos depois, a cor amarela do ovo misturado com a batata. Há um sol bondoso que resplandece sobre a Espanha inteira.

Meu pai tem um Seat 1430. Está à sombra, estacionado sob um bendito eucalipto.

Estão tocando as canções do Dúo Dinámico, canções que exaltavam o verão espanhol e que meu pai está escutando em um mês de julho de 1970, em uma praia em Cambrils.

119

Wagner me passou esse dom. Ela também o tinha, mas não o cultivava. Ela via os mortos. Wagner via os mortos, mas não lhes dava bola. Ela era assim. Sua divina indiferença, que excluía contemplar tudo aquilo que não servia para atender a seus desejos, por mais admirável que fosse.

Estou em meu apartamento da Ranillas absorto na meia dúzia de coisas que tenho: um quadro, uns livros, a TV, as cortinas, a poltrona. Fui de golpe em golpe, porque viver se transformou nisso, em ir de uma trapaça a outra trapaça, trapaças que levam o tempo de nossa vida.

Se nos enganam é porque estamos vivos: no dia que deixarem de nos enganar não será porque o mundo melhorou, e sim porque estaremos mortos.

Nem Wagner nem Johann Sebastian deixavam que os enganassem. Ficavam furiosos. No fim, os dois célebres músicos se tornaram idosos antissistema, ou seja, dodecafônicos, músicos de vanguarda que contemplavam com angústia os preços das coisas nos supermercados, dois aposentados sigilosos que compravam ofertas.

Por trás dessas injúrias contra a vida não há ninguém: nem empresas nem corporações, nem sequer o diabo.

Não há ninguém.

Um enorme vazio, ao qual servimos.

Ninguém me espera em nenhum lugar, e isso é o que aconteceu em minha vida: devo aprender a caminhar pelas ruas, pelas cidades, por onde for, sabendo que ninguém me espera no fim da viagem.

Ninguém se preocupará se chego ou não. Caminha-se de outro jeito, então.

Pelo jeito de andar se pode saber se alguém nos espera ou se ninguém nos espera.

Todas as famílias vão embora da Terra. Pais, filhos, avós, as famílias dizem adeus.

Milhões de cenas familiares se desvanecem neste instante. Fico emocionado com os pais jovens e responsáveis por sua paternidade: adoram seus filhos, mas seus filhos os esquecerão. Crianças adoradas por seus pais a quem elas, quando crescerem, não poderão recordar.

Meu coração parece uma árvore preta cheia de pássaros amarelos que gritam e perfuram minha carne como em um martírio. Entendo o martírio: o martírio é arrancar-se a carne para ficar mais nu; o martírio é um desejo de nudez catastrófica.

120

Meu pai era um jogador empedernido de baralho. Acho que ele passou uns vinte anos indo jogar diariamente, sempre que não estava viajando. Sorria quando ia jogar. Suas partidas começavam às três da tarde, e ele cumpria os horários rigorosamente. De modo que tínhamos que almoçar às duas em ponto, para que ele pudesse chegar à partida das três, que se celebrava em um lugar muito popular de Barbastro chamado Peña Taurina, um lugar que exibia na parede principal uma cabeça de touro dissecada. Quando criança, eu ficava olhando essa cabeça com um misto de espanto e ternura. Meu pai era especialista em dois jogos, e do que mais gostava era do *pumba*, depois do *guiñote*. Jogava das três às sete. Às vezes, bem pequeno, eu ia vê-lo jogar. Ele ficava contrariado com seus colegas de mesa. Era estrito e inflexível e sempre tinha razão. Apostavam o café e uma taça de conhaque. Um Torres 5, esse era o conhaque.

As cartas eram seu paraíso. Jogava por deleite do acaso. Jamais por dinheiro.

Acho que jogar *pumba* o deixava infinitamente feliz. Devem ter sido os dias do verão de 1969, ou 1970, ou 1971. E às sete ele ia para casa buscar minha mãe e iam passear, e iam a bares beber alguma coisa e conversar com as pessoas.

Houve nesse tempo uma intensa felicidade na vida de meu pai. Eu me lembro de suas camisas. Lembro-me do chaveiro dele e do relógio. Era um Citizen, comprado em uma relojoaria que se chamava La Isla de Cuba, administrada por uma mãe e um filho. Meus pais eram amigos dessa mãe e desse filho. Mãe e filho eram misteriosos, tão misteriosos como o nome de sua relojoaria; e acho que não vendiam muitos relógios, mas não poderia jurar. Um dia, desapareceram de Barbastro como em um passe de mágica. E a relojoaria evaporou com eles, concluiu seu tempo entre os vivos. Agora há outro comércio ali, e houve muitos outros antes desse e depois de La Isla de Cuba fechar, que deve ter sido por volta de 1980, calculo. Os comércios vão e vêm, uns duram um ano, outros cem, outros três meses, outros seis anos, ninguém sabe, e onde houve uma relojoaria agora há um bar ou uma loja de calçados ou uma confeitaria ou simplesmente um lugar vazio. Eu adorava e respeitava o relógio de meu pai. Para mim era como o relógio de um Deus; daí nasceu minha devoção aos relógios, do amor que sentia pelo Citizen de meu pai. Via sua pulseira de aço, a esfera, os ponteiros, o fecho e tudo me parecia prodigioso, inalcançável. Meu pai era inalcançável, sempre o foi para mim.

Quando criança, nunca consegui entender por que ele gostava tanto de jogar *pumba*, por que dedicava tanto tempo às cartas, achava que esse tempo meu pai devia a mim. Era um jogador famoso no povoado. Muito temido, porque sempre ganhava, e se não ganhava a culpa era dos outros.

A culpa era dos outros, esse fato foi crucial em minha infância. Diante de qualquer contrariedade, ou até adversidade, meu pai punha a culpa nos outros, especialmente em minha mãe. Não sei de onde diabos ele tirou esse jeito de ser. Meu pai jogava em minha mãe a culpa de qualquer desgraça e minha mãe foi aprendendo a manipular os fatos à sua conveniência, de modo que, no fim, acabamos todos no meio de um labirinto emocional que levava tanto ao desespero quanto à tristeza.

Meu pai se irritava muito enquanto teve quarenta anos; dos quarenta aos cinquenta foi o tempo de sua ira. Depois se acalmou. Quando mais se acalmou foi quando se tornou septuagenário. Algo aconteceu no cassino que ele frequentava, o Peña Taurina. Deve ter brigado com alguém e deixou de ir lá. Trocou esse cassino por um bar pequeno, o bar do Cine Argensola. Para mim isso não era um bom sinal. Foi o início de sua decadência como jogador de *pumba*. Em meados dos anos 1980, ele parou de jogar baralho e passou a ver televisão. Nunca verbalizou por que parou de jogar baralho. Outro enigma que eu jamais resolverei. Ferem meu coração os enigmas do passado que nunca poderei decifrar. Penso que há neles coisas maravilhosas que permanecerão escondidas para sempre.

Reinou como jogador de *pumba* entre 1968 e 1974. Depois tudo mudou, acabou a idade do ouro.

Ele se concentrava olhando as cartas, sentado tranquilo, fazendo cálculos matemáticos sobre a possibilidade de ganhar a partida, e se sentava perto da varanda aberta do Peña Taurina, e corria sobre seu rosto a brisa da tarde de junho, as brisas de 1970, quando o mundo ainda era bom e havia paz em seu coração e alegria no meu. E escrutava o rosto de seus adversários e explorava as fraquezas deles e controlava os possíveis erros de seu aliado. Buscava a perfeição, sempre a buscou naquilo em que se dava bem, e o fez do seu jeito.

Acho que já não resta nenhum jogador vivo daqueles que se sentaram e enfrentaram meu pai no Peña Taurina, cassino onde também se organizavam bailes. Havia um palquinho para a orquestra. Meu pai pedia uma Coca-Cola para mim e eu ficava vendo-o dançar com minha mãe e depois me davam um croquete, mas eu não gostava.

Um dia levaram ao Peña Taurina uma máquina maravilhosa, de pinball. E meu pai ficou fanático. E eu também – devia ter uns oito anos.

Era uma verdadeira cerimônia.

Chegávamos aos sábados pela manhã, por volta do meio-dia, ao Peña Taurina. Meu pai pedia uma Coca-Cola para mim e ficávamos os dois jogando pinball.

Éramos muito felizes. Meu pai tendia a balançar a máquina com força cada vez que acionava os comandos, e isso ocasionava falta, e a máquina desligava automaticamente e perdíamos a bola.

Aquelas bolas prateadas, que meu pai lançava com os comandos o mais alto possível na máquina, o mais alto possível no mundo e na vida, e via subir, e eu ficava em pé em cima de uma cadeira porque ainda era muito pequeno.

Essas cadeiras ficaram gravadas em minha memória; é como se as estivesse vendo agora mesmo, cadeiras de 1970.

Meu Deus, como meu pai gostava de jogar pinball! Nós dois ficávamos fascinados com a descida da bola prateada, as cores, as luzes, os sons; esperar sua chegada com o dedo no botão. Meu pai adorava conseguir bola extra.

Eu também.

Nós dois adorávamos jogar. Sempre que víamos uma máquina de pinball em qualquer bar, lá íamos meu pai e eu. Jogávamos em silêncio.

Comunicávamo-nos por gestos. Era um rito. Um homem de quarenta anos em um pacto com seu filho de oito anos.

Acho que foram os momentos de maior comunhão que houve entre nós, quando jogávamos pinball.

Éramos pai e filho então, de uma maneira que nunca mais tornaríamos a ser.

Jogávamos muito bem.

Formávamos um só ser, fundíamo-nos.

Éramos amor.

Mas nunca falamos sobre isso, nunca o dissemos.

Nunca.

121

Havia bebido na noite anterior, acordei quando o telefone tocou na mesa de cabeceira, estava em uma cama do Gran Hotel de Barbastro. Ligaram da recepção do hotel, porque meu celular estava desligado. Era meu irmão. E eram dez da manhã do dia 24 de maio de 2014, sábado.

— Sua mãe morreu.

Ele não disse "mamãe morreu". E acho que foi muito preciso ao dizer "sua mãe morreu" e não "mamãe morreu". Que família estranha fomos... Levantei-me da cama, aturdido, assustado, com os estragos do álcool aterrorizando a circulação errática de meu sangue. Fiquei olhando vagamente o quarto. Pus a roupa e não tomei café da manhã. Fui à casa de minha mãe, onde meu irmão estava.

Entrei no quarto e ali estava ela, morta. Estava na cama, morreu enquanto dormia, ou foi o que alguém disse.

Eu estava diante da dissolução de uma época histórica. Com ela tudo partia, e eu partia. Vi a mim mesmo dizendo adeus a mim mesmo.

Exato. O fim de um período histórico: adeus ao Renascimento ou adeus ao Barroco ou adeus ao Século das Luzes ou à Revolução Russa ou à guerra civil ou ao Romantismo ou a qualquer civilização digna de memória.

Acabava uma época. Morria uma rainha.

Lá estava a rainha, com a cabeça sobre o travesseiro. Não mais falava. Parecia um milagre sua recém-estreada mudez. A rainha vivia muito sozinha, nem eu nem meu irmão íamos muito vê-la. Especialmente eu, que ia pouquíssimo. Meu irmão muito mais. Ele soube cuidar dela. Por isso, em justa correspondência, sei bem que meus filhos também não virão me ver quando eu me tornar idoso, um monarca agônico cuja morte também dará término a todo um período histórico.

Já fazia alguns anos que minha mãe dormia no quarto que foi meu e de meu irmão. Nunca lhe perguntei por que trocou de quarto. Decidiu não dormir no quarto que havia dividido com meu pai. Não sei por que fez isso. E irei ao túmulo sem saber. Mas devia haver alguma razão, e com certeza era uma razão selvagem.

Porque minha mãe era selvagem.

Pode ser que meu pai aparecesse para ela à noite, e minha mãe intuiu que no quarto que havia sido nosso, de seus filhos, essa aparição não aconteceria porque o fantasma de meu pai respeitaria esse espaço.

Com certeza essa foi a razão.

Eu ouvia meus pais de meu quarto quando chegavam tarde e se deitavam, porque antes de dormir conversavam. Eu os ouvia falar através das paredes, porque já de criança sofria de insônia, uma insônia infantil, cheia de terrores e de medo do escuro. Ouvia o barulho do elevador, as chaves na porta, ouvia o que conversavam antes de adormecer. Conversavam descontraídos. Eu sentia muita paz ouvindo suas vozes. Falavam das pessoas com quem haviam estado. Estavam se comunicando, estavam tentando ser um só, é o que faziam. Estavam se esforçando para tocar a vida, como fazem todos os casais que já existiram sobre a Terra. O casamento é uma empresa social de ajuda mútua. É a criação de uma fortaleza familiar e econômica. Falavam disso, estavam se unindo, era uma fusão patrimonial. Falavam com doçura, eu ouvia tudo. Descreviam e avaliavam o que haviam visto. Falavam de como seus amigos se vestiam, de como ia a vida de seus amigos e de como estava o jantar, se havia sido um bom jantar, de quanto havia dado por casal na hora de pagar, da oportunidade ou inoportunidade de um comentário de alguém, do carro novo que Fulano ia comprar e do que fariam no fim de semana seguinte.

Conversavam.

Estavam tentando se compreender e se aceitar, e que dessa compreensão e dessa aceitação surgisse o casamento, o caminhar juntos pela vida.

122

Em Barbastro minha mãe foi pioneira no quesito tomar sol. Tomava sol em todo lugar. Fez escola. E converteu algumas amigas a essa religião cuja liturgia se baseava em algo bem simples: tomar sol. Quando chegava junho, ia tomar sol com suas amigas no rio. Passava o verão todo tomando sol. Logo ficava preta, como se mudasse de raça. E gostava que as pessoas lhe dissessem isso, "você está preta". Não diziam "está bronzeada"; na época, na Espanha, dizia-se "como você está preta!"; porque o passado é também um rito de palavras e uma forma de pronunciá-las. A chegada do medo faz que as pessoas falem com outro sotaque, com outra pronúncia.

Minha saudade é saudade de uma maneira de falar o espanhol. Minha saudade é saudade de um mundo sem medo. As amigas de minha mãe também estão mortas ou prestes a morrer. Faz muito tempo que ninguém me pergunta por minha mãe. Não ouço seu nome em voz alta. Não ouço sua voz. Não me lembro de sua voz. Se eu voltasse a ouvir sua voz, talvez acreditasse na beleza do mundo.

Sinto agora o calor antigo de 1969, e minha mãe tomando sol em um jardim de uma casa de uma amiga dela, mais nova que minha mãe, e solteira. Chamava-se Almudena e morava com os pais. Tinha um jardim com árvores bonitas. Havia plantas e flores. E lá minha mãe e Almudena tomavam sol, e eu estava com elas. Almudena era professora e corrigia provas enquanto tomava seu banho de sol. Essa casa com jardim não existe mais: tinha uma cozinha grande, e se ia ao jardim pela cozinha, e era um jardim cheio de luz, extenso e tranquilo, e protegido por um muro, ninguém podia nos ver tomando sol. Para mim aquilo era o paraíso. Meu pai me comprou uma bicicleta da marca Orbea e aprendi o equilíbrio sobre duas rodas naquele jardim. Eu caía e arranhava as pernas. Almudena e minha mãe observavam meus progressos com a Orbea. Uma vez, bati em uma árvore e quebrei um vaso. Por que me lembro tão bem daquela casa? Era térrea, tinha uma sala antiga, e a cozinha era grande e emanava beleza e paz.

Eu gostava de Almudena porque era muito bonita, sentia-me muito atraído por ela e tinha fantasias. Era belíssima. Incomodava-me que me tratasse como criança ou que me ignorasse. Minha pequena vaidade se sentia maltratada. E ela devia ser bem novinha; calculo que devia ter vinte e dois ou vinte e três anos, no máximo. Minha mãe tinha amigas jovens, e isso me dava um privilégio. Almudena me ensinava matemática, ensinava-me a dividir, eu não tinha nem ideia do que era esse negócio de dividir, só gostava de olhar para ela. Olhava para ela quando me dava aula no colégio dos Escolapios e olhava quando ela tomava sol de biquíni com minha mãe. Todo mundo dizia que era muito bonita. Os meninos de minha classe comentavam: "Como ela é bonita!". E eu escondia meu segredo, meu privilégio, o presente de poder vê-la quase nua tomando sol. Aquelas estranhas operações matemáticas me atormentavam. As divisões eram uma complicação infinita para mim. Eram leis, tinha que aprender as leis que regiam no mundo: as leis da divisão, da multiplicação, da adição e da subtração.

O rosto de Almudena está fixo em minha memória. Não envelhece, não mudou, permanece inalterável, parado no tempo, iluminado pelo sol e por meu sangue.

A mãe de Almudena cultivava um monte de flores. As três ficavam falando de flores, eu não entendia que fosse possível falar de flores. Mas o que mais faziam era besuntar o corpo com cremes solares, que eram recentes e modernos, e beber cerveja com refrigerante e fumar. E bebiam uma jarra inteira e riam e ficavam contentes. A marca Nivea, de pote redondo e azul, com o creme frio e branco, reinava sobre os verões. E eu estava ali, sentado, olhando a queda do sol sobre as árvores e sobre as flores e sobre as bicicletas. A queda do sol talvez seja a única coisa importante. Foi quando aprendi a amar o mês de junho. Minha mãe me ensinou a amar esse mês, que é especial; aquele jardim era uma celebração do mês de junho, porque junho é anunciação do verão, já é sol, mas não há a corrupção do verão. Quando o mês de julho chega começa a hemorragia, ainda invisível. Agosto é o mês da visibilidade da septicemia do verão, de sua ferida, de seu arrastar pela atmosfera, pelo rosto dos homens, pelos galhos das árvores incompassivas, enquanto morre.

A morte do verão era horrível. Minha mãe via o fim do verão como um fato trágico, sacrílego. Quem se atrevia a matar o verão? Odiava a chegada do mau tempo. Ela acreditava no sol. Era herética, viveu sob os ritos do sol. Tinha uma obsessão com a luz e com tomar sol. O sol e estar viva foram a mesma coisa para ela. Adorava o verão. Adorava que anoitecesse tarde, muito tarde. Só a presença do sol ela aceitava como algo digno de se ter em conta; não tinha consciência, mas em seu amor pelo sol e pelo verão havia uma herança milenar, uma herança da cultura mediterrânea. Nunca conheci um ser tão mediterrâneo quanto minha mãe. De fato, ela adorava esse mar, e não gostava nem um pouco do Cantábrico nem do Atlântico. Eu soube que o Mediterrâneo era um mar especial pelo amor que minha mãe lhe professava.

Estar perto do Mediterrâneo foi seu paraíso. O Mediterrâneo foi sua única pátria.

123

Regresso de novo àquela manhã, a manhã de 24 de maio de 2014. Fiquei olhando o quarto onde meu irmão e eu dormimos quando crianças. Ia com os olhos das paredes e armário até o rosto morto de minha mãe. A cabeceira da cama era azul. Minha mãe mandou pintar as cabeceiras de azul. O armário também era azul.

    Abri o armário e não conseguia recordar seu interior: havia sido meu armário durante minha infância e primeira juventude. Mas não me lembrava de ter guardado minha roupa ali. Do armário dirigi o olhar outra vez à cama. Agora estava presente a mulher que cuidava de minha mãe. Era uma mulher de uns quarenta e cinco anos. Uma boa mulher, com grande coração, de nacionalidade búlgara. Estava chorando por minha mãe. Nunca soubemos muito bem como se chamava. Seu nome era búlgaro, nós a chamávamos de Ani. Mas acho que não se chamava exatamente assim. Havíamos castelhanizado de um jeito aproximado seu nome em búlgaro e ela achou bom. Era loura, alta e corpulenta, com um rosto sereno e alegre. Ainda tinha algumas dificuldades com o espanhol. Minha mãe gostava muito dela. Fiquei arrasado vendo-a chorar. Ani estava emocionada, e seu pranto era real. Por que chorava se não era mãe dela? Por que chorava se era eu quem tinha que chorar e não chorava? Acaso minha mãe estava me mandando uma mensagem por meio do pranto de Ani, estava me recordando que não a amei como ela teria desejado que a amasse? Foi o que pensei. Pensei que minha mãe continuaria falando comigo na morte. Pensei que agora íamos conversar de outro jeito.

    Senti inveja por Ani saber chorar por alguém que não era sua mãe. Não sei chorar, nem uma lágrima sequer, mas se minha capacidade de sofrimento fosse mensurável em lágrimas, a Espanha inteira ficaria submersa e os espanhóis se afogariam sem remissão. Eu inundaria a península ibérica, e os quatro arranha-céus que Madri possui seriam sepultados sob as águas.

Assim pois, a bondade existia. Lá estava, dizendo-me como eu vivo afastado dela.

E Ani pegava a mão de minha mãe. Fiquei olhando as duas mãos, uma viva e a outra morta. E a mão morta parecia que já estava em paz, e a mão viva, ao tocar a mão morta com bondade, feria a morte. Como se a morte não existisse.

Olhei de novo o quarto. Minha mãe havia morrido no quarto em que seus dois filhos cresceram, onde os dois alicerces que compuseram sua existência havia muito tempo não dormiam. Olhava o espaço desse quarto tentando buscar uma porta no ar. Mandou pintá-lo de azul, porque pensou que seus dois filhos eram azuis. Morreu em nosso quarto, e ali havia outra mensagem cheia de força. Abrigou-se ali, em nosso quarto, que estava se transformando diante de meus olhos em um espaço sagrado, em um túmulo.

Fomos azuis durante muitos anos. Até os dezoito anos, os filhos são azuis. Com o tempo, porém, tudo se torna amarelo.

Os filhos azuis se tornam filhos amarelos.

O azul ainda estava ali. O azul voltava por alguns segundos e derrotava o amarelo.

As duas camas velhas onde dormiram seus rebentos pareciam duas barcas que iam da vida à morte, camas que quando eu era criança me pareciam indestrutíveis; e essa cor azul do pé da cama, dos pés e da cabeceira, adquiria uma pureza que queimava meus olhos.

Fiquei olhando como estavam bem pintadas. Como essa tinta havia aguentado cinquenta anos. Era rara essa perduração. Não tinha nem um risco, nem um minúsculo descascado. Por que tudo parecia recém-pintado se essas camas já tinham meio século?

Tornei a abrir o armário azul, sabendo que era a última vez que o abriria, sabendo que jamais veria de novo esse armário. E saíram em tropel a maquinaria de guerra e a artilharia e a cavalaria e a luz dos dias antigos, e me vi escolhendo uma camisa quando tinha treze anos, olhando-me no espelho, pensando se conseguiria impressionar uma menina de quem gostava. E olhei para onde estava minha mãe morta, e havia ali uma tempestade de tempo e aniquilação, era uma ordem lógica para a qual eu não estava preparado.

Quase morrer é o de menos.

Foi a última vez que a vi, mamãe, e soube que a partir daquele momento estaria completamente só na vida, como você esteve e eu não percebi ou não quis perceber.

Você me deixava tal qual eu a havia deixado.

Eu estava me transformando em você, e assim você perduraria e venceria a morte.

Deveria ter tirado dúzias de fotos desse quarto. Devia ter fotografado a casa inteira, para que nada se perdesse. Um dia não mais recordarei com exatidão essa casa em que tanto nos amamos, e quando não a recordar ficarei louco. Acredito em suas paixões. Suas paixões são as minhas agora. E suas paixões valeram a pena. Faltam-me as fotos, isso sim. Suas paixões, mamãe, sua obsessão pela vida, você as passou para mim. Estão aqui, em meu coração, furiosas.

124

Irmão de minha mãe morta, meu tio Alberto Vidal faleceu em 11 de março de 2015, aos setenta e três anos.

Meu tio Alberto, que neste livro vim chamando de Monteverdi.

Monteverdi tinha certa fama em Barbastro, nosso povoado, seu e meu, mas ele havia nascido em um muito menor chamado Ponzano, onde minha mãe também nasceu – quase uma aldeia.

Foi enterrado ali, em Ponzano. Não posso ir ao enterro, claro. Não vou a nenhum enterro; isso foi minha vida: evitar enterros. Portanto, não sei como é o túmulo, ou o nicho. Não sei se haverá flores. Não sei nada.

Quando jovem, lá pelos anos 1950, Monteverdi recebeu o diagnóstico de tuberculose. Foi internado em um hospital de Logroño, um antro do pós-guerra. Ali lhe serraram um pulmão e o devolveram a Barbastro. O que eu ouvi quando criança foi isso, "que lhe serraram um pulmão". Foi a palavra "serrar" que ouvi. É uma palavra de carpinteiro.

Ele tinha um pulmão a menos.

Era o mais novo de sete irmãos.

Minha tia Reme o acolheu em sua casa. Viveu com ela e o marido dela por mais de cinquenta anos. É uma história de sacrifício pessoal, do amor de minha tia por seu irmão. É uma história de bondade. E tudo vivido com um pulmão a menos, com menos ar na boca, com essa decrepitude do ar escasso dentro do corpo.

Minha tia Reme morreu e ele continuou vivo mais dois anos.

Viver com um pulmão a menos é algo lendário e revolucionário.

Minha mãe, quando eu era criança, aos fins de semana me deixava na casa de minha tia Reme, e lá conheci o endiabrado e peculiar caráter de meu tio Alberto, o grande Monteverdi. Eu devia ter sete ou oito anos quando ameaçou me dar uma facada. Era uma faca boa. Vejo a faca agora, quarenta e cinco anos depois, com uma clareza diabólica, contudo, não isenta de doçura. Vejo-a à altura de meus olhos como Miguel Strogoff viu a dele. Posso recordar todas as facas importantes de minha vida. Essa foi importante. Foi afiada tantas vezes que havia perdido a forma reta do fio, estava muito enferrujada, e a madeira do cabo estava rachada. Era uma faca alvo de elogios. Exaltava-se quão bem cortava. Foi herdada da família de meu tio, era uma faca patrimonial, forjada no fim do século XIX. Não era inoxidável. Estava completamente enegrecida, mas não era um enegrecimento sujo, e sim digno, nobre. Faziam um sinal da cruz no pão e depois essa faca o cortava em rodelas, um pão espumoso, cheio de miolo, uma festa do pão, o pão do fim dos anos 1960.

Ele me perseguiu com a faca por aquele apartamento de minha tia; um apartamento com um corredor bem comprido, com um janelão que dava para um pátio no meio. Um apartamento que quando o recordo me dá vontade de chorar, porque agora percebo que fui feliz naquele apartamento. Eu seria capaz de reconstruí-lo centímetro a centímetro. Poderia fazer um projeto rigoroso. Tinha encanto. Era meio lúgubre, eu ficava intrigado com sua antiguidade. Foi construído durante a guerra civil espanhola, em 1937, com materiais procedentes de escombros dos bombardeios. Mas antes houve ali uma casa de agricultores. Os espíritos do irredento campesinato espanhol pareciam ascender, havia espíritos por todo lado, e esses espíritos se apossaram do coração de meu tio.

"Vou cortar seu pescoço", gritava.

Foi o marido de minha tia Reme quem deteve meu tio Alberto. Pegou-o pelo braço, torceu-o e fez a faca cair no chão. Sei que aconteceram mais coisas. Floresceu a loucura por onde estive, por onde eu estive.

Meu tio Monteverdi era bem louco. E eu também sou bastante louco. Sei que ele me perseguiu com a faca, e que blasfemava. Não estava nem aí para Deus. Johann Sebastian nunca blasfemou. Monteverdi sim, e muito e com força. Johann Sebastian nunca. É possível distinguir dois tipos de homens: os que blasfemam e os que não. Os que blasfemam costumam estar desesperados, e sofrem como condenados. E os que não blasfemam também.

E é possível distinguir dois tipos de música: a que canta e a que condena.

É como me acontece com G., o padre que me tocou: há um curto-circuito em minha memória. Há uma lacuna criada por minha vontade de sobrevivência. Sei que ele queria enfiar aquela faca em mim. Não lembro com precisão qual foi o gatilho, deve ter sido o fato de eu reproduzir algumas palavras dos outros sobre ele, algo sobre sua incapacidade ou sobre sua inutilidade. Eu disse em voz alta palavras ruins que havia escutado sobre ele. Porque nas famílias as palavras são importantes, mas não na sociedade. E enlouqueceu, e queria me matar, sendo que, na verdade, tinha que ter matado um dos seus irmãos. Meu tio Mauricio, o mais velho da prole (vou chamá-lo de Händel), dizia que Monteverdi não servia para nada. Não tinha muita piedade dele. Não se comovia por ter um pulmão a menos. Havia ressentimento pré-histórico e catástrofe naqueles povoados de Huesca.

Esses povoados pelos quais me apaixonei.

125

Händel também partiu – e acho que com menos de setenta e três anos, acho que com sessenta e nove, a vida continua buscando a comédia como forma de se expressar. Acho que eu repeti em voz alta algumas palavras que Händel havia sussurrado sobre Monteverdi. Eu ouvira Händel dizer que Monteverdi era um desastre, algo assim, e o divulguei. Eu não sabia o que estava acontecendo. Não entendia nada. Era a típica criança que pisa na bola falando em público uma vergonha ou um segredo de família. Um homem desesperado queria me enfiar uma faca.

Monteverdi não falava com Händel.

Davam-se muito mal.

Monte achava que Händel tinha que ter lhe dado uma mão na vida, que para isso era seu irmão mais velho. Händel também sofreu muito nesta vida, acho que carregava uma solidão terrível. Lembro-me de seu bigode e de sua cabeça enorme, sustentada por um corpo extremamente magro. Lembro que fumava muito, fumava três maços por dia. Cigarro preto. Não sei de onde havia saído. Acho que éramos e somos uma raça próxima ao elo perdido, mas também nisso há um triunfo da vida.

Händel parecia um demônio, com o cabelo bem curto, como um soldado, e virou um homem extravagante. Do que mais Händel gostava era de matar javalis. Era um caçador inveterado. Uma vez eu fui caçar com ele. Fomos "à espera". Tínhamos que esperar que o javali aparecesse. Apareceu um e ele lhe arrebentou os olhos com uma bala de chumbo. Acertou na cabeça. Fumava enquanto o via agonizar. Deixou-o ali, morto, para que os ratos o comessem, para que os ratos fizessem um banquete, porque era velho, era um javali velho e doente, de carne dura e sarnenta, e saímos dali de carro, por caminhos cheios de vento e secura e frio, na noite de novembro.

E a lua acima iluminava o cadáver do javali e Händel caiu em um mutismo árido, e começou a fumar e olhar na distância, essa distância da terra do Somontano, um misto de vazio e de aviso da negritude e fealdade da noite que todos seremos.

Ele quis ligar o rádio do carro, mas era impossível captar alguma emissora. Só se ouviam ruídos.

126

Monteverdi parecia outro demônio, só que deixou o cabelo comprido, e também virou um homem extravagante.

Os dois eram irmãos de sangue, mas especialmente irmãos na extravagância: um com a cabeça raspada, o outro com cabelo.

Agora que me lembro, os dois usavam bigode. Händel um bigode minúsculo, Monteverdi um grande.

O velho Barbastro conhecia bem Monteverdi. As novas gerações não.

Mas o velho Barbastro o respeitava e o entendia e o amava. E o entendia porque, no fundo, Monteverdi era uma emanação natural daquela terra, daquelas ruas, daquelas praças, daquela forma de estar no mundo.

Monteverdi falava muito, atropeladamente. Cumprimentava sempre com uma fórmula repetida: "Como vai, jovem?". O jeito como pronunciava essa pergunta era excêntrico, pitoresco, como se na pronúncia se entrevisse um culto secreto à loucura, à dispersão. Sim, a dispersão foi a coroa de Monte. E então começava a falar sem parar, frases não contíguas, e sim frases uma em cima da outra, sobrepostas: era um espetáculo verbal no qual alentava algo que não pertence ao reino dos vivos.

Eu, desde pouco tempo, também falo muito: os dois falando muito, para não dar tempo a nosso interlocutor para que nos julgue, para manter ocupado o pensamento do interlocutor e impedir que nos veja desde o silêncio e se dê conta de que somos malucos e estamos acabados. De que sofremos tanto que só nos resta o automatismo das sílabas.

A camuflagem do sofrido, sim, mas também a camuflagem do apaixonado.

Há alguns anos o encontrei na rua e ele me mostrou o celular que havia comprado. Trocamos números de celular.

Olhamos o celular um do outro com tristeza.

Nunca liguei para ele, para quê?

Sua aparência era pura catástrofe: usava ternos velhos, com gravatas floridas, e cheirava mal. No fim da vida, fedia. Se bem que era uma catástrofe original, havia uma intenção artística nisso.

Não dava para ficar nem a três metros dele.

Jamais tomava banho.

Seu cheiro era repulsivo. Pura arte de vanguarda. Seu fedor era célebre. Barbastro inteiro conhecia o rastro de seu cheiro nauseabundo.

Ele convivia tranquilamente com seu prematuro cheiro a morto.

O cheiro dantesco de seu corpo foi sua Beatriz. Era uma maneira de se diferenciar dos outros. E era uma maneira de erguer uma fortificação em torno de seu corpo, um muro infranqueável pelo qual a solidão ficava hermeticamente protegida, como uma mãe protegeria seu bebê.

Sua solidão foi seu bebê, seu filho único e bem-amado.

Protegeu seu bebê com a fetidez, como fazem os animais, como faz o gambá, cujo cheiro alcança dois metros de distância. Exatamente o que alcançava o fedor de Alberto Vidal, dois metros de distância. Aquele fedor possuía também seu descaro político, era uma força política, a apoteose da negação de qualquer decoro social. Era uma exaltação da esterilidade.

Viveu com sua irmã Reme e com seu cunhado Herminio, um bom homem. Qualquer outro teria se queixado.

Não teria permitido.

Viver com o irmão de sua mulher a vida toda, foi o que fez Herminio.

Um quarto para Monteverdi, sempre.

Viviam os três em uma casa velha, na rua San Hipólito. E se amavam. Tinham suas brigas de vez em quando, mas se amavam e muito. A bondade de Herminio era bíblica. Talvez tenha sido o melhor homem que conheci na vida. Herminio amava minha tia Reme. Punha-a em um pedestal. Eram apaixonados, sempre foram. Não me dei conta desse milagre. Não me dou conta das coisas maravilhosas que vi em minha família. Eu deveria ter reparado nesse amor. Herminio adorava sua mulher.

Depois nasceu minha prima. De modo que eram quatro, um marido e uma mulher e uma filha e um cunhado, vivendo décadas juntos. Um mistério. Porque havia beleza nessa reunião imprevista de quatro seres humanos. Pensando bem, não consigo entender. Não entra em minha cabeça que dois homens vivam cinquenta anos juntos tendo como parentesco um motivo civil. Quem seria Herminio na história da música? Pergolesi talvez; quem menos que o compositor de *Stabat Mater*?

 O quarto de meu tio Alberto era frio e úmido e sempre era preciso ventilá-lo muito, mas tinha encanto. Eu nunca entrava ali, era proibido para mim. Às vezes o via quando o arejavam. Tinha um armário e uma cama elementar. Tinha uma mesa. Acho que o melhor era a janela. A forma quadrada do quarto lhe conferia um significado religioso. Daria tudo agora mesmo para ver de novo aquele quarto proibido. Deve ter sido um quarto de desamparo, nesse momento em que o desamparo se torna líquido e invade as paredes, o chão, os móveis, o ar. Essa solidão ainda deve estar ali, escondida naquelas quatro paredes, se é que ainda existem.

 Não arranjou emprego. Não se casou. Nunca teve namorada. Ninguém conheceu amigas dele, mas deve ter tido. Deve ter se apaixonado um dia. Se eu soubesse o nome de alguma mulher por quem ele foi apaixonado e se soubesse que ainda está viva, ligaria para ela para falar dele. Isso seria um milagre. Como teve tuberculose, usava sempre seu prato e seu copo e seus talheres.

 Eu era uma criança, e ficava olhando seu prato e seu copo e seus talheres como se fossem algo proibido, sujo, maligno, perigoso.

 Seu prato dava medo.

 Seu copo dava pânico.

 Eram o desconhecido, o abismo.

 Seu guardanapo também, sempre com um laço mortuório.

 Meu pai lhe dava seus ternos velhos.

 E lá ia meu tio Monteverdi com os ternos velhos de Johann Sebastian, passeando por Barbastro. Ficavam grandes nele, porque Johann Sebastian era alto, mas não tinha importância. Parecia Cantinflas. Os espanhóis pobres de terno, uma lenda. Monteverdi gostava de imitar a fala de Cantinflas.

 Morto meu pai, Monteverdi continuava passeando por Barbastro com os ternos grandes de meu pai.

 Quando o encontrava na rua, eu me lembrava de meu pai nos anos 1970, porque esses ternos eram dessa época, já fora de moda, ternos transpassados que se usavam nos anos 1970 e que agora absolutamente ninguém usa.

Alberto Vidal percorria Barbastro de ponta a ponta vestindo um terno transpassado como se fosse Al Capone. Estava sempre em todo lugar. Sempre passeando, em um povoado onde ninguém passeava. Parecia ubíquo. Ele inventou o passeio.

Meu tio Alberto Vidal tinha amigos estranhos, que morreram ou desvaneceram ou se extinguiram ou nunca existiram. Conheci algum desses amigos; e eu teria gostado de saber em que consistiram aquelas amizades, acho que eram tão inconsistentes que obrigatoriamente tinham que ser puras e boas, simples, elementares. Amizades elementares, assim as imagino. Eu nunca soube onde aqueles amigos viviam. Lembro-me do rosto de um; seu rosto me fazia lembrar a cabine de um caminhão Pegaso. Não dá pra narrar tamanha inexistência.

No início da década de 1980 meu tio Herminio comprou, com muito esforço, um apartamento pequeno, em uma cooperativa, na periferia do povoado. E lá foram os três de novo, porque minha prima foi embora cuidar de sua vida. Monteverdi tinha seu quarto na casa nova. Deram um trabalhinho para ele, como administrador dos apartamentos da cooperativa, e ele sempre contava como fazia bem seu trabalho e como os moradores estavam satisfeitos.

Continuava usando ternos antigos, com gravatas extravagantes, como de gângster. É possível ser muito pobre e usar terno. Um pobre com estilo, vi muitos desses em minha família. Monteverdi esticou a vida dos ternos de meu pai até os dirigir à fronteira da eternidade. Meu pai estava morto, mas seus ternos dos anos 1970 ainda continuavam na ativa pelas ruas de Barbastro. Isso para mim era lindo. Lendário.

Minha tia morreu e lá ficaram vivendo sozinhos, naquele apartamento, dois homens velhos que não tinham nenhum parentesco real. Lá ficaram Pergolesi e Monteverdi, falando da música da vida de cada um, sentindo falta do vínculo que os uniu durante cinquenta anos: minha tia Reme, a quem eu gostaria de chamar de Maria Callas, pois infelizmente não há mulheres famosas na história da música. Acho que foram mais de cinquenta anos. Talvez sessenta. Pergolesi e Monteverdi tinham um parentesco por afinidade, chamado Maria Callas, mas a razão desse parentesco havia desaparecido. Alguém deveria escrever um tratado antropológico que explicasse o que é um parentesco por afinidade, de onde vem, em que casa escura da História foi criado.

E agora Alberto Vidal morreu.

Morreu o grande Monteverdi.

Lembro-me de novo de quando ele me perseguiu por aquele apartamento da rua San Hipólito com a faca na mão para cortar meu pescoço, o pescoço de uma criança de oito anos, aquela faca velha, com o cabo de madeira comido pelos fantasmas da guerra e da fome.

Não se preocupe, Alberto Vidal, você ditou tendência nas décadas de 1970 e 1980 em Barbastro. Uma tendência que só eu notei, mas tanto faz.

E você se levantará dentre os mortos.

Quem dera você houvesse me enfiado aquela faca no pescoço. Teríamos acabado eu embaixo da terra e você no garrote.

E embora as leis dos homens castiguem e difamem esses finais, não são tão ruins: o túmulo e o pescoço quebrado.

Daí vimos, e essa nova oportunidade histórica que os tempos nos oferecem, essa oportunidade de chegar a ser algo ou alguém, essa oportunidade de ter um emprego e uma aposentadoria e segurança social, nunca a aproveitaremos.

Vimos das árvores, dos rios, dos campos, dos barrancos.

Nossa natureza foi sempre o estábulo, a pobreza, o fedor, a alienação, a doença e a catástrofe.

Somos compositores da música do esquecimento.

Tanto faz que exista Deus como que não exista.

Se Deus ou seja lá quem for nos oferecesse o paraíso, em quatro dias eu e você o transformaríamos em uma pocilga.

E se Deus se aborrecer conosco por transformar seu paraíso em uma pocilga, o que fará? Tornar a nos matar? Devolver-nos ao inferno?

Ah, acredite, Alberto Vidal, somos o castigo de Deus. Porque Deus voltou, porque a humanidade não consegue encontrar nada melhor. Portanto, ria aí em seu túmulo, agora que chega a primavera, porque você morreu às vésperas da primavera, que é o grande tempo dos que sempre estiveram aqui, antes, muito antes de existir a História.

Ria, Alberto Vidal, e lave os cabelos e ponha perfume.

Nossa, como você era sujo! Mas tinha estilo.

E você foi sozinho; você foi o homem mais só do universo.

Quando adulto ninguém o amou. Nem mesmo eu, seu sobrinho. Quando criança, quem o amou foi Cecilia, sua mãe, a quem você invocava sem que ninguém o ouvisse. E essa sim me parece uma experiência sobrenatural, a experiência desses seres que passam por este mundo sem que ninguém os ame. Há uma forma dura e venenosa de liberdade nisso. Há uma invocação da força da matéria caótica, antes da ordem humana, porque a matéria está sozinha. Ter vivido sem ter sido amado não é um fracasso.

É um dom.

O dom sangrento.

Você pode ver mais, pode ver o sentido da matéria em liberdade. O ser humano precisa da busca de uma culminação, de que as coisas não aconteçam por acaso. Buscamos uma vontade. Que estejamos aqui por algo. Que nossa vida alcance no mínimo uma meta. Mas a existência de Deus é tão mentira quanto a existência da bondade entre os seres humanos.

Muitos homens de hoje pensam que se foram úteis e honestos com seus semelhantes já estão achando um sentido. Serve para morrer com certa tranquilidade. Mas há vazio aí também. A honestidade também é uma fraude ontológica.

Tanto faz se você não sabe o que significa a palavra "ontológico", porque é nada.

Essa densa vacuidade é maravilhosa. Vê-la como eu a vejo. Como você a viu, Monte.

E acredite, Monteverdi, seu caminho é o caminho dos heróis.

"Como vai, jovem?"

127

De novo estou em meu apartamento da Ranillas. Bem, a rua agora se chama José Atarés, não mais Ranillas, mas eu a chamarei sempre assim, por meu pai.

Quando estou fora, quando viajo, Bra e Valdi vêm a este apartamento e o usam como se fosse a casa de um desaparecido. O status de desaparecido também não é ruim.

Quando estou em casa, eles vêm pouco me ver.

Eles ainda vivem na angústia de um divórcio, cuja iconografia moral precisa de vítimas e verdugos. Não se lembram de meus pais, seus avós. Não entendem que eles, seus avós, estão neste apartamento. Não os veem, e estão aqui. Não sabem o que é estar sozinho e desesperado. Muita gente partirá deste mundo sem saber o que é estar desesperado. A maioria das pessoas que eu conheci nesta vida não sabe nem nunca saberá.

Em uma espécie de exaltação de meu desespero, dei por comprar molduras baratas na Fotoprix e pendurá-las pelas paredes da casa com fotos de meus pais e minhas e de Bra e Valdi. Ficava muito brega, mas eu gostava. Minha mãe fazia o mesmo. Também comprava molduras baratas e punha as fotos de Bra e Valdi, nunca as dela.

Como tinha mais fotos que molduras, simplesmente fixei as fotos na parede com fita adesiva colorida: não ficava ruim. Estava em plena construção de meu novo lar. Ao me divorciar, perdi meu lar. Com a morte de meus pais, perdi meu lar. Agora reconstruo lares por meio da fotografia caótica, por meio do empenho de cobrir as paredes da Ranillas de fotos, e às vezes fotos reproduzidas na impressora em preto e branco.

Vou trocar o miolo da fechadura, penso em um arroubo de ira que em dez minutos passa. Seria uma maneira de fazê-los recordar que a casa importa, que a casa está viva. Mas não troco, no fundo gosto de que venham, mesmo que seja quando não estou.

Cada dia mais sozinho, também sem filhos, e tudo bem. Deve ser a lei da vida. Quero que não me importe tanto. Se estão bem, se eles estão bem, tanto faz. A vida é este quarto escuro. Tanto faz. Mas me irrita que deixem a luz acesa, como da última vez, porque quem paga a conta de luz sou eu. Eu: o pai que, ao abandonar, foi abandonado. O pai desvanecido. O pai sob as águas. Eu não deixava a luz acesa na casa de meus pais.

Não, não deixava a luz acesa. Esqueço tudo dez minutos depois.

E assim vamos, almoçamos juntos de vez em quando, neste apartamento elementar. A vida os espera, e daqui a quarenta anos vão me procurar. Tomara que encontrem meu amor. Quem dera eu pudesse protegê-los até o último minuto da eternidade. E acho que posso. Sempre estarei ao lado deles. Sempre os amarei. Como sempre fui amado por meu pai. Procurarão esses almoços de vinte minutos, e procurarão este apartamento, e procurarão meu rosto.

E não o encontrarão, porque estarei morto. Mas velarei por eles mesmo estando morto.

128

Trouxe presentes para Bra e Valdi de minha última viagem; viram-nos, disseram que gostaram muito e os esqueceram em minha casa.

Estão diante de mim agora: inertes, desprezados, condecorados com méritos tristes. Simbolizam o desaparecimento de um lar. E, portanto, o desaparecimento do amor. Nunca dizemos toda a verdade, porque se disséssemos quebraríamos o universo, que funciona por meio do razoável, do suportável.

O que fazem esses presentes em cima da cama do quarto pequeno no qual ninguém nunca dorme?

Deito na cama do quarto grande. Levanto-me da cama e volto ao quarto pequeno, e fico olhando os presentes que trouxe para meus filhos, que estão ali, em cima da cama pequena, abandonados, fundindo-se o abandono dos presentes com o abandono da cama pequena, chegando a fundir suas solidões em uma única solidão que, se a vemos, parte nosso coração e nossa vida.

Não me entristece em absoluto que tenham esquecido os presentes; na verdade me espanta, talvez porque já superei o estágio da tristeza, ou troquei a tristeza pelo espanto, e porque amo meus filhos, e não me interessa o que façam comigo e com meus presentes. Mas um pai também tem espírito de sobrevivência, pois é um homem. O pouco apreço por meus presentes poderia inclusive me causar pânico: em minha vida houve mais pânico que tristeza. Porque o pânico procede da culpa e a tristeza procede de si mesma. Ou seja, se abandonaram os presentes é porque sou culpado. Às vezes penso que minha culpa é mais extensa que o universo. Poderia competir em extensão com os buracos siderais. A culpa é um dos enigmas dourados; como é óbvio, não me refiro à culpa que se origina nas religiões, ou especificamente no catolicismo, e sim à culpa pré-histórica, à culpa como sintoma de gravidade e de aliança com a Terra e a existência, a culpa de Kafka, essa. A culpa é um poderoso mecanismo de ativação do progresso material e da civilização, porque a culpa cria "tecido moral", e a moral e a ética são os bastiões que movem a realidade. Sem a culpa não existiriam computadores nem voos espaciais. Sem a culpa não teria existido o marxismo. Sem a culpa teríamos um cérebro oco. Sem a culpa seríamos só formigas.

Minha mãe me dava perfumes. Eu não os deixava esquecidos na casa dela. Mas, no fundo, eu também não queria que ela me desse nada. Vivia obcecada com me dar perfumes caros, o que não podia se permitir. Vivia obcecada com meus aniversários. Pode ser que meus filhos deixaram os presentes esquecidos porque, no fundo, eu não queria que minha mãe me desse nada. Quantos mais paralelismos encontro, mais sagradas são a vida e a memória.

Fico olhando as fotos de meus pais que estão penduradas nas molduras que comprei na Fotoprix. São as molduras mais humildes do mundo. A Fotoprix compete bem com os preços das lojas dos chineses. As lojas dos chineses não têm nem aquecimento nem ar acondicionado e a Fotoprix sim. Todos os emigrantes e pobres vão lá ou às lojas dos chineses para comprar molduras para enfiar nelas o rosto de seus familiares e entes queridos.

O negócio de molduras baratas para as fotos de família é um negócio florescente. Quando emolduramos nossas recordações e entes queridos em molduras de dois euros, transformamos nosso passado em diminuta ternura.

129

Na terça-feira, 24 de março de 2015, um Airbus da companhia aérea Germanwings se espatifou nos Alpes franceses. Morreram 150 pessoas. Todas as redes de televisão do planeta tentaram ser piedosas. Ninguém sabia como ser piedoso pela televisão. As tragédias duram duas semanas. Pouco a pouco se desvanecem. Daqui a alguns anos, estas linhas que escrevo aqui serão história remota. Talvez por isso as escrevo, ciente desse sabor inexpressivo de todas as coisas que nos ocorrem. Que percepção do final, da destruição de seu corpo, tiveram os passageiros do voo do Airbus da Germanwings?

Como morreram, pelo impacto ou queimados?

A compreensão da morte é tão necessária quanto a exibição de todos os detalhes técnicos que os meios de comunicação estão dando. Ninguém fala como se quebra o corpo de um garoto de catorze anos lançado contra a chapa e o fogo e o plástico e o ferro de um Airbus a 900 km/h. Como é? Ardem os órgãos internos? Que percepção o sistema nervoso central tem da pele arrasada pelo calor? Como é a avaliação feita pela inteligência emocional da destruição do corpo?

O que é o sofrimento? A quantos graus chega?

Eram crianças de catorze anos.

E o que se sente? Ei, o que se sente? Com certeza pensam em sua mãe três segundos antes do final e com certeza chegam a vê-la e as veem em sua essência, no que são: são amor. Devem pensar em sua mãe e sua mãe não deve pensar neles porque não sabe nada do acidente até algumas horas depois, e na hora da morte de seus filhos devem estar trabalhando ou fazendo compras ou falando ao telefone ou dirigindo um automóvel. Porque a comunicação telepática é mentira, porque é só literatura toda essa lenda de que se pode dizer um adeus sobrenatural aos seres amados quando a morte chega de uma maneira acidental, fatal, trágica.

O amor não existe na natureza.

Existe a morte instantânea? Oh, a grande metáfora da morte instantânea e indolor, essa que os partidários da pena de morte buscam. Saibam: morte instantânea não existe. Por uma razão muito simples: porque a vida é forte, a vida é sempre forte e robusta. A vida nunca vai embora tão tranquilamente. Sempre se morre com uma dor indizível, insuperável, desumana, indecente. Porque a vida é uma conquista da resistência ancestral contra os inimigos da vida.

Quando somos pais, como eu sou, somos de todos os filhos do mundo, não só dos nossos. É assim que funciona esse negócio de paternidade.

Todo o resto é política.

Amo Bra e Valdi assim.

130

Compro coisas nos supermercados, coisas que acho que necessito, mas depois as devolvo. Uma vez devolvidas, compro-as de novo. Isso aconteceu com dois pequenos eletrodomésticos: uma balança e uma torradeira. O engraçado é que usei a torradeira. Estou sozinho em meu apartamento da Ranillas e pensando em minha mãe. Ela também era caótica com o que comprava: o desespero transferido aos eletrodomésticos.

Lembro-me de que uma vez ela comprou uma faca elétrica. Foi quando foram lançadas, em meados dos anos 1970. As facas elétricas não fizeram sucesso e deixaram de fabricá-las. Minha mãe era possessiva. Não queria que eu me casasse. E poucos meses antes de morrer, fez uma ligação fatídica para minha casa na época. E eu não estava nessa casa. E minha mãe disse a minha atual ex-mulher, que ainda não o era na época: "É impossível que ele ainda não tenha chegado se saiu às cinco da tarde". No máximo, eu deveria estar em casa às sete da noite.

E eram dez da noite quando entrei pela porta.

Mas o mais nefasto foi que essa ligação de minha mãe ocorreu enquanto eu estava subindo de elevador, até tal ponto que quando entrei em casa, ainda ouvi as últimas palavras de despedida da conversa entre minha mãe e minha mulher à época. Ou seja, se eu houvesse chegado três minutos antes, minha mãe não teria desencadeado o que provavelmente se desencadearia da mesma maneira, mas não naquele momento e por sua causa.

Especialmente por sua causa. Aí está a lógica, aí está tudo.

Eu quis ver ali uma complexa manobra do destino, como se os fatos não fossem regidos pelo acaso. Imagino que precisamos acreditar no pensamento mágico, porque é consubstancial ao ser humano supor que existe vontade e razão nos fatos, e que há uma arte do destino. Não nos resignamos ao acaso. Queremos que os eventos terríveis que ocorrem em nossa vida tenham uma dimensão sobrenatural. Mas agora, já passado certo tempo, só percebo uma ironia do destino.

Por outro lado, os fatos terríveis são decisivos para que nossa vida possa ser contada, narrada.

Sem fatos terríveis, ou simplesmente fatos, ações, sem que aconteça alguma coisa, nossa vida não tem história nem trama, e não existe.

Minha mãe nunca soube disso. Não lhe contei. Não lhe contei que aquela ligação dela virou minha vida do avesso. Sua ligação desvelou uma infidelidade. Evidentemente, era só questão de tempo, porque eu persistia naquele emaranhado de intermináveis infidelidades conjugais, que me destruíam e me afundavam no álcool. E meu casamento agonizava, mas eu não queria aceitar porque tinha medo e porque a intempérie me assombrava.

Depois daquela ligação de minha mãe, desci para o bar arrasado, decapitado, e pedi um gim tônica, e com a chegada do segundo gim tônica fui me acalmando. É o que o álcool faz quando chega ao sangue: tudo começa a brilhar de novo. Vi os dedos de minha mãe nas mãos da garçonete do bar de baixo de minha antiga casa que me servia os gins. E o terceiro gim tônica me provocou uma alegria envenenada, improdutiva.

Estava entrando no labirinto do destino, que usa o rosto dos seres humanos como transfiguração de sua própria força, que troca rostos e se diverte assim, que monta um pequeno caos da realidade. Pensei que eu nunca mais seria jovem. Tinha que ir embora dessa que até então havia sido minha casa por causa de uma ligação de minha mãe. Uma comédia encolerizada, e Bra desceu ao bar e me disse: "Papai, vou morar com você", mas depois mudou de ideia. As palavras de Bra me comoveram. Esse "papai, vou morar com você" foi a coisa mais linda que já ouvi na vida. Sempre me lembrarei disso. Havia uma ternura infinita nisso. Acho que morrerei ouvindo essas palavras breves, que não foram acompanhadas de fatos, e melhor assim. Os fatos também já não são claros.

Porque o passado não existe, embora eu me lembre com olhos erguidos daquela energia que o terceiro gim tônica depositou em meu sangue. Agora já vejo beleza em todo lugar. Também não foi para tanto. Foi uma história comum. Uma história como a de milhares de espanhóis, ou de milhares de seres humanos. Mas há espanhóis (muito mais homens que mulheres) que não se divorciam para não perder sua biblioteca, ou o apartamento da praia, ou a TV, ou a roupa limpa em uma gaveta da mesa de cabeceira, coisas assim. Porque a angústia tem a cara mais estranha do mundo. Claro, fiquei sem minha biblioteca, e sinto muita falta dela. Mas eram apenas livros. E os livros não são vida, no máximo um enfeite da vida e pouco mais que isso.

131

Eu teria gostado de que minha mãe soubesse que foi ela quem precipitou meu divórcio com sua ligação. É um estranho enigma ela ter morrido sem saber. De modo que ela só me conheceu em vida em dois estados mentais: solteiro, sob seu domínio; casado, sob o domínio de outra mulher, que era ela mesma também. E perdeu o terceiro: divorciado, sem domínio. Ou seja, sem ela. Se eu fui o centro de toda sua vida, e ao mesmo tempo foi ela quem deu gravidade à minha existência, este terceiro estado parece o estado da verdade final de minha existência, um estado de ruidosa liberdade, de trêmulo desamparo, porque não posso ficar sem a presença tutorial dessa mulher, que foi uma deusa, que gerou minha carne em seu ventre; e ela só pode chegar ao conhecimento deste estado sob a forma de fantasma, coisa que está fazendo.

Uma deusa da Idade de Pedra reencarnada muitas vezes, essa era minha mãe.

E por fim não está mais. Nem suas transfigurações vivem. Talvez era isso que estava fazendo, ensinando-me sua morte completa, não só a de seu corpo, mas também a morte de todas as suas ramificações, deixando-me sob a intempérie da liberdade, dizendo-me assim: "Por fim você está sozinho, porque só minha morte podia lhe devolver a liberdade que você tanto desejava e tanto temia; vejamos quantos anos consegue viver ou sobreviver nesse mundo sem mim e sem minhas metáforas, sem mim e sem minhas intrincadas bifurcações, minhas dilatações, minhas extensões em sua mulher, em seu trabalho, em seus filhos, em sua casa, em sua biblioteca e no ar que respira".

Porque toda minha vida havia sido imagem expandida de minha mãe. Ela reinara sobre mim. Toda minha vida foi feudalismo freudiano e matriarcado. Se quando criança algo dava errado para mim, a culpa era de minha mãe. Se com quarenta anos algo dava errado para mim, a culpa era de minha ex-mulher, que era uma delegada de minha mãe. Talvez por isso meus adultérios e minhas infidelidades não repercutiam em minha ex-mulher, e sim em minha mãe.

Minha mãe governou minha vida, e o fez bem. Tudo dá na mesma. A responsabilidade do governo de minha mãe não era minha felicidade, e sim minha sobrevivência. Porque a responsabilidade do matriarcado é a perduração do rebento. Esse foi seu bom governo. Eu poderia ter sido feliz graças a seu governo, mas ter morrido com quarenta anos. Não, ela escolheu que minha vida durasse, escolheu minha conservação como ser vivo: isso eu sei agora, antes não sabia; quando se deu aquela ligação, não sabia disso. Soube tempos depois.

Antiquíssima bruxa que meditava à noite a conservação de seu filho, que conspirava contra a oxidação, a entropia, o desgaste da carne de seu filho, e que corrompia o espírito de seu filho sob a doce luz do matriarcado, anterior à Grécia, anterior à História, amassado na pré-história, que era de onde vinha o espírito de minha mãe.

Foi irônico, terrivelmente irônico: ligava para saber se eu estava bem, e foi sua ligação que transformou minha vida em um inferno.

Ligava por meu bem e sua ligação me trouxe o mal.

Se pudéssemos nos ver de novo, o que nos diríamos? Eu teria que lhe contar tudo que aconteceu desde que ela se foi, e não saberia por onde começar. Se voltasse, teria que lhe explicar que sua casa não mais existe e que seu filho também não.

132

Os últimos anos de minha mãe foram nefastos, mas também contiveram uma iluminação inesperada de nossa vida. Seus últimos anos me ensinaram muitas coisas. E às vezes quase conseguimos estar juntos. Tivemos alguns momentos de tranquilidade, quando pudemos ser mãe e filho, sem outra missão. Talvez conseguimos ser mãe e filho sem ser, na verdade, ela uma viúva e eu um homem sem pai. Talvez nunca venceríamos a gravitação da morte de meu pai, a escuridão em que sua partida nos mergulhou. Talvez sua partida tenha debilitado o vínculo da mãe e do filho. Talvez ele fosse a energia maior de nossa vida.

Ela não sabia ficar sozinha e me ligava mil vezes, como eu agora ligo para Valdi e Bra, e eles me dão a mesma bola que eu dava a ela, pelo menos é o que penso, talvez movido pela culpa ou pelo anseio de receber mensagens dos mortos.

Ela me disse uma vez: "Tomara que seus filhos façam com você o mesmo que você faz comigo". Ela sabia o que estava me dizendo, acho que já sabia. Tinha o dom das certezas mais escondidas.

Pois bem, acertou. Adivinhava coisas. Assim era ela. Tinha o dom da adivinhação, mas para ela tanto fazia. Minha mãe sabia que estava acertando porque acabou sabendo tudo, mas acho que não teve racional consciência de que sabia tudo. As pessoas se esforçam durante a vida toda para conseguir saber algo, com sacrifício e trabalho, e minha mãe sabia tudo por sopro divino.

Mas tudo bem. Acho que melhorei um pouco a espécie. Por outro lado, meu pai nunca me ligava. Meu pai jamais telefonava porque estava muito entretido vendo TV, vendo seus cozinheiros moribundos com receitas para aposentados cadavéricos, esse tipo de gente que senta para ver TV às dez da manhã, algo que eu mesmo comecei a fazer nos últimos meses.

No final de sua vida, ninguém mais aguentava minha mãe. Nem ela mesma. Era uma espécie de trituradora de tudo que aparecia pela frente.

A grande trituradora, assim era ela. Uma mulher especial. Cheia de amor louco pela vida; amor demais.

Ela se confundia.

E se decepcionava.

E se entusiasmava de novo.

E depois fez a ligação definitiva. Ela achava que suas ligações eram benignas. É de morrer de rir.

Querida mamãe, com sua perversa e maldita obsessão de me ligar toda hora você afundou ou transformou minha vida: ainda não sei se foi afundamento ou transformação, e o engraçado é que cada vez me importa menos o que tenha sido. O que você teria pensado se soubesse? Mas sabia. Sua mão, que pegou o telefone, foi alentada por uma força desconhecida. Você queria fazer isso. Era sua última ação memorável neste mundo.

Minha existência caminha para os fatos intrigantes, e na intriga parece haver gravidade. As pessoas deveriam notar que há intrigas, maquinações, coabitações em sua vida. Há ações cujo significado se desconhece. Minha mãe morreu com meu casamento, de modo que a morte de minha mãe e a de meu casamento se fundem em uma única morte. Aí há uma intriga. Posso pensar nessa intriga. Nessas confabulações há uma intencionalidade cega, há manipulação e decisão.

Mas quem está por trás desse complô?

Sem dúvida, o próprio Deus.

Quem mais estaria?

O acaso?

Não.

Nem Deus nem o acaso.

Quem está é o tempo.

133

Minha mãe era punk. Confundia os médicos. Mudava sua data de nascimento como lhe dava na telha. E fez o mesmo no Registro Civil. Tenho documentos de minha mãe com datas mudadas. Na carteira de identidade de minha mãe consta o ano de 1933 como data de seu nascimento. Mas no livro de família consta 1932, e em uma certidão de nascimento aparece 1934. Também trocava os dias: em um documento nasceu em 7 de abril, em outro em 2 de dezembro, em outro em 22 de outubro. Algo parecido acontece com seu segundo sobrenome. Ela mesma o trocava. Construía variações vocálicas. Eu nunca soube como era o segundo sobrenome de minha mãe. Às vezes era Rin, outras Ris, outras Ríu ou Ríun.

Minha mãe não gostava de se chamar de nenhum jeito. Não acreditava que tinha nome. Não queria estar sujeita a um nome. Não por pensamento, e sim por instinto.

Sempre o instinto, que é um dom atávico. E é o que eu herdei dela: o instinto, uma espécie de tapa que nos permite ver a origem das coisas.

Aceitava, porque não tinha opção, a oficialidade do primeiro sobrenome, mas com o segundo fez o que lhe deu na telha. Estraçalhou seu segundo sobrenome. Sua inteligência negava o nome das coisas. Tinha dificuldades para pronunciar algumas palavras, mas não por carecer de formação básica – pois a teve, pelo menos até os catorze anos. Para ela as palavras não eram importantes por si mesmas; o importante eram as coisas que se disfarçavam de palavras. As coisas reais lhe importavam sim. Os disfarces fônicos das coisas reais eram quebradiços e complicados demais.

Quando foi aprovada na Espanha a Lei de Dependência, lei que beneficiava minha mãe e idosos sem capacidade de se valer sozinhos – pois minha mãe precisava de cuidados de outra pessoa devido a seus graves problemas de mobilidade –, ela trocou o nome e acabou chamando-a de

Lei da Independência. E essa mistura irônica era engraçada, remetia ao século XIX, quando a Espanha conseguiu expulsar Napoleão na célebre guerra da Independência. Essa confusão de nomes encerrava uma ironia sobre a totalidade de nosso conhecimento; fazia-me lembrar de quando meus alunos confundiam Quevedo com Góngora, ou Lope de Vega com Galdós, e eu ficava maravilhado e, longe de arrancar os cabelos, via ali um lugar novo de onde contemplar as coisas, a inesperada vacuidade da cultura e das palavras e da realidade humana.

Não, nunca censurarei esses erros, porque não são erros e sim indiferença, desmotivação, outra forma de inteligência. De modo que quando me perguntavam, em alguma gestão oficial, o nome completo de minha mãe, fazia o mesmo que ela, dizia Ríu ou Rin, e deixava que quem me perguntava entendesse, como ela fazia.

Certeza de que os mortos estão fartos de minha mãe. Certeza de que ela será a primeira a ressuscitar.

As pessoas não sabem como é divertido trocar a data de nascimento, ou os sobrenomes. Não é um jogo nem uma frivolidade, é um desafio às leis humanas. É também um desejo de intempérie. É, enfim, a desafetação pelas leis da realidade social que regeu o olhar de minha mãe.

Herdei essa desafetação. As meticulosas leis humanas – como para minha mãe – me são indiferentes. Tudo que a civilização construiu me é indiferente. Não é arrogância, ao contrário; também não é uma inapetência depreciativa; é dor. Chegamos à indiferença pelo caminho da dor, da vacuidade, da falta de gravidade.

Como minha mãe, fiquei sozinho com a veneração do sol, esse que entra todas as manhãs no apartamento da Ranillas e rasga meus olhos.

O sol nos deixa cegos para tudo que não é sol. Olharemos para o sol juntos um dia de novo.

A verdade está em constante transformação, por isso é difícil dizê-la, apontá-la. Está sempre fugindo. O importante é refletir seu constante movimento, sua irregular e nada complexa metamorfose. Não, mamãe, jamais voltaremos a olhar o sol juntos.

Passar-se-ão milhões de anos e continuaremos não nos vendo.

Aquele sol de junho que você tanto amou.

134

Por fim alguém vem me ver. É Bra. Faço o jantar com entusiasmo: linguiça, batatas e ovos. Comprei uma boa linguiça, com cogumelos dentro, uma linguiça cara, sofisticada. Descasco as batatas. Frito as batatas com azeite de oliva novo. Odeio reutilizar azeite de oliva, minha mãe jamais fazia isso. Bra passou quatro dias de férias com os amigos na montanha; não vem me ver há dois meses. Mas tanto faz.

Janta enquanto vê TV.

Olhamos para a televisão.

O que faríamos sem a televisão?

Sugiro irmos ao cinema quando ele acaba de jantar. Há um filme legal. Diz que não está a fim, que marcou com os amigos. Quando vai embora de minha casa, pergunto se posso acompanhá-lo um pouco pela rua. Passo o dia todo em casa, estou a fim de esticar as pernas.

A proposta o incomoda. Diz que não, que vai sozinho. E vai embora.

Recolho a louça, ponho-a na lava-louças. É uma alegria saber que já pude comprar uma lava-louças e que funciona, limpo o fogão e me sento para ver TV. Descubro farelos de pão no chão da sala de TV. Volto à cozinha e fico olhando a lava-louças da marca OK. E penso que bom que tenho a lava-louças, parece uma solução para tudo. Parece uma forma de revelação humilde do próprio Deus.

Seu barulho me faz companhia.

Wagner, em seus últimos anos, devia ter a companhia do barulho da geladeira, porque lava-louças não tinha.

Johann Sebastian, em seus últimos anos, tinha a companhia do barulho da televisão, porque nunca ia ao cinema. Como podia ir ao cinema se ele era a história do cinema? Ele era a tela e o rosto dos atores, comidos pelo tempo, na tela amarelada.

Minha mãe sabia perfeitamente que tudo se repetiria. Ela fazia jantares e almoços. Eu faço jantares e almoços. Os meus são piores, claro, porque ela sabia cozinhar. Nesse retorno, nesse regresso dos atos gêmeos há um êxtase que me enlouquece. Ela, minha mãe, está vindo assim, por meio de seu vaticínio. Não vem me dizer: "Seus filhos o tratam como você me tratou"; não, não vem me dizer isso, e sim que encontrou um caminho de volta para mim. Vem me dizer isto: "Amarei você para sempre, continuo aqui".

E esse é o portento.

O portento é que ela já sabia, em vida, da existência desse caminho, já o conhecia.

É o caminho da bruxaria, um caminho primitivo.

Quando me dizia, há alguns anos: "Ouça: se não vier me ver, seus filhos farão o mesmo com você", o que na verdade estava me dizendo era: "Quando eu estiver morta, voltarei a você por esse caminho, esse caminho flanqueado por árvores frondosas e luz do mês de junho, com o barulho dos rios perto, quando estiver morta continuarei estando com você por meio de nossas solidões, a sua e a minha; o caminho, veja, é um caminho, um caminho ensolarado, o caminho dos mortos". Cada vez que Bra e Valdi não vêm jantar comigo, Wagner volta pelo caminho, toda defunta, toda deteriorada, toda cadáver, com a amarelada orquestra do eterno retorno do mesmo.

Minha mãe era uma mulher nietzscheana. Por isso se chama Wagner.

Wagner me diz: você usará também este caminho, fale do caminho com Bra e Valdi, já é hora de mencionar o caminho com eles. É o grande caminho de nossa família, que permite aos mortos estar com os vivos.

Não vou fazer isso, ainda não é hora de lhes mostrar o caminho pelo qual voltarei para eles quando estiver morto, digo à minha mãe.

Wagner me diz: já é hora, pois não lhe resta tempo.

Mas, no dia seguinte, Bra decide dormir em minha casa, o que me causa enorme alegria, que logo acaba. Pois ele acorda mal-humorado. Dou-lhe um beijo, que o incomoda, ou pior, que lhe parece absurdo.

Bra vai para a outra casa, a casa de sua mãe – que também é minha, embora agora eu não tenha nenhum direito sobre essa casa –, porque lá a cama dele é maior. Ofereço café e bolachas, recusa com cara amarga e desdenhosa. É um "cale-se, cale-se de uma vez por todas, já me basta ter me feito dormir aqui nessa cama terrível que você tem".

Wagner diz: está construindo o caminho, é um caminho largo e florido pelo qual você estará com ele de novo sempre, como você o frequentava cada vez que não me beijava nem pegava minha mão nem vinha me ver, é o mesmo caminho, o mesmo regresso.

O eterno regresso da maternidade e da paternidade desmoronados, o regresso do mesmo sempre.

Fico olhando as bolachas rejeitadas. Fico olhando as bolachas como um idiota. Eu as comprei animado. São as bolachas mais desamparadas do planeta. Minha mãe também deve ter comprado muitas vezes coisas para mim com entusiasmo, coisas que eu não soube ver, que na época me pareceram insignificantes, e essa insignificância voa pelo tempo e ficou quarenta anos adormecida e agora reaparece e se senta a meu lado. É assim que minha mãe fala comigo, é a forma que o fantasma de minha mãe escolheu para falar comigo: o caminho wagneriano se abre outra vez.

Ela o idealizou.

Meus pais passaram a vida planejando e desenhando e inventando perturbados caminhos até mim, para nunca me deixar sozinho, caminhos de sua morte à vida de seu filho.

Ranillas e Arnillas foi outro caminho.

Meu divórcio, outro caminho.

Meu desespero, o caminho com mais sol.

É como se um círculo amarelo, sempre amarelo, se fechasse. E o filho de meu filho não saberá apreciar as coisas que meu filho lhe dará com amor. É um labirinto no qual nos comunicamos além do desaparecimento, através do mal-entendido. Como se o mal-entendido fosse uma equação matemática que destrói a física da morte.

E Bra vai embora.

Nem sequer fez a cama.

Deixou-a toda revirada.

Começo a fazer sua cama.

A cama também está desamparada.

135

Moro ao lado do rio, pois a Ranillas fica ao lado do Ebro. As pessoas que moram ao lado de um rio vivem mais. Entro no elevador e desço à garagem. O elevador tem um cheiro característico; não que seja um cheiro ruim, é um cheiro higiênico, um cheiro a limpeza industrial, mas é um cheiro estrangeiro, um cheiro a ninguém, cheira a ninguém, ao grau zero do ser humano. A garagem fica abaixo do nível do Ebro. Tenho a sensação de que estou mergulhando. Minha garagem está submersa; é um submarino.

Quando vim morar na Ranillas eu era o único ser humano que habitava o edifício, um bloco de dezesseis apartamentos; foi um dos grandes luxos imobiliários que houve em minha vida. Era fascinante o fato de o elevador sempre estar em meu andar, e era fascinante saber que em três apartamentos acima e em quatro apartamentos abaixo não havia ninguém. Também tinha um toque assustador.

Eu nunca tinha que esperar o elevador. Quanta vida as pessoas perdem esperando elevadores... Muita vida. Somam-se meses.

Eu me sentia um príncipe, um ministro de algum Governo da Espanha. Quando dormia, tinha consciência de que dormia no meio de um edifício vazio, como se fosse um astronauta descansando no espaço profundo, como se fosse Cristóvão Colombo no Novo Mundo. Acho que meu pai preparou tudo isso; ele organizou isso; queria que minha vida se fundisse com os edifícios perdidos. Meu pai organizou isso, porque tem que ter sido ele, por meio da coincidência dos nomes, quem me disse que escolhesse essa rua, porque essa rua era ele.

Tem que ter sido ele, digo a mim mesmo. Tem que ter sido ele, saindo dentre os mortos com um beijo lançado para meu rosto.

Acho que muito pouca gente neste mundo terá o prazer um dia de não ter que esperar o elevador: não saberão o que se sente; eu soube durante alguns meses.

Sempre estava ali, no corredor.

Esse imediatismo na ascensão e descenso me abria uma via mística na percepção de minha nova casa. Porque eu saía e, quando voltava, o elevador estava no térreo. Só eu o usava. E ele sabia disso. Também não havia barulho. Eu podia pôr música bem alta às três da madrugada. E punha. Girava o botão do volume de meu amplificador Pioneer até onde meus ouvidos me permitiam.

A beleza do edifício estava em sua abstrata solidão, que era um símbolo material da partida de meus pais. Partiram muito bem, disseram adeus sem dizer adeus. Posso vê-los muito bem na morte, e na Ranillas; a indústria elétrica convoca a vida deles: o elevador Siemens, o amplificador Pioneer.

136

Depois, pouco a pouco, foram aparecendo vizinhos, porque os apartamentos começaram a ser vendidos, pois a construtora e dona do imóvel se viu obrigada a adequar os preços ao mercado. Baixaram os preços em mais de 40 por cento, por isso eu pude comprá-lo; fui o primeiro a comprar um. E foi por acaso. Essa queda de preços coincidiu com a urgência de arranjar uma casa depois de meu divórcio. Era preciso reformá-los, porque por dentro não estavam acabados. Eu só coloquei um piso e fiz um banheiro. Pus um AC4 que alguém me recomendou; fiquei sabendo das diferentes categorias do piso de madeira. E uns pedreiros romenos fizeram um banheiro. Eu achei que a parede divisória do chuveiro ficou muito baixa e que a água passaria, mas no fim deu tudo certo. Durante alguns dias pesquisei sobre a altura das paredes divisórias dos chuveiros. Refleti com os pedreiros romenos sobre a altura ideal de uma parede divisória. Ficávamos olhando a divisória como quem olha um enigma. Para mim os pedreiros romenos também eram um enigma, mas havia entre eles uma camaradagem que eu admirava, pois me sentia muito sozinho. Um deles fumava e jogava as pontas no vaso sanitário; tive que falar com ele. Parou de jogar, mas não gostou. Comiam sanduíches gigantes.

    E em quatro dias estava morando ali, em meu apartamento da Ranillas. Os outros vizinhos fizeram reformas mais extensas, fizeram cozinhas novas e elegantes. Mas, de qualquer maneira, o maravilhoso foi viver sozinho em um edifício durante mais de três meses. Era como se ninguém quisesse morar ali. Tinha a sensação de ter me mudado para uma nave espacial que orbitava no espaço profundo. Mas se a pessoa mora três meses sozinha em um edifício de oito andares, aprende o idioma desse edifício e percebe que as casas estão vivas. A história do edifício também era uma história de solidão. Acabou de ser construído em 2008, bem quando estourou a bolha imobiliária na Espanha, de modo que os apartamentos não foram vendidos, até que em 2014 decidiram baixar os preços. Os apartamentos, as escadas, as paredes, o elevador passaram seis anos sem ninguém. O elevador estava triste. Acho que esse elevador agradeceu minha presença. Fantasiei muito com tudo aquilo. Lembro que nada funcionava, exceto a máquina de lavar. Tratava-se de uma máquina de lavar nova, uma Corberó intacta, mas havia passado seis anos em uma galeria, à intempérie, sem que jamais a houvessem ligado, nem uma única vez. Aquela máquina de lavar virgem não havia lavado nada na vida, e para mim isso era um mistério. Na primeira vez que a liguei à tomada achei que não funcionaria. A pessoa que me vendeu o apartamento disse que achava que não funcionava. Mas funcionou. A máquina de lavar funcionou, era como se houvesse ressuscitado. Quantos anos a maquinaria de um eletrodoméstico pode resistir sem ser utilizada?

As últimas máquinas de lavar que minha mãe teve eram de marcas baratas. Minha mãe tinha fé naquelas máquinas de lavar anônimas, eu também. Se estivesse viva, poderíamos ter falado por telefone de máquinas de lavar, mas já era tarde. Poderíamos inclusive ter morado juntos. Se Deus lhe houvesse dado mais um ano de vida, teríamos morado juntos.

Reformar o passado é impossível, mas talvez não seja.

137

Tento melhorar este apartamento, onde tudo é duvidoso. As coisas quebram. A torneira da cozinha está mal colocada, e a cuba também está mal colocada, e isso faz a água espirrar, e tenho que ir secando água espirrada por todo lado com o pano. Comprei um bico pulverizador para a torneira, mas foi uma melhora patética.

O que outros vizinhos fizeram foi trocar a bancada inteira da cozinha, e o banheiro, e as portas, e comprar eletrodomésticos de qualidade. Por isso demoraram tanto para se mudar para lá. O que os vizinhos fizeram se transformou em um mantra, para me recordar que sempre me engano.

Eles fizeram melhorias de uma forma objetiva e segura, mas eu não. E nesse erro meu, resplandecente e ignominioso se comparado com o acerto de meus vizinhos, parecia que havia uma verdade, uma confirmação sobre minha raça e meu destino. Má qualidade moral em meu cérebro, foi o que pensei.

Pôr uma bancada nova na cozinha e tirar a que vinha com o apartamento: era isso que se devia fazer. Infelizmente, eu não fiz isso, porque não tinha dinheiro.

Por isso recorri ao bico pulverizador, que custava quatro euros e noventa centavos.

Vejo agora, através de minha cozinha, a cozinha de minha mãe no apartamento de Barbastro, e me dou conta de que ela estava sempre limpando, e sei que naquela cozinha ocorreram acontecimentos muito importantes, que não me atrevo a ver totalmente, não quero vê-los, mas a memória acaba me trazendo uma cena em que minha mãe está jogada no chão da cozinha chorando, não posso ver mais. Só quero que acabe. Que acabe o pranto e se levante de novo. E minha mãe se contorce no chão. E meu pai não está. Aconteceu na cozinha, talvez em 1967. Haviam discutido. Meu pai saiu batendo a porta. Não sei por que discutiram. Intuo que achavam que eu era pequeno demais para gravar a cena na memória, mas aí os dois se enganaram.

Lembro que minha mãe enxaguava pouco os pratos; eu, porém, deixo-os debaixo da torneira muito tempo, tentando fazer o sabão ir embora para sempre.

138

Fui com meu filho Valdi fazer compras no Carrefour. Como houve um feriado de dois dias, o Carrefour estava cheio de gente, ou melhor, cheio de zumbis. Eu queria fazer algo com meu filho Valdi, quero dizer, fazer algo juntos, e não me ocorreu outra coisa além de fazer compras. Quando faço uma dessas coisas com Valdi ou com Bra, tenho a sensação de que volta um tempo anterior à derrubada da família que fomos, e eles também têm essa sensação, mas sabemos que é só uma ilusão, a ilusão de que o passado volta. Voltar ao tempo anterior ao divórcio é impossível. Valdi, Bra e eu conhecemos essa impossibilidade, mas dentro dela há um cenário tão aterrador quanto revelador. Estamos cheios de revelações; eu as noto mais que eles.
 Em cada coisa que fazemos os três juntos retumbam as coisas que fizemos quando éramos quatro.
 Não é saudade nem remorso nem culpa. É algo que não sei como chamar. É inspiração. É melancolia. A boa melancolia.
 Pensei que seria agradável fazer compras juntos, mas essa multidão de zumbis me provocou um ataque de ira. Queria ter pegado sua mão, a mão de Valdi. Lembro-me de quando, há uns oito anos, ele fazia aulas de violão. E o violão era maior que ele. Lembro-me de quando, há seis anos, ele fazia aulas de tênis de mesa. Chegou a jogar em campeonatos nacionais de tênis de mesa. Valdi era a ingenuidade absoluta segurando uma raquete de tênis de mesa. Valdi não sabe, mas tem dentro de si uma bondade ancestral, um dom que é anterior à História, e nesse dom brilham os melhores mistérios das coisas. A bondade de Valdi é como o monólito do filme *2001* de Stanley Kubrick.
 Valdi me comove. Sempre me comoveu, desde que nasceu. Johann Sebastian também estava intrigado com Valdi, mas a ideia de ser avô não

tinha muita graça para ele. Johann Sebastian viu a aparição de Bra e Valdi sem muita ênfase. Não exerceu o papel de avô. Não gostava desse título. No fundo, também não gostava do título de pai. Não encontrou nenhuma categoria familiar na qual se sentir à vontade. Johann Sebastian ficava olhando para Valdi bebê com espanto cético: quem é esse aí? De onde saiu? Valdi, quando era bebê, fazia barulhinhos muito criativos com a língua, muito celebrados por Johann Sebastian. Ele achava engraçadas essas metáforas sonoras.

Parecem navios afundados da Segunda Guerra Mundial: o Valdi bebê e o Johann Sebastian avô.

Minhas mãos tremem quando pego as coisas: uma garrafa de leite, uma bandeja com um pedaço de frango, uma bolacha industrializada. É possível conhecer completamente uma pessoa pela comida que compra no supermercado. Havia lentilha a granel. Quebro as coisas quando tento tirá-las da embalagem. Isso também acontecia com minha mãe. Não tinha paciência. Eu também não tenho. Ela quebrava coisas. Eu quebro coisas. Tentamos abrir a embalagem e não conseguimos e vemos nesse fato uma injustiça que nos assusta e nos exaspera e nos provoca ira. Minha mãe falava do demônio que estava por trás dos fracassos, eu falo da impaciência e da caverna primitiva de onde nunca deveríamos sair.

"É impossível que o demônio não esteja nesta casa", gritava minha mãe.

Eu devia ter uns doze ou treze anos quando joguei violentamente no chão um dicionário que meu pai tinha. Estava procurando o significado de uma palavra e não a encontrava. Fiquei furioso. Não entendia o funcionamento daquele dicionário. Quando estava no chão, dei-lhe um pontapé que desmanchou a lombada do dicionário. Depois, quando a fúria passou, tornei a abrir o livro e notei que era um dicionário espanhol-francês/francês-espanhol. Nesse instante, senti uma enorme ternura pelo livro. Além do mais, era um livro de meu pai. Tentei curar a ferida na lombada do pobre dicionário.

Herdei essa cegueira de minha mãe. Meu pulso e o dela tremiam.

Ela não sabia e nem eu sei abrir uma sacola. Rasgamos tudo. Tudo cai de nossas mãos. Minha mãe abria as caixas de leite a facadas. Não entendemos as leis mecânicas que regem as coisas.

Não sei abrir as sacolas de plástico do supermercado.

A moça do caixa tem que me ajudar.

Eu me arrependia do que ia pondo no carrinho do Carrefour. Tirava o que ia pondo, e Valdi via o espantoso caos que governava a vontade de seu pai. Abandonava um tablete de chocolate sabor laranja ao lado das couves-flores, porque de repente me arrependia de ter escolhido esse desnecessário tablete de chocolate. Havia tanta gente que batíamos nos carrinhos. Batíamos nos carrinhos de compras. Pressinto o fim desta civilização, é isso que quero dizer. Pressinto que este mundo vai acabar. Estava entrando em um processo de ira incontrolável, e isso propiciava bater nos outros carrinhos. Estava enlouquecendo.

Estava nervoso.

E já jogava as coisas.

Peguei um pedaço de queijo e o joguei em uma merluza congelada. E abri uma caixa de pães congelados e os olhei com ira. Bem, essa seria toda minha contribuição para a revolução: introduzir um caos privado em um supermercado; ou seja, foder a vida do pobre infeliz de vinte anos com um contrato de seiscentos euros responsável por organizar os produtos.

Minha mãe me deu de presente a impaciência e a superstição. E me enlouquece o barulho de fundo da vida de meus pais ecoando em todo lado.

Minha mãe rasgava embalagens. As coisas caíam de suas mãos. Nossa inépcia era filha das mãos recém-estreadas e dos dedos inábeis dos primeiros hominídeos. Minha mãe não tinha paciência nos supermercados. Não entendia uma fila. Não entendia a ordem dos corredores de um supermercado. A rebelião, a cólera, o nada a venciam. A mim também.

139

Voltamos à Ranillas. Valdi ficou um pouco comigo e depois foi embora. Tomei um banho. Saí do chuveiro e me sequei com a toalha vermelha. E me lembrei do banheiro da casa de minha mãe. Tínhamos uma pequena banheira naquele velho apartamento; minha mãe nunca quis ou não pôde reformá-la. Era uma banheira de caráter testemunhal, era impossível lavar-se ali dentro. Minha mãe nos dava banho nela uma vez por semana. O aquecedor nunca foi bom, não esquentava a água o suficiente, de modo que minha mãe esquentava a água com panelas postas no fogão.

O aquecedor tinha marca, chamava-se Orbegozo.

Eram banhos elementares, com muito pouca água. Era quase ridículo, a água não nos chegava nem aos tornozelos. Minha mãe nos enxugava com uma enorme toalha vermelha. Quando ela morreu, encontrei essa toalha em um armário, havia sobrevivido quase cinquenta anos. Fiquei maravilhado vendo que ainda existia, não sabia que uma toalha podia viver tanto tempo. Levei-a comigo. Estava tão bem conservada... Seria de alta qualidade? Era um milagre?

Parecia o Santo Sudário de minha família.

Com os anos, a cal obstruiu completamente a saída da água quente. Eu já não morava com meus pais.

Não sei como se viravam. Nem perguntei. Não sei como conseguiam tomar banho. Talvez não tomassem. Talvez fosse o próprio Deus que derramava sobre o corpo cansado deles o dom dos odores limpos, os odores daqueles que já entraram no recinto onde nada se corrompe.

Agora essa toalha está em minhas mãos molhadas. Muitas vezes fico olhando essa toalha, tento lhe perguntar coisas, sim, perguntar coisas à toalha. E ela me responde, a toalha fala comigo: "Você tinha que ter perguntado a eles, e teve tempo para isso, mas sei que não sabia como perguntar, não sabia, não sabia quais eram as palavras".

Eu me seco com essa toalha.

Continua macia, o tecido conserva toda a delicadeza que teve no primeiro dia em que minha mãe a estreou em meu corpo, no corpo de uma criança de seis anos. Nunca pudemos tomar banho direito por causa daquela banheira mínima e do chuveiro obturado pela cal, do qual só emanava um fio de água, umas gotas cansadas de ser água.

Ninguém sabe até que ponto isso pode marcar uma pessoa.

Para minha mãe dava na mesma. Em que diabos estava pensando quando decidiu não fazer nada a respeito?

Minha mãe acabou com o design original de sua casa, que era moderno e agradável e tinha sentido. Fez mudanças desatinadas. Desenhou uma sala de jantar enorme, onde não deixava ninguém entrar para que tudo estivesse em perfeito estado de revista.

Era seu xodó.

E enquanto isso, não podíamos tomar banho.

Minha mãe era guardiã de uma sala e meu pai de um carro. Queria impressionar suas amigas com aquela sala. Suas amigas, que fugiram todas. Porque no final de sua vida minha mãe já não tinha muitas amigas. Foi trocando de amigas o tempo todo.

Nos últimos anos de sua vida andava com umas amigas insólitas.

Não sei de onde diabos as tirava. Vendeu coisas. Vendeu móveis bons ou os doou. Era um mau governo titânico, mantido com solidez durante cinquenta anos. Minha mãe foi um mau governo de cinquenta anos; um mau governo que durou mais que o de Francisco Franco.

Francisco Franco e minha mãe poderiam dançar uma valsa. Minha mãe nunca soube quem diabos era Francisco Franco. Isso me entusiasma, isso faz que eu adore minha mãe.

Não dá para ser mais punk que isso.

Minha mãe só se interessava por Julio Iglesias, as mulheres e os filhos e as filhas e o pai de Julio Iglesias, e as canções de Julio Iglesias. Quando escuto a voz de Julio Iglesias, penso nela.

140

Algumas vezes me apresentava essas últimas amigas. Eram gente à beira da marginalização. As amigas burguesas e ricas que teve na década de 1970 a abandonaram quando a vida de meu pai começou a ir mal. Ela poderia ter desmontado aquela sala inquietante, porque só existia para ser mostrada a essas amigas ricas, que foram embora, desapareceram quando meu pai deixou de ter sorte no trabalho de vendedor viajante e empobreceu. A verdade é que as coisas foram financeiramente bem para meu pai uns seis ou sete anos, acho que não chegou a uma década. Nesses anos meus pais fizeram amizade com casais ricos, imagino que tinham o sonho de que estavam prosperando, mas nunca conseguiram estar à altura dessa gente, porque essa gente sempre teve muito dinheiro, e meus pais não.

Caramba, ela podia ter desmontado a sala e instalado um chuveiro para que pudéssemos tomar banho. Vivia confusa, transtornada, e não sabia e era uma libertina histórica. Era uma mulher que agia por impulso e que não tinha a menor previsão. De modo que andávamos feito uns porcos, mas tínhamos uma sala esplêndida onde não podíamos nos sentar. Porque estávamos esperando suas amigas pequeno-burguesas que não apareciam mais, que nunca apareceriam. Enquanto não saí de casa, com dezoito anos, não soube o que era tomar um bom banho.

Aquelas amigas emperiquitadas deixaram de aparecer no fim dos anos 1970. O patrimônio social de minha mãe se desintegrou. Durante os poucos anos em que o trabalho de meu pai foi bem, minha mãe conseguiu se camuflar de uma classe social que mais tarde acabaria a expulsando de seu seio. E o banheiro ficou sem reforma. Minha mãe perseguia o apreço social, que evaporou, e eu persigo o apreço literário, que também está evaporando. Por isso, acho que não há nenhuma diferença entre as quimeras de minha mãe e as minhas.

Nós dois somos vítimas da Espanha e do anseio de prosperidade; prosperidade material ou prosperidade intelectual são a mesma prosperidade. Algo ela fez de errado, e algo estou eu fazendo de errado.

Mas é lindo o fato de sermos tão iguais. E se nós dois fracassamos, é mais lindo ainda. É amor. Estamos juntos de novo. Talvez ela tenha planejado isso. Então, meu fracasso valeu a pena, porque me leva a ela, e é com ela que quero estar para sempre.

141

Eu via desde meus dez ou doze anos aquelas amigas de minha mãe, tão bem arrumadas e tão cheias de joias. Eram mulheres de uns quarenta anos. Havia uma loura, maravilhosa, que ficou viúva e logo desapareceu. Era muito voluptuosa e despertava em mim pensamentos eróticos. Tinha um corpo espetacular e era um pouco mais nova que minha mãe, talvez quatro ou cinco anos. Era alta, e uma vez tive que ir à casa dela por ordem de minha mãe e ela me recebeu só de toalha, havia acabado de sair do chuveiro. Depois, lembro que meus pais foram ao enterro do marido dela, que morreu de forma súbita. Agora mesmo o estou vendo. Era mais baixo que a esposa, e para mim isso era enigmático.

A história dos amigos de meus pais é confusa e labiríntica. Agora todos parecem fantasmas. Foram morrendo, iam caindo pouco a pouco.

Um dia um, no ano seguinte outro. Todos estão mortos.

Estão mortos meus pais e mortos seus amigos. Não sei se foram amigos.

Acho que nenhum amigo foi ver meu pai agonizante. Acho que isso foi uma forma heterodoxa de liberdade. E, como disse antes, no final de sua vida minha mãe teve amigas singulares, não sei que fim levaram. Eram mulheres empobrecidas, viúvas ou solteiras, saídas não sei de onde, saídas de uma história fantástica da Espanha. Malvestidas e mal penteadas. Punks de setenta anos, é o que eram. Minha mãe tinha pactos estranhos com as coisas. Minha mãe sempre teve regiões escuras, porões aonde só ela descia. E meu pai alcançou, no fim da vida, um grau de indolência que o aproximava da santidade; não a santidade religiosa, e sim a santidade relacionada com a mobilidade que a brisa da manhã introduzia em seu rosto recém--barbeado, a gratuidade do silêncio e os ecos do sol em seus olhos amassados; a santidade ou a bem-aventurança de quem renuncia à memória, à mãe, ao filho e a qualquer forma de permanência; a exemplaridade de sua recôndita indiferença; uma indiferença parecida à do universo, que está, mas está em silêncio, está em segredo; ou à do mar, que está há milênios, e é um estar que sempre se consumiu na escuridão e na invisibilidade, até que os homens lhe deram consciência, deram-lhe o "ser olhado", mas é um "ser olhado" para nada.

Meu pai sabia por instinto que os homens nos concedem a graça de "ser olhados", mas é um "ser olhado" equívoco, ilusório, algo que propende à vaidade. Exato, para aí foi meu pai: para o lugar em que toda forma de vaidade é incerta ou insolente ou improcedente.

Despojou-se da vaidade.

Isso é ser livre, e mendigo.

Lembro-me dos amigos de meu pai. Gostaria de ligar para os que ainda estão vivos. Não sei o que diriam. É alucinante que no final da vida não haja nada a dizer. Que as pessoas não queiram nem sequer gastar a memória. Porque recordar é queimar neurônios em vão.

Porque recordar é maligno.

Nenhum músico famoso e amigo apareceu quando Johann Sebastian se foi deste mundo. Era como se nunca houvesse tido amigos. Partiu imensamente sozinho. Nenhum amigo dos antigos foi se despedir. Johann Sebastian quis assim. Não tinha vontade de pensar nisso. Estava se preparando para algo que não tinha som.

Não queria ver ninguém, essa é a verdade. Não queria perder tempo com a ilusão da amizade. Não queria dizer palavras cerimoniosas, sociais, educadas, amistosas. Havia vencido a lenda do apreço social mesmo sendo este o único comprovante da existência, de que se esteve vivo.

Não queria nada além de si mesmo.

E em si mesmo só havia solidão.

E em si mesmo só estava eu, seu filho, a quem tanto amou e continua amando na morte.

142

É uma manhã do mês de julho de 1969. Vou fazer sete anos. A família toda está em um Seat 850 de quatro portas. São umas pequenas férias de verão, e estamos na montanha. Acabamos de passar o povoado de Broto. Havia turistas e montanhistas na estrada; montanhistas com mochilas, comendo sanduíches embrulhados em papel-alumínio, o que é uma novidade, esse tipo de papel acaba de estrear na Espanha toda. Tudo é alegria e júbilo, porque ir às montanhas quando faz calor no verão é uma festa saudável. Meu pai dirige o Seat 850 e fala de um lugar maravilhoso. Está falando desse lugar desde que saímos de Barbastro. E antes dessa viagem também falava desse lugar. Esse lugar se chama Ordesa e é um vale de montanha.

Era por aqui, digo a Valdi e Bra. Bem aqui. Parei o carro e comecei a procurar o lugar exato onde, há quarenta e seis anos, o pneu do Seat 850 furou quando estávamos entrando no vale de Ordesa. Penso que tenho que perguntar à minha mãe onde foi o lugar. Mas já não posso fazer essa pergunta. Ela resolverá a dúvida. Mas está morta. Acabo de perceber outra vez. É sempre assim.

A verdade é que ela já não se lembrava de quase nada. Não se lembrava nem de seu marido. Focou sua atenção naquilo que considerava estar profundamente vivo. Assim, concentrou-se em Valdi e Bra. E foi a eles que deu o título de reis da vida e do tempo, o intocável trono que um dia meu irmão e eu ocupamos. Passou de adorar seu marido a adorar seus filhos; e de adorar seus filhos a adorar seus netos, sempre atenta àquilo que alongava e estendia sua própria existência no reino indefinido da vida sobre a Terra. Assim era ela, um instinto de uma ferocidade não culpada. Minha mãe foi só natureza, por isso não tinha memória, só tinha presente, como a natureza. De onde estiver adorará os filhos de Bra e Valdi, e estará ao lado deles, como uma árvore gigantesca e invisível. Na permanência de seu sangue ela perseverará, porque eu a conheci e sei muito bem que não tinha final. Minha mãe era infinita. Minha mãe era o presente. A força de seus instintos a conduzem à minha presença. Sua presença em minha presença se transforma em presença em meus filhos presentes, e ao se fazer presente em meus filhos presentes, avisa de sua presença nos filhos de meus filhos quando estes se transformarem em presente.

Era a meu pai que deveria ter perguntado, na época, onde furou o pneu do Seat 850, em que trecho exato daquela reta, pois ele dirigia aquele carro.

Eu não disse a Valdi e Bra que havia escolhido Ordesa para passar três dias de férias de verão com a intenção de recordar o lugar onde há quarenta e seis anos furou um pneu, mas eles devem ter se surpreendido quando parei o carro em uma reta que sobe até Ordesa do povoadinho de Torla e comecei a procurar. A reta permanece imperturbável. Essa estrada não foi alargada nem remodelada, está exatamente igual, talvez tenha sido asfaltada nove ou dez vezes em cinquenta anos, mas não mais que isso. É estreita e flanqueada por árvores altas. De um lado da estrada há um hotel histórico. Tentei ficar ali, mas estava cheio. Não tem muitos quartos, calculo uns vinte ou vinte e cinco no máximo, é normal que esteja cheio, porque é verão, é alta temporada, e embora o hotel esteja cheio, isso não prejudica a paisagem, que permanece intacta.

Esse hotel fica em um lugar privilegiado; talvez a localização desse hotel seja a razão de a estrada estar igual há cinquenta anos. Lembro que depois de contemplar o pneu furado, achatado no chão, já perdido seu vigor, olhei para a frente com meus olhos de criança e vi esse hotel como uma aparição, como se houvesse surgido do nada, e depois observei a cara de contrariedade de meu pai, que olhava o pneu e abria o capô para trocá-lo.

Fui consciente de minha vida. Foi a primeira vez que fui consciente de que o tempo estava começando.

Lembro de maneira difusa a fatalidade do pneu furado: não sei exatamente como a coisa foi solucionada. Lembro-me bem do Seat 850 branco e recordo o lugar. Meu pai adorava Ordesa. Porque em Ordesa, de repente, todas as insanidades da vida morrem perante o esplendor das montanhas, das árvores e do rio. Procuro o lugar com a lanterna da memória. Valdi e Bra não sabem o que estou fazendo. Passam carros. Farejo um caminho como um cão de caça. Olho as pedras.

É Ordesa.

Aqui furou o pneu, por aqui. E sinto sua presença. Tirou o estepe do porta-malas. Está a meu lado. Era jovem, assobiava, sorria, apesar da fatalidade do pneu furado. Era seu reino, seu vale e sua montanha, sua pátria. Eu saí do carro e fiquei olhando as montanhas e apareceu esse hotel ao qual liguei há alguns dias para reservar um quarto e não tinham.

Mas tudo se desvaneceu.

Por isso sei que Deus não existe; se Deus existisse, teria me concedido um quarto triplo nesse hotel, para meus dois filhos e para mim, e assim teria tido todo o tempo do mundo para procurar um pneu furado. Mas não havia quarto, estava tudo cheio.

Tudo era futuro então, quando ocorreu o pneu furado. Tudo é passado agora, quando procuro o pneu furado, a busca mais ilusória ou absurda da Terra. Mas a vida é absurda, por isso é tão bela.

O vale de Ordesa continua ali, não muda, não mudou nesses últimos cinquenta milhões de anos. Continua igual, tal como foi criado na era terciária. Depois de cinquenta milhões de anos sozinho, em 16 de agosto de 1918 foi declarado Parque Nacional e os montanhistas começaram a ir para escalar os 3.355 metros de altitude do Monte Perdido.

Lá em cima não há ninguém.

143

Nem sempre me amaram. Amaram-me profundamente quando eu era criança, mas desde que saí de casa começaram a se afastar de mim, e desde que me casei talvez tenham deixado de me amar, de me amar daquele jeito que eu nunca mais tornaria a encontrar.

Liguei para Bra e Valdi, mas não me atenderam. Olho-me no espelho do banheiro e vejo que meu cabelo está comprido. Invade-me a urgência de cortar o cabelo. É a mesma urgência que minha mãe tinha quando se entregava às mãos das cabeleireiras, pois minha mãe sempre queria ir à cabeleireira. O jeito como deixavam seu cabelo nunca a convencia. Quando criança, eu a acompanhava. Ela ia a uma cabeleireira que ficava no primeiro andar de um edifício em uma rua estreita de Barbastro. Isso me espantava, porque em meu cérebro infantil não cabia tal metamorfose, pois não entendia como um apartamento podia se transformar em um salão de cabeleireira. Além do mais, havia naquele salão uma cozinha com uma pia antiga, com utensílios de cozinha, com mesa e armários. Enquanto ela cortava o cabelo, deixavam-me em um quarto com brinquedos usados que me causavam desconcerto, um misto de atração, visto que eram brinquedos novos para mim, e de repulsa, visto que outras crianças já haviam brincado com eles.

Minha mãe, quando estava deprimida e triste, cismava com o próprio cabelo. Olhava-se no espelho e dizia que seu cabelo dava nojo. Então, ia à cabeleireira. Nunca ficava satisfeita. Buscava na cabeleireira uma absolvição, um levantamento de si mesma, buscava a alegria perdida. Trocou de cabeleireira mil vezes. Buscava uma cabeleireira utópica. Passou a vida em busca da cabeleireira definitiva, a grande verdade de seus cabelos. Seus cabelos estavam envelhecendo, era só isso.

Não havia cabeleireira no mundo que pudesse ajudar minha mãe.

Se ressuscitasse agora mesmo, ela pediria para ir à cabeleireira. Mesmo que ressuscitasse em forma de cadáver, em forma de esqueleto sem carne e sem pele, pediria para ir à cabeleireira.

Mas agora já está na cabeleireira do fim do mundo.

144

Meu pai gostava de andar sempre muito bem penteado, a tal ponto que se fizesse vento não saía de casa, porque ficaria despenteado.

Meu pai começou a acumular uns quilos a mais, e sabia disso. Perguntava muito se estava gordo. Queria nossa opinião. Gostava de comer. Era uma relação peculiar com o mundo: pegar a comida do mundo.

Ou se fornica ou se come, ou as duas coisas. As duas coisas buscam a combustão de um corpo. Todo ser humano busca a saciedade.

Ele se penteava; demorava se penteando. Um trabalho complexo, no qual tinha que se esmerar. Aplicava todas as suas técnicas para que seu cabelo ficasse a seu gosto. Eu o contemplava como se fosse um Deus se penteando, ou um herói da antiguidade.

Lembro-me daquele pente, que foi se cobrindo de matéria escura, que foi recolhendo camadas de gordura, que foi ficando branco, que foi passando do branco ao amarelo, que foi contaminando de substâncias orgânicas o nécessaire onde vivia, que se transformou em símbolo da identidade masculina de meu pai, que foi avisando que meu pai estava em casa, que havia voltado.

Meu pai era um erro das categorias sociais da Espanha em que viveu; derivava a um marquesado imaginário, porque entre os cachos inertes de sua inteligência fazia suas contas, que davam para chamar o cabeleireiro a casa aos domingos para lhe cortar o cabelo.

Não queria ir ao salão.

Presumi que isso era normal, mas, na verdade, era um acontecimento extraordinário. Acontecia os domingos. Um cabeleireiro nos visitava em domicílio. Era o luxo de meu pai. Quanto ele pagava àquele cabeleireiro errante?

Aquilo me encantava: meu pai se recusava a ir ao salão, ao passo que minha mãe percorria todos os salões de cabeleireira do mundo.

Eu achava inquietante que mandasse o cabeleireiro ir à nossa casa. Por que fazia isso? Jamais entrou em um salão de cabeleireiro. Meu pai foi o homem que não pisou em um salão de cabeleireiro, como também não pisou em uma igreja, a não ser que fosse ao enterro de alguém. E então chegava atrasado, quase não entrava, ficava ao lado da porta da igreja, ao lado da pia batismal, perto da água fria, para evitar que o insano e incompetente Deus dos homens reparasse nele.

Não estará em meu enterro. Meu pai não poderá ir a meu enterro; para mim, essa ausência simboliza a evaporação do sentido da vida, a queda no final de tudo. Ele deveria vencer as sombras, vir dentre os mortos, como dizem que fez Jesus Cristo, e aparecer em meu funeral e dizer alguma coisa. Dizer umas palavras, como se faz nos funerais americanos.

Minha cabeça dói demais neste instante. Abuso do ibuprofeno, que me tira a dor, mas já não tanto. As drogas perdem força.

As dores de cabeça de minha mãe foram lendárias em minha casa, como suas cólicas de fígado.

Gritava de dor e pedia morfina.

Junto com essas cólicas hepáticas de minha mãe, vem agora mesmo uma recordação quase maldita: seguro a mão de meu pai, devia ser 1968, ou 1969, ou 1970, estamos andando na rua. Era do que eu mais gostava no mundo: andar pela rua com meu pai. Eu era um menino de sete anos que exibia seu pai, porque sabia que era um homem alto, bonito e elegante. Andávamos pela rua e passamos diante de uma mulher linda. Paramos. Eles ficaram se olhando. Houve um momento tenso. O nascimento de um sorriso em ambos os rostos, eu os olhava de baixo como quem vê passar as nuvens. Meu pai não a cumprimentou, nem ela a ele.

Meu pai me olhou, então. Sorriu levemente e disse: "Se eu não houvesse me casado com mamãe, essa mulher que você viu agora teria sido sua mãe".

145

Conectamos épocas diferentes. Conheci gente que viveu até 1975 ou 1976 ou 1977, e depois essa gente morreu; do mesmo modo, eles eram conectores com décadas passadas, e também não sabiam o que fazer com aquelas pessoas que conheceram e viram morrer em 1945 ou 1946 ou 1947, e esses seres que chegaram até 1945 eram conectores com pessoas que partiram em 1912 ou 1913 ou 1914, e a corrente se estende, e haverá quem em 2051 ou 2052 ou 2053 se lembre de mim como testemunha de uma época, testemunha de 2014 ou de 2015. A conexão carrega junto a melancolia e a incerteza; esta última procede da comprovação de que não chegamos a reunir muito conhecimento sobre a natureza da vida. Por isso só nos resta a matéria, os objetos: casas, fotos, pedras, estátuas, ruas, coisas assim. As ideias espirituais são melancolia venenosa, bolas de antimatéria em chamas. A matéria, porém, ainda conserva certo conhecimento.

Conectamos épocas, como se nosso corpo fosse a mensagem.

Nosso corpo é a mensagem, e é também o fio condutor que passa de uma época a outra.

A matéria ainda conserva um espaço, mantém o tempo velho dentro de um espaço. Por isso, de novo, e pela enésima vez, meu erro por ter cremado meus pais. Túmulos são um lugar onde rememorar o que já não tem tempo, mas sim espaço, mesmo que seja um espaço ósseo.

Os ossos são importantes porque são matéria que resiste.

Uma frase espanhola vem agora à minha cabeça, uma frase tão castiça, que diz: "Não tem onde cair morto". Essa frase é absolutamente genial e define uma época: a minha, a grande época da especulação imobiliária, porque é assim que os historiadores nos estudarão daqui a cem anos.

É importante encontrar um espaço, um lugar onde cair morto: meu pai assistia à televisão em um canto do envelhecido sofá de sua casa; era um canto complexo, construído com abundante desprendimento das coisas do mundo.

Não se sentava no centro do sofá, e sim em um canto, como se buscasse um abrigo, uma guarida. Quase uma deserção, e a TV em frente. Sentava-se quase à beira do sofá, onde o sofá termina, no precipício do sofá, esperando cair, porque a queda lhe daria a invisibilidade.

Por que não se sentava no meio do sofá?

Nunca vi meu pai jogado no chão como me viram. Viram-me jogado no chão, em cima do capacho. Consegui chegar até o capacho e caí ali. Quase consegui. Narcotizado, e havia feito xixi nas calças. Um pouco mais e minha vergonha teria estado a salvo, mas caí fora de casa. Quase consegui: faltou um metro.

Eu também cheguei a esse lugar: um canto de um assento, de uma cadeira, de um sofá, apertado contra o apoio de braço, como se o apoio de braço fosse uma paliçada. Um sofá em frente a uma TV; e a TV falava da vida dos outros, daqueles seres humanos que haviam apostado no movimento, na atividade. Eram seres humanos que estavam mudando o mundo, ou talvez estavam tentando: apareciam na televisão. Acho que meu pai não invejava, de modo algum, aqueles seres humanos que via na televisão; acho que não cobiçava a vida nem o trabalho deles nem a popularidade. Ele havia desertado da cobiça, e eu também gostaria de desertar. Mas os contemplava com curiosidade, como se todas essas coisas que a televisão transmitia o distraíssem de assuntos terríveis.

Era um desertor, meu pai era um desertor. Passou seus últimos anos contemplando sua deserção e tentando descobrir de que havia desertado. Isso está acontecendo comigo agora: não sei de que desertei. Toda a obra de Kafka busca o mesmo: de que desertei? De onde fui embora? Aonde vou agora?

Tentava por meio da televisão descobrir de que havia desertado. Meu pai achava que as pessoas que apareciam na televisão não eram desertoras. Se conseguisse descobrir a quem serviam, talvez acabasse conhecendo a origem de sua deserção. Escrutava, espreitava, vislumbrava na televisão alguma mensagem. Olhava a televisão como um sacerdote o altar. Via a endemoniada complexidade da vida na televisão.

Viu na televisão o mundo escurecer.

Às vezes pressinto, na solidão da Ranillas, a altas horas da madrugada, que meu pai vai aparecer na tela de minha TV, uma LG de 21 polegadas, pequena e barata, que vou ver a velhice de meu pai, que vai se declarar na tela.

O roupão verde, os óculos, no canto do sofá e ocupando o mínimo espaço. E ausente. Não ouvia nada quando via televisão. Não nos ouvia, mas também não ouvia o que diziam na televisão. Não sabia a quem ouvia.

A quem ouvia, se não ouvia a nós nem aos seres humanos que apareciam na TV?

Não queria ir dormir. Não queria parar de ver televisão. Se assistisse à televisão a vida continuava.

Eu gostava de ver televisão a seu lado. Ficamos mais de quarenta anos vendo televisão juntos.

É o melhor que se pode fazer com o ser amado: ver televisão juntos. É como ver o universo. A contemplação do universo pela televisão é o que a vida nos deu de presente. Presente de pouca monta, se preferir. Pouca coisa, mas o aproveitamos. Podíamos ter ficado de mãos dadas, mas teríamos perdido a concentração nas imagens.

Foram passando centenas de programas, de séries, de filmes, de telejornais, de documentários, de concursos, de debates, de informativos, foram passando os anos, os quinquênios, as décadas.

Tudo estava ali, na televisão.

Era como se estivéssemos vigiando o mundo pela tela. Éramos dois vigilantes. Meu pai era o mestre e eu, o discípulo. Vigiávamos a vida, o mar, as estrelas, as montanhas, as cataratas, as baleias, os elefantes, as serras, a neve, os ventos.

Ordesa.

146

Neste instante vigio o apartamento da Ranillas. Estou contemplando o acúmulo de pó sobre um telefone fixo que peguei da casa de minha mãe quando ela morreu. Peguei o fone e minha mão se encheu de pó. Todas as teclas estão cheias de pó. É um telefone que nunca uso. Uso um sem fio que comprei na MediaMarkt e cujas instruções se encheram de pó e estão embaixo de uma estante, também cheia de pó. Mantenho esse telefone fixo como se fosse uma escultura, uma recordação de minha mãe. É o telefone do qual ela me ligava. Sabia de cor um monte de números de telefone. Brincávamos com isso. Meu pai a testava, pedia certos números de telefone e ela sabia todos. Decorava os números de telefone e os digitava neste aparelho que tenho aqui à minha frente, cheio de pó. Herdar um telefone é estranho. Eu percebo que estou construindo uma capela. A voz está me dizendo agora: "Ranillas é uma capela, você pendurou nas paredes fotos e papéis, os quadros que seu tio pintou, desse tio você não falou, era irmão de seu pai, mas falou de Monteverdi, que era irmão de sua mãe, fale agora do irmão de seu pai, chame-o de Rachmaninov, chame-o de Rachma".

Rachma foi o irmão mais novo de Johann Sebastian, meu pai. Era pintor, e na capela da Ranillas tenho dois quadros dele, pintados no fim dos anos 1950. Rachma pintou uma bailarina em 1958.

A data está no pé do quadro. Sempre fico contemplando essa data, pintada com vermelho sob a assinatura de Rachma. Uma data na qual eu nem estava no mundo nem era esperado nem meu pai havia conhecido ainda aquela que seria minha mãe. Imagino meu pai e seu irmão em 1958. Meu pai tinha vinte e oito anos e Rachma, vinte e quatro. Não havia nenhum sinal do futuro que viria quando Rachma pintou esse quadro. Viviam juntos na casa da mãe deles, minha avó. Nunca ninguém me falou dessa casa nem desse tempo. Mas deve ter sido um bom tempo. Sei qual era a casa, alguém me disse. Não eles. Não meu pai. Mas posso vê-la. Posso ver as camas dos dois irmãos.

Salvei a bailarina de 1958 quando desmontei o apartamento de minha mãe morta. Quando eu morrer, a bailarina de Rachma iniciará outra viagem. Acabará em algum antiquário, e talvez alguém a compre. A bailarina de Rachma começou a se mexer agora. Ficou quase sessenta anos sem movimento, sempre na mesma parede. Quando eu for embora deste mundo, não terá valor para Valdi e Bra.

A bailarina de Rachmaninov só tem valor para mim. Quão pouco vi Rachmaninov nesta vida! Viveu na Galícia. Destinaram-no à Galícia. Trabalhou na mesma coisa que meu pai, trabalhou como caixeiro-viajante. Trabalharam os dois para a mesma empresa catalã.

Tiveram o mesmo trabalho e representaram a mesma empresa catalã em regiões diferentes: Bach, caixeiro-viajante em Aragão; Rachma, caixeiro-viajante na Galícia. A burguesia catalã ficava rica enquanto os dois viajavam de povoado em povoado (povoados aragoneses meu pai, povoados galegos meu tio) vendendo aos alfaiates tecidos de Sabadell e de Barcelona, onde viviam os ricos, os privilegiados para quem Bach e Rachma trabalhavam por comissão, a ridícula comissão. Não havia indústria em Aragão nem na Galícia. A indústria ficava em Barcelona. Seus chefes já devem ter morrido, e os chefes de seus chefes. Os nomes de Bach e Rachma já não constam em nenhum arquivo, tudo deve ter sido guilhotinado. Às vezes uma secretária da empresa de tecidos em que meu pai trabalhava ligava. Essa secretária também deve estar morta. E seus netos não devem saber o que sua avó fazia nem a quem ligava na empresa.

Não sabemos que mortos nossos mortos conheceram.

Os dois irmãos deixaram de se ver. E Wagner não fez muito esforço para que se reencontrassem. Fiz uma viagem à Galícia, lá por 2002, e liguei para ele. Disse meu nome de batismo no diminutivo, como se eu fosse criança. Eu tinha quarenta anos. Não entendi bem aquela conversa com Rachma, porque seu jeito atropelado de falar me fazia lembrar Monteverdi.

Não falei quase nada naquela conversa confusa. Rachma não me deixava falar. Mas também não dizia nada relevante. Falava de coisas que não importavam. Fazia trinta anos que não me via. Quem diabos estava ligando para ele? Era o primogênito de seu irmão mais velho, que também foi primogênito.

A primogenitura fundou as coisas deste mundo em um alarde de luz.

Fui descobrindo que toda minha família era de ar. Não havia ninguém ali. Vá ver sua prima, disse Rachma. Eu estava ligando para Rachma de Pontevedra e ele estava em Lugo. Minha prima, porém, estava em Combarro.

Houve um tempo em que meu pai falava de Combarro, e se amontoam em minha mente lindas recordações desse pequeno povoado litorâneo, lembranças de quando eu tinha seis ou sete anos: as ruas estreitas, os silos, o mar, o estuário de Pontevedra, o cheiro, o cheiro intenso a mar dos estuários galegos.

Meu pai foi feliz lá em Combarro, com Rachma. Andavam os dois pelos bares de Combarro, iam beber cachaça. Finais dos anos 1960, com o futuro ainda limpo. Porque Rachma tinha a virtude da popularidade. Os amigos galegos de Rachma. Mas também seus amigos de Barbastro, que ainda se lembram dele, e faz mais de cinquenta anos que saiu de Barbastro, e faz três ou quatro anos que morreu.

A memória de Rachma em Barbastro foi se diluindo, sim, mas ainda o recordam. Poucos, muito poucos o recordam. Porque todos partem.

Mas naquele verão de 2002 falei com ele por telefone.

147

"Não podia lhe dizer muitas coisas", diz a voz, "pois o conteúdo de sua ligação era a tristeza em si. Sim, Rachma disfarçou bem, e com isto não quero dizer que sua ligação não teve sentido; você queria saber coisas de seu tio, a quem não via fazia trinta anos, era o ano de 2002 quando telefonou para ele. Desde 1972 não falava com ele. Não o havia visto em trinta anos, meu Deus. Acaso ele lembrava que não o via desde 1972? E o grave é que também não o veria de novo. Mas se não o via era porque o irmão de seu pai não mais existia sobre a Terra; por isso Rachma sabia que você estava perguntando por um morto. Você gosta de perguntar pelos mortos. Está sempre fazendo a mesma pergunta: por que está morto? Em geral, faz essa pergunta a tudo que existe e vai morrer ou já morreu. Gosta de falar espanhol, falar em espanhol, porque o espanhol lhe serve para falar com os mortos. Enfatiza as sílabas, grita as sílabas espanholas para que agarrem os seres humanos que representam. Por que está morto, por que já não está entre nós, por que não posso telefonar para lugar nenhum? Essas são suas perguntas. Portanto, Rachma manifestou uma alegria difusa com sua ligação, e isso decepcionou você; mas era a voz de Rachma, uma voz que você ouviu em sua infância; e havia ali, em sua infância, um episódio obscuro, e um agradecimento nunca verbalizado, e essa era, na verdade, a profunda razão de você querer falar com Rachma."

148

Rachma foi de Lugo a Barbastro, devia ser lá por 1972. Queria reencontrar seu povoado. Havia ido embora no início dos anos 1960. Foi com um carro novo. Havia comprado um Simca 1200. Os dois irmãos estavam no auge.
    Johann Sebastian tinha um Seat 124 comprado em 1970. E Rachma havia comprado um Simca 1200. Eram motores com as mesmas cilindradas. Os dois irmãos pensavam alto; ah, a força da juventude... Resolveram apostar uma corrida. Acho que Rachma ganhou. Sim, apostaram uma corrida de Barbastro até o pequeno povoado de Castejón. São quinze quilômetros. Essa estrada não existe mais, construíram uma rodovia nova há muitos anos, e já não se passa por Castejón. Rachma queria provar a seu irmão mais velho que o Simca corria mais que o Seat. Meu pai honrou a Espanha por meio dos Seats que comprou ao longo da vida. Foi fiel à Espanha por meio da Seat. Essa fidelidade me comove. Quando vi o filme *Gran Torino*, no qual Clint Eastwood mostra sua fidelidade à Ford como uma forma de fidelidade aos Estados Unidos, eu me senti recompensado, senti que meu pai não havia se equivocado com a Seat. Nunca lhe passou pela cabeça comprar um Renault ou um Simca. De fato, acho que Seat e automóvel eram a mesma coisa para ele. Por isso não entendeu muito bem a corrida de Rachma, nem o carro de Rachma. Achou que Rachma, por não ter um Seat, havia deixado de ser espanhol.
    Meu avô, que não sei quem foi, nem que nome teve, nem quando nasceu nem quando morreu, teria gostado de ver os dois irmãos pensando alto. Mas estava morto, enterrado em um nicho sem nome no cemitério de Barbastro.
    Meu avô foi um nicho à deriva. Não sei nem onde minha avó está enterrada. Não sei o cemitério, mas sim a cidade. O que meu avô achava de seus filhos? Tinha orgulho deles? Beijava-os? Aqueciam seu coração como

Bra e Valdi aquecem o meu? Meu amor por Bra e Valdi se perderá da mesma forma que se perdeu o amor de meu avô por Bach e Rachma? Não posso resgatar meu avô paterno de lugar nenhum, não posso nem o inventar. Não sei nem em que ano morreu. Quem era? Teria me amado? Teria segurado minha mão quando eu era pequeno? Nem me viu nascer nem lhe foi dado imaginar meu nascimento. Tudo que, sendo de minha família, não me roçou nem me intuiu nem me adivinhou me parece de uma pureza sobrenatural. Porque a lembrança que guardo de Bach e de Wagner e de Monte e de Rachma se transformou em algo sobre-humano. Carrego comigo essa lembrança como um pulsar de obscura alegria. Não ficou nada: nem um relógio, nem um anel, nem uma pena, nem uma foto.

Também não sei onde Rachma está enterrado. Um dia minha prima me ligou e me contou. Rachma partiu com setenta e quatro anos, um a menos que Johann Sebastian. Passaram mais de trinta anos sem se ver, mas se amavam. Rachma achava que Bach tinha uma personalidade muito rígida. E é verdade, meu pai era propenso à severidade moral, mas isso o ajudou a viver, era como um piloto automático essa severidade. Orientava-o na vida. Rachma era diferente, e logo sua voz se impregnou de sotaque galego.

Amaram-se sem se ver. Eram irmãos. Meu pai o levava dentro do coração. Levava no coração Rachma, seu irmãozinho, de quem nunca falava. Sei que o amava muito, mas ele nunca disse isso.

Rachma se tornou galego. Era como se houvesse nascido na Galícia, mas havia nascido em Barbastro. Rachma era muito diferente de Johann Sebastian. Para começar, Johann Sebastian era mais alto. Rachma era magro e tinha muita simpatia pessoal. E por fim, Rachma se divorciou. Isso sim foi espantoso. Sobre o divórcio de Rachma meu pai nunca disse nada. Não fez nenhum julgamento. Parecia que a vida de Rachma era cheia de emoções. Também ganhou na loteria. Acho que foram três milhões de pesetas de meados dos anos 1970. Trocou de carro, abandonou o Simca 1200 e comprou um Chrysler 180, carro que representava um salto considerável. Mas algo aconteceu com eles. Também nunca saberei o que foi, nem ninguém saberá. Talvez não tenha acontecido absolutamente nada, e decidiram fazer aniversários cada um por seu lado. Ou algo assim. Depois, por meio de conhecidos chegaram notícias de que Rachma bebia. Eu imaginava sua vida de divorciado. Imaginava-o morando sozinho em um apartamento de Lugo, em uma rua estreita, e à noite descendo ao bar de baixo de sua casa para tomar um conhaque e conversar um pouco com o garçom. Não sei por que inventei essa vida para ele. Acho que foi em meados dos anos 1980 que inventei essa vida para ele. O mais curioso é que eu invejava essa vida. Acho que um casamento longo não é próprio da natureza humana. E me alegro por Rachma ter sabido perceber isso. Imagino que foi isso. Os homens aceitam casamentos longos porque deixam de acreditar na juventude.

Penso que depois do divórcio deve ter se transformado em outro homem. Então, entendo que Rachma disse não a essa ordenação simbólica da realidade que há por trás de um longo casamento, que é um pesadelo, que é uma prisão; claro que quem vive esses casamentos sorri e parece que é um sorriso verdadeiro. Acho que os casamentos longos não valem a pena, entendo que essa afirmação é exagerada, mas a renúncia às paixões também é um exagero do sacrifício razoável. Alguns antropólogos dizem que a monogamia não é natural. Essa feira interminável de infidelidades entre homens e mulheres, de mal-entendidos dolorosos, está por trás da imposição da monogamia.

Os casamentos longos foram inventados, talvez, pelo capitalismo eclesiástico.

Não há certezas.

Acabei de acordar na Ranillas e a luz, meia-irmã da vida, está ali. Parece um personagem a luz, alguém que me diz: "Sou a luz, você é filho da luz, veja como dou consistência às coisas, porque as coisas existem na luz".

Eu fico olhando o céu.

De modo que Rachma estava abrindo caminho para mim. É como se o próprio Deus me mandasse mensagens por meio dos irmãos de minha mãe e de meu pai.

Monteverdi disse: "Catástrofe e solidão e fracasso". Rachmaninov disse: "Divórcio e Chrysler 180 e Galícia".

As duas mensagens são boas porque nelas arde a vida, à qual servimos. O único pecado que um homem pode cometer é deixar de servir à vida. E também não é um grande pecado, só uma falta menor.

149

Talvez um homem acabe se apaixonando, no fim, por sua própria vida. Isso é o que está acontecendo comigo, anda acontecendo há uns meses. Minha alma volta às regiões da ebriedade da paixão. A ebriedade é de nascença. O que eu não podia imaginar é esta reconciliação comigo mesmo. Talvez foi isso que Rachma encontrou: que estava muito melhor sozinho que com família. Porque pode ser que, no fim, quem acabe derrotada seja a solidão. E pode ser que, no fim, descubramos que o único ser humano que não é um pé no saco somos nós mesmos.

Talvez isso seja a excelência da identidade: bastar-se para tudo; quando organizamos uma festa, vem um convidado importantíssimo, e esse convidado somos nós mesmos; se nos casamos, estamos loucamente apaixonados por nosso parceiro porque nosso parceiro somos nós mesmos; quando morremos e ressuscitamos e vemos Deus, nossa perplexidade é grande porque estamos vendo nosso próprio rosto. E engraçado que eu fale dessas fantasias; justamente eu, que sou incapaz de ficar sozinho nem quinze minutos, os quinze minutos que dura uma corrida de táxi.

150

Acabei de dirigir da Ranillas até Madri. Viajei à noite. É Sexta-feira Santa. Saí dirigindo bem às oito da noite, quando todas as procissões saem pela Espanha. Jamais havia passado uma Sexta-feira Santa viajando de carro. É como uma libertação. É como se houvesse acordado da história da Espanha. Enquanto a Espanha toda está rezando, eu viajo com meu carro de Zaragoza a Madri. E acelero. E não há ninguém na estrada.

Sempre tive uma fantasia que acabarei consumando um dia: pegar a estrada em uma Véspera de Natal às nove da noite, bem quando a televisão transmite o discurso do rei. E dirigir pelas rodovias e estradas nacionais espanholas até meia-noite ou uma da manhã. Essas três horas de maravilhoso silêncio, de devolução do território espanhol à natureza.

Dirigi pensando em Rachma. Quando Bach morreu, minha prima mandou flores ao funeral. Quando Rachma morreu, não lhe mandei flores. Não vou a enterros nem mando flores: sempre desertando de minhas obrigações, sempre falhando com minha família. Sempre culpado.

Rachma falou comigo quando Johann Sebastian morreu. Era seu irmão mais velho. Foi uma conversa imponderável. Ele perguntava por um fantasma de sua juventude e eu lhe falava de como o ser mais importante de minha vida havia se tornado um fantasma. Ele continuava me chamando de Manolito.

Isso era muito lindo. Só que Manolito era outro morto.

Mas não tínhamos mais nada a nos dizer, porque chega um momento em que todos pagamos. Pagamos por não ter sido fiéis à ideia de família, que deu gravidade ao homem sobre a Terra.

Sem família, somos um cão solitário. Cães solitários são maltratados, enforcados nas cercas abandonadas de qualquer caminho; ali, em qualquer muro quebrado do qual emerja uma viga, enforcam-nos ali, porque sua solidão dá mau exemplo.

Já não me satisfaz a companhia de nenhum ser humano. Amo os seres humanos, mas não me dá vontade de estar com eles. É como se houvesse descoberto a constelação Rachma. É como ter compreendido que a solidão é uma lei da física e da matéria, uma lei que apaixona. É a lei das montanhas. A lei de Ordesa. A névoa sobre os cumes. As montanhas.

151

É uma manhã de verão de 1970: Rachma e Bach caminham pela praia galega La Lanzada, perto de Combarro. Há vento, há luz, um descomunal espaço de mar e areia. É o paraíso, mas é só minha lembrança. O mar olha os irmãos. O mar é meu avô, olha para eles, manda ondas, manda vento, silêncio, solidão, gratidão, manda-lhes fervor.

São dois grandes irmãos, herança das terras do norte da Espanha, são muito diferentes. E essa praia La Lanzada, de oito quilômetros de extensão, desemboca agora em meu coração.

Tenho essa imagem em minha cabeça: os dois passeando pela praia, ao lado do mar azul demais, ao lado do sol alto demais.

Até as classes menos favorecidas da História demandam um destino lendário, querem palavras boas, um pouco de poesia.

Depois, vão a um bar de pescadores e comem santolas e comem navalheiras e lagostins e bebem vinho alvarinho. Rachma encontrou uma linda mulher. Casou-se com uma mulher muito bonita. Foi trabalhar na Galícia e lá se casou com uma galega. E é uma beleza exótica, de cabelos vermelhos. Eu nunca soube nada sobre seu noivado, mas imagino que meu pai sabia, e o que soube já se perdeu. Sobre o que fizeram Bach, Rachma e suas mulheres quando eram jovens também não sei nada: imagino jantares com amigos, risos, juventude, algumas viagens, festas, bailes, e o nada agora.

Festas e bailes e jantares e os quatro juntos.

Minha devoção a Rachma é concreta e começa em 1972, quando ele apareceu em Barbastro com seu Simca 1200. Estava pletórico e feliz por reencontrar o povoado. Insistiu em que queria dar um presente a seu sobrinho. Não sei quantas vezes Rachma me viu na vida: não devem ter sido muitas, sete ou oito, talvez dez, com sorte. Essa foi importante. Rachma e eu fomos a uma loja que havia, e continua havendo, no centro de Barbastro.

Chamava-se Almacenes Roberto. Rachma queria comprar um bom brinquedo para mim. Eu estava ao mesmo tempo contente e confuso, porque não era Natal e iam me dar um presente como o dos Reis Magos.

Havia um encarregado pela seção de brinquedos, um sujeito de uns vinte e poucos anos, que se ofereceu para me mostrar todos os brinquedos. Rachma me deixou aos cuidados do vendedor enquanto foi cumprimentar um velho amigo para dizer que estava em Barbastro, e assim eu poderia ter tempo para escolher o presente de que mais gostasse.

O encarregado era um sujeito alto, suado, calado, gordo, de pele branca. Levou-me pela mão ao porão, onde armazenavam uma boa quantidade de brinquedos. E me mostrou alguns.

E aqui de novo se dá o apagão, como com o padre G.

Suas mãos suadas tocam meu corpo e pretendem me acariciar. Ele me toca. Ele me apalpa. Quer me dar um beijo na boca. Eu senti vergonha, uma vergonha sem racionalidade. E culpa.

Mas dessa vez foi diferente. O que não soube dizer a meu pai eu disse a Rachma. Foi fácil contar a Rachma, ou melhor, ele soube ver, soube adivinhar, e só tive que dar a confirmação. E Rachma ficou furioso. Rachma foi atrás daquele sujeito, queria quebrar-lhe a cara.

Rachma queria matar aquele sujeito. Nunca me senti tão protegido.

Invoco essa proteção agora mesmo diante do mistério da morte.

Aquele sujeito era um filho da puta.

Rachma me defendeu e me livrou da culpa. Não era culpa minha. Essa certeza de que não fui culpado me serviu na vida depois, foi útil muitas vezes. Rachma o proclamava com sua maneira de agir. Estavam me defendendo, por fim. Recordo-o com força em seus atos, falando com o dono do estabelecimento, sem medo de nenhum poder da Terra, sem medo das consequências, sem medo porque estava me defendendo. Para defender alguém é preciso, primeiro, ser seguro de si mesmo. Essa segurança de Rachma Bach não teve. Essa segurança é o maior ouro do corpo e da mente. Tomara que Bra e Valdi a herdem, pois está em nosso sangue, porque Rachma a teve.

Obrigado, Rachmaninov, sua música toca outra vez em meu coração cansado.

Sua defesa de minha vida volta a mim nesta noite de Sexta-feira Santa, quarenta e cinco anos depois.

Por fim, a culpa não era minha.

152

Estou em Barbastro, tirando dinheiro de um caixa eletrônico. O caixa me dá notas novas, sem um mínimo amassado, lisas, planas, finas, de bordas cortantes, recém-saídas da gráfica, recém-saídas da Casa da Moeda. Meu pai adorava notas novas. Quem dera meu pai pudesse saber agora que me lembro disso, que recordo esse detalhe. Quando ele ia tirar dinheiro no banco – anos antes do surgimento dos caixas eletrônicos –, pedia notas novas ao funcionário. O funcionário recebia o pedido com espanto. A voz me diz: "Ele está tentando se comunicar com você, está falando por meio dessas notas, lembra-se do sorriso dele? Eram notas de cem ou de quinhentas pesetas, novas, ele gostava que não estivessem amassadas, tinham mais valor se fossem recentes, o sorriso, o sorriso dele está vindo nas notas". Gosto, como ele, das notas novas. Parece que alguém as fez para mim, que alguém pensou em mim, que alguém se preocupou para que eu levasse na carteira uns postais maravilhosos com desenhos e rostos de gente ilustre, e não um artefato humilhante que se chama dinheiro, por isso meu pai queria as notas novas.

Não queria dinheiro.

Queria postais novinhos em folha.

Por isso eu também quero as notas novas. Não as quero para gastá-las, e sim para experimentar a sensação de que a própria Espanha me escreveu. Mandou-me uma felicitação, um telegrama de amor.

Notas recém-saídas de uma Casa da Moeda oitocentista.

Ainda não carregam a peste da miséria. Ninguém as tocou com dor. Não humilharam ninguém. Não foram exibidas como arma diante de ninguém. Não compraram nada ainda. Não foram tocadas pela mão do miserável, do corrupto, do assassino, do humilde, do vencido, do acabado, do abominável.

Essas notas são como crianças no paraíso.
Era isso que meu pai buscava.
Por isso as queria novas.
Veja só, até disso me lembro. Tudo que você fez para mim já é sagrado. Tudo que o vi fazer para mim é o sangue da vida. Lembro tudo. Tudo está guardado em meu coração. Os quarenta e três anos que estivemos juntos em algum lugar terão que viver. O que aconteceu durante esses quarenta e três anos?

153

Minha mãe pedia morfina quando tinha cólicas hepáticas, lá pela década de 1970, mas de onde vinham essas cólicas nunca explicadas? A família é um murmúrio de doenças nunca esclarecidas.

Bebia? Não, em absoluto. Mas não sei. Não sei nada.

Eu me oriento pelo amor. Pela perda do amor.

Deixou de ter cólicas quando completou cinquenta anos, e deixou de pedir morfina.

Podiam legalizar as drogas de uma vez. Essa insistência do Estado em que os cidadãos experimentem a agonia da solidão, que vivam e morram sozinhos...

Meu pai morreu sozinho. Minha mãe morreu sozinha.

É a maior revanche da natureza, que aparece nos quartos dos hospitais e destrói todos os pactos humanos, destrói o pacto do amor e o pacto da família e o pacto da medicina e o pacto da dignidade humana e convoca o riso dos outros mortos, dos mortos antigos, que riem do cadáver recém--chegado.

Meus pais jamais tiveram uma câmera fotográfica. Meu pai jamais bateu uma foto. E minha mãe odiava ser fotografada. Sempre se via mal nas fotos. Odiava fotografias. Eu também não gosto que me tirem fotos. Nem minha mãe nem eu queremos que fique registro de que estivemos sob a luz do sol. Algumas vezes tentei tirar uma foto dela; não deixava ou as rasgava se eu as tirasse.

O punhado de fotos que herdei estão descuidadas, dobradas, algumas rasgadas. Não se atreveu a destruí-las por completo, só as escondia e as amassava, esperando que evaporassem sozinhas. Mas encontrei esta:

Imagino que esta ela não pôde rasgar. Alguém a deve ter tirado e dado a ela de recordação. A foto dessa criança permite sua datação. Foi tirada em um antigo cinema de Barbastro que não existe mais. Chamava-se Cine Argensola. O edifício foi derrubado há mais de dez anos, por causa da aluminose. Mas isso não serve para a datação da foto. Serve o cartaz que está atrás do menino diabólico. É um anúncio de um filme espanhol intitulado *Los Palomos*, de 1964, interpretado pelos atores Gracita Morais e José Luis López Vázquez, os dois mortos, evidentemente.

A mão que não segura a palma parece uma prótese de cobre.

Minha mãe odiava recordações; esse ódio era meio instintivo, e também meio refinado. Desprezava as recordações, davam-lhe nojo e vergonha.

Maliciosamente, ela sabia que nada deve ser recordado. Isso é ter competência sobre a morte.

O que o boneco diabólico da fotografia veio fazer neste mundo? Veio tentar viver em um país que se chama Espanha.

Eu como uma bolacha olhando a foto do boneco diabólico. Penso na fome, nos ataques de fome. Minha mãe dizia que quando eu era pequeno era uma tortura me fazer comer. Sim, parece que isso era verdade. Minha tia Maria Callas também dizia isso. Eu me recusava a comer. Tinham que lutar para que eu comesse. Quase morri de inanição. Quem dera houvesse persistido nessa vocação de desnutrição, agora não estaria colhendo mortos, escutando a música dos mortos. Eu tinha consciência do que fazia, não queria que nada entrasse em meu corpo, que nada externo irrompesse em minhas entranhas, não queria que meus órgãos se contaminassem, meu sangue, minha carne sem manchas. Não queria que o estômago, o fígado, os rins fossem tocados pela vida. Queria voltar ao lugar onde estive, queria voltar à minha mãe.

Tiveram que me internar em uma clínica quando tinha apenas três anos porque eu não comia. E agora, ironicamente, a ansiedade me leva à comida. Passo o dia contabilizando o que como, medindo as calorias. Quem come busca a regeneração da vida; na comida está a ordem da manutenção das máquinas da vida, mas as máquinas envelhecem, e gasta-se o combustível em corpos que já não servem. Os velhos famintos possuem um corpo que já não funciona, que só gasta comida, como os carros que queimam óleo; carros de alto consumo e baixo rendimento.

Assim são os velhos, alto consumo e baixo rendimento; isso é envelhecer.

A relação que tiveram as duas irmãs, Maria Callas e Wagner, foi especial, muito tácita e muito profunda. Maria Callas era pura bondade, mas essa bondade não seduzia Wagner. Maria tinha oito anos a mais que Wagner. Cresceram juntas e sabiam muito uma da outra.

Agora já nem sei qual das duas morreu primeiro. Foi Maria Callas, sim, e Wagner não foi a seu enterro, como eu também não fui.

Nem Wagner nem eu fomos ao enterro de Maria.

Como me pareço com minha mãe! Absolutamente o mesmo.

154

Há uma frase que espero ouvir dos lábios dos fantasmas de meus pais quando for encontrá-los. Eles me dirão: "Quase não nos lembramos de você".

É a mesma frase que habita sugerida no pensamento de Valdi e Bra quando me olham, "quase não nos lembramos de você". Dois anos antes de sua morte, minha mãe estava inchada; e dois anos antes de sua morte, meu pai estava espremido: um balão e uma estaca.

Acabei de me levantar na Ranillas. Hoje não tenho nada para fazer o dia inteiro. As pessoas sozinhas descuidam do asseio pessoal. Não herdei de meus pais o hábito do asseio; como diabos íamos tomar banho naquela minibanheira? Houve outra catástrofe que veio para ficar: cada vez saía menos água do encanamento, só um fiozinho de água. O encanamento estava calcificado. Precisava ser trocado. Como minha mãe morava de aluguel (a vida toda morou de aluguel), esse trabalho e seu custo cabiam à dona da casa. A dona da casa se recusou categoricamente; ela só queria que minha mãe fosse embora, porque era um contrato antigo, pagava muito pouco pelo aluguel daquele apartamento.

Estava lá desde 1960.

Queria ganhar mais dinheiro. Era filha do dono da casa, porque o dono morreu jovem, de um ataque cardíaco. Minha mãe foi vendo morrer quase toda aquela família de donos. Viu morrer aquele que fez o edifício e passou a alugar os apartamentos, com quem se dava bem e por quem tinha apreço. Viu morrer a viúva dele, que herdou o negócio. E pena que não viu a filha morrer. A filha viu minha mãe morrer.

Ou vemos morrer ou nos veem morrer.

Minha mãe retinha líquidos e não comia nada. Não entendia por que engordava se não comia nada.

O menino diabólico não comia. O homem em quem o menino diabólico se transformou come muito para não ouvir o som do mundo, o barulho das coisas vivas. As coisas vivas fazem barulho ao apodrecer. Meu pai comia depressa, muito depressa, era um desejo de comer atávico, herdado, patrimonial, em memória a quando a fome reinava no planeta, em memória à guerra civil espanhola, em memória a um princípio de ansiedade universal, um princípio moral e existencial; comia depressa, e o menino diabólico não comia porque não queria se tornar outro homem que come depressa, outro homem com uma má relação com a comida, esse tipo de homem que extrai de outros organismos uma saciedade que não sacia.

155

A morte de meu pai foi também o desaparecimento de uma gestualidade, de determinados movimentos corporais, da cor de uns olhos que nunca mais tornarei a ver. Uma forma de expressividade em mãos, braços, olhar, lábios, pernas. E se me esqueço dele, esqueço esses gestos. A morte daqueles de quem não guardamos vídeos ou filmes é mais perfeita e eficaz.

É um desaparecimento enérgico. Se houvesse vídeos de meu pai, eu poderia recordar sua gestualidade, mas não há, porque ele nunca quis que houvesse, porque sabia que chegaria este momento, o grande momento de todos os momentos, o último dia da vida, o momento em que descobrimos que não há registro de que esse ser humano esteve um dia sobre a Terra.

É a grandeza do adeus, o crescimento do adeus. Nunca mais tornarei a vê-lo, repito como um mantra. E aí aparece a grandeza do adeus. A fé, então, é algo natural, porque me é impossível aceitar a ideia de que nunca tornarei a vê-lo pela simples razão de que está ali. Se esticar a mão toco sua luz.

Não se mexe.

Está ali, e me olha.

156

Às vezes encontrava meu pai dentro do elevador. Andava muito bem vestido, sempre com seu terno. Parecia totalmente limpo, apesar de não ter chuveiro. Estou falando de 1978, ou 1979, desses anos. Não sabia que estava dentro do elevador. Abria a porta do elevador e lá estava ele. Sorria ao ver meu susto quando puxava a porta, como se estivesse preparando sua súbita aparição, como se fosse o pai de Hamlet.

Meu pai ficava muito bem dentro do elevador. Dentro daqueles elevadores antigos, de madeira, com vidro. Parecia um marquês em um caixão com portas. Vi trocarem elevadores naquele edifício. Foi o primeiro edifício com elevador em Barbastro, de modo que nos anos 1960 chamavam-na de "a casa do elevador". Tinha até porteira, chamava-se Manuela, não durou muito. Minha mãe não se dava com ela. Tinha um quartinho, que desapareceu com a reforma do elevador. Naquele quarto ficava Manuela, uma mulher talvez um tanto inóspita. Minha mãe dizia que era uma bruxa. Eu tinha medo dela. Um belo dia diluiu-se no espaço, e o quarto onde se escondia foi engolido pela máquina do elevador novo. Mas está diante de mim agora mesmo: era uma senhora de óculos e coque, pequena, encurvada, reclamando da sujeira, aparecendo como em um passe de mágica, discutindo com minha mãe, mas ao mesmo tempo a recordo com alegria, porque um porteiro sempre alegra uma casa, simboliza esperança de vida para um edifício, para o alicerce, os pilares, as paredes, as escadas, a fachada, o patamar, as lâmpadas, as placas com os nomes dos moradores. Era um edifício destinado ao aluguel, de modo que sempre havia gente de passagem, gente que ficava em Barbastro alguns anos, devido a trabalhos itinerantes, e depois partia para outras cidades. Meus pais viravam amigos ou meio amigos de seus vizinhos, mas estes logo desapareciam. Todos foram indo embora. Encontravam um emprego melhor ou ganhavam uma promoção na empresa e se mudavam, iam para cidades maiores. Só ficaram Wagner e Johann Sebastian na escada toda, como sobreviventes, compondo música antiga para ninguém. E quanto a Manuela, a porteira, não sei nem de onde veio nem aonde foi; se tinha família ou era um fantasma.

157

Os dois são jovens e estão prontos para me chamar do meio da escuridão. Não sou. Nunca fui. No entanto, fui pressentido por todas as coisas há milhões de anos. Todos fomos pressentidos. Posso viajar no tempo e ver como Johann Sebastian acaricia e beija Wagner e estou ali, esperando ser convocado.

Em seu prazer está minha origem, em sua melancolia depois do amor está a criação da insaciabilidade de meu espírito.

Vejo o quarto, é outono de 1961, meados de novembro, o frio não chegou, está agradável na rua, abriram a varanda do quarto para que entre a luz da lua, são tão jovens, tão imensamente jovens que se julgam imortais, estão ali nus, com a varanda aberta.

Já está meio fresco, diz Johann Sebastian. E fica olhando a nudez de Wagner e eu já estou nesse ventre. Wagner acende um L&M. O abajur da mesa de cabeceira projeta uma luz tênue. Nesse quarto se respira uma felicidade imensa. Cantam as paredes, as cortinas, os lençóis; a noite canta. No Ano Novo de 1962 já saberão que Wagner está grávida. Mas não intuem a criatura que se aproxima. Nem eu sei que tipo de criatura se aproxima. Johann Sebastian, na noite de novembro, depois de ter me invocado dentro de Wagner, vai à varandinha da casa que seria minha casa e olha a noite, é uma noite com feitiços no ar, olha as casas da frente, a rua sem asfalto, acabam de se mudar para essa casa nova, com elevador, a madeira do elevador cheira a verniz, a rua não está feita ainda, tudo é novo, as persianas de madeira, os pisos, as paredes, as portas dos dormitórios, que fecham com perfeição, e que em cinquenta anos nenhuma fechará, quebrarão, desencaixadas de seus batentes. Nunca vi esse apartamento novo. Só vi sua deterioração, mas na noite de minha concepção a casa estava novinha, recém-construída, cheirando a novo.

Não se pode despertar os mortos, porque estão descansando.

Mas aquela noite de novembro de 1961 existiu e continua existindo. Aquela noite de amor, aquele apartamento moderno, as paredes recém--pintadas, os móveis recém-estreados, as mãos jovens dos esposos, os beijos, o futuro que é só uma ideia esperançosa, o poder dos corpos, tudo isso continua em mim.

Grande noite de 1961, mês de novembro, tranquilo, benigno, doce. Continua viva. Noite que continua viva. Não vai embora. Dança comigo uma dança de amor.

Epílogo

A família e a História

O crematório

Perguntei sobre o forno àqueles dois sujeitos,
era a noite de 18 de dezembro de 2005,
estrada de Monzón, *não sabe onde fica Monzón*,
é um povoado perdido no deserto.
Ares de tempestade no Alto, sobre o nada nu
como uma recém-casada, lua embaixo das estradas mortas.
Monzón, Barbastro, meus lugares de sempre.
Deixaram-me ver pelo olho mágico e lá estava já o caixão ardendo,
rachando-se, a madeira do caixão em brasa.

O termômetro marcava oitocentos graus.
Imaginei como meu pai estaria ali dentro da caixa.
E a caixa dentro do fogo e meu coração dentro do terror.
Até a vontade de odiar estava me abandonando.
Essa vontade que havia me mantido vivo tantos anos.
E minha vontade de amar, que fim levou? Você sabe,
Senhor das grandes defunções que conduz
seus presos políticos à insaciabilidade, à perduração,
à eternidade sem saciedade, oh, bastardo,
você me arranca,
amor de Deus, oh, bastardo?

Recolha esse homem no meio do deserto.
Ou não o recolha, o que me pode importar
sua presença congelante nesta noite do bêbado
que fui e serei, contra você, ou a seu favor,
é a mesma coisa, que grandeza, é a mesma coisa.

O início e o fim, a mesma coisa, que grandeza.
O ódio e o amor, a mesma coisa; o beijo e a nádega,
a mesma coisa; o coito esplendoroso no meio da juventude
e a putrefação e a decrepitude da carne,
é a mesma coisa, que grandeza.

O forno funciona a diesel, disse o homem.
E olhamos a chaminé,
e como era noite,
as chamas se chocavam
contra um céu frio de dezembro,
descampados de Monzón,
perto de Barbastro, gelando nos campos,
três graus abaixo de zero,
esses campos com bruxas e vampiros e seres como eu,
"sobe tudo ali", tornou a dizer o homem,
um homem obeso e tranquilo,
mal agasalhado apesar de que estava geando,
a grossa barriga quase de fora,
"dura duas ou três horas, depende do peso do falecido",
disse falecido, mas pensava em presunto ou em saco de merda,
"antes cremamos um senhor de cento e vinte quilos,
e demorou um pouco mais", disse.
"Muito mais, acho", acrescentou.

"Meu pai pesava só setenta quilos", disse eu.
"Bom, então levará muito menos tempo",
disse o homem. O caixão já era pepitas de ar ou fumaça.

No dia seguinte voltei com meu irmão
e nos deram a urna, havíamos escolhido uma urna barata,
parece que há umas até de seis mil euros,
foi o que disse o homem.

"Somos só isto", sentenciou o homem de uma maneira ritual,

com intenção de se transformar em um ser humano, não sabendo
nem ele nem nós o que é um ser humano,
e me deu a urna guardada dentro de uma sacola azul.
E eu pensei nele, em que era gordo, em quanto demoraria para que ele
ardesse em seu próprio forno. E como se houvesse me ouvido
disse: "Muito mais que seu pai", e sorriu, amargo.

Então eu disse: "Quem levaria uma eternidade
para queimar sou eu, porque meu coração
é uma pedra maciça e minha carne, aço selvagem
e minha alma, um vulcão
de sangue a três milhões de graus,
eu quebraria seu forno só de tocá-lo,
acredite, eu seria sua ruína absoluta,
melhor para você que eu não morra aqui por perto".
Aqui por perto: descampados de Monzón,
caminhos comarcais,
Barbastro ao longe, mais luzes,
já quatro graus abaixo de zero.

Pegue as cinzas de seu pai e vá embora.

Sim, já vou, quem dera eu pudesse arder como ardeu
meu pai, quem dera pudesse queimar
esta mão ou língua ou fígado de Deus
que está dentro de mim,
esta vida de consciência inextinguível
e irremível;
a inextinguibilidade do mal e do bem,
que são a mesma coisa n'Ele.
A inextinguibilidade do que sou.

Quem dera seu forno de oitocentos graus queimasse o que sou.
Queimasse uma carne de bilhões de graus desumanos.
Quem dera existisse um fogo que extinguisse o que sou.

Porque tanto faz que seja bom ou ruim o que sou.
Extinguir, extinguir, extinguir o que sou, essa é a Glória.

Pegue as cinzas de seu pai e vá embora.
Não volte mais aqui, eu imploro, rezarei
por seu pai. Seu pai era um bom homem
e eu não sei o que você é, não volte mais aqui,
eu imploro. Por favor, não olhe para mim, por favor.

Teve um Seat 124 branco, ia a Lérida,
visitava os alfaiates de Lérida e os de Teruel,
almoçava com os alfaiates de Zaragoza,
mas agora não há mais alfaiates em lugar nenhum,
disse uma voz.

Fiquei tão sozinho, papai.
O que vou fazer agora, papai?
Não o ver nunca mais é não ver.
Onde está, está com Ele?
Como estou sozinho aqui, na Terra.
Fiquei tão sozinho, papai.

Não me faça rir, imbecil.

Ah, filho da puta, você esteve comigo ali
onde eu estive, sem sair das chamas.
Viajei muito este ano, muito, muito.
Em todas as cidades da Terra, em seus hotéis memoráveis,
e também nos hotéis sujos e bem pouco memoráveis,
em todas as ruas, barcos e aviões,
em todos os meus risos, ali você esteve, redondo
como a memória transcendental, ecumênica e luminosa,
redondo como a misericórdia, a compaixão e a alegria,
redondo como o sol e a lua,
redondo como a glória, o poder e a vida.

Retrato

E tan valiente
J. MANRIQUE

De cabeça grande, irmanada com o sol.

De mãos abertas, como o firmamento.

Elegante e antiquado,
coronel de artérias
e falanges decepcionadas.

Pele avermelhada e cabelos brancos sempre.

Nunca foi ninguém e nada teve,
nem poder nem dinheiro.

Teve um carro velho, que já morreu.

Media um metro e oitenta.

Viveu como se não existisse a Espanha,
a História e o Mundo.

Como se não existisse o Mal.

Gostava dos povoados tranquilos de Huesca
e das montanhas serenas.

Antes de se transformar
em um ser humano chamado Vilas
foi um silêncio cósmico.

Antes de se transformar
no homem mais alto de minha infância
foi um desconhecido.

Dono de nossa verdade, levou-a muito longe.

Os mortos esperam nossa morte, se algo esperam.

Brindo por seu mistério.

História da Espanha

Pobre foi meu pai,
muito pobre,
e o pai de meu pai
e pobre sou eu.

Nunca soubemos o que era ter
nem por que éramos pobres
se outros não eram.

Não tivemos nada,
absolutamente nada
nenhum dos três.

Passamos a vida
vendo como os outros enriqueciam.

Não ter nada mata o sangue aqui,
na Espanha, e nunca nos livramos do cheiro a pobre,
e acabam transformando nossa pobreza
em culpa, é uma arte moral.

Pobres e culpados,
o pai de meu pai,
meu pai
e eu.

A chuva

Madri, 22 de maio de 2004

Vimos o Rolls de 1953 com as rodas brancas
(mil quilômetros em cinquenta anos)
nas TVs dos bares do bairro de Actur de Zaragoza.
Segurava na mão uma taça de vinho branco gelado
e já fazia calor na Espanha,
os hotéis do Mediterrâneo estavam em limpeza geral,
quartos abertos com camareiras esmeradas, esperando
a chegada de setecentos mil ingleses,
um milhão de alemães, quatrocentos mil franceses,
cem mil suíços e cem mil belgas.
Estávamos com um vinho branco na mão e o pescoço
levantado para a TV.

Não veio Elizabeth II da Inglaterra; Elizabeth II
só aceitaria ir ao casamento do rei da França
e, como na França não há rei, Elizabeth II
fica em palácio para sempre, reclinada sobre o mundo.
São os súditos de Elizabeth II que amam o sol da Espanha
e a cerveja barata,
que exibem a bandeira britânica
nas sacadas de frente para o mar.

Crepusculares casas reais vindas
dos recantos mais enferrujados da história
em 22 de maio de 2004 surgiram nas TVs da Espanha,
países nórdicos, distantes e prósperos, frios, afastados

deste coração inacabável.
Rouco Varela cantando a missa.
Não veio o presidente da República Francesa.
Os arcebispos, bicolores, felizes.
O nome de Deus dito em voz alta muitas vezes.
A teimosa obsessão de citar Deus, citá-lo
como quem cita o poder, o dinheiro,
a ressurreição, a guilhotina, a prisão, a escravidão.
O imperador do mundo ficou na América,
alheio aos ritos menores de suas províncias.
Os enormes guarda-chuvas azuis.
Levantar-se às seis da manhã
para que nos maquiem, nos depilem, nos façam as unhas,
que felicidade tão grande.
Os grandes cafés da manhã, os talheres de prata,
os melhores vinhos e os perfumes maravilhosos.
Os chuveiros gigantescos, as suítes, os bombons suíços,
os tênis de ouro, o *body* de platina,
o suco de laranja com laranjas atrozes.
O luxo e o serviço, sempre gente abrindo as portas para nós.
O sorriso permanente.
Os profissionais do sorriso permanente,
esse sorriso representa o trabalho mais inóspito da história.
Sorrir? Por quê?

E Umbral, e Gala, e Bosé, e A., e J., e Ayala,
entrando na catedral da Almudena,
recompensados, escolhidos,
à direita colocados, os chefes da inteligência espanhola,
da subida espanhola, da grande crescente.
A grande subida, a grande ascensão.
E os 190 queimados vivos tiveram sua homenagem,
o absurdo povoado mutilado, o goyesco povoado
elementar e monárquico,
o Rolls passou diante deles.

E o ex-primeiro-ministro bebeu Rioja Reserva 94,
todos os ex-presidentes da Espanha, com seu smoking,
e suas mulheres em segundo plano,
protetoras, devoradas, confundidas
para sempre, mas felizes por ter chegado lá,
lá longe, lá onde o ar é de ouro e a mão pega o mundo,
lá onde a Espanha inteira quis que estivessem
e a legitimidade democrática é um fulgor definitivo.

Os chapéus iridescentes, os jugos na cabeça,
os jugos sob o céu escuro.
E José Maria Aznar e Jordi Pujol
e Felipe González, juntos de novo.
E os três se sentiram satisfeitos vendo a obra benfeita,
a sucessão de Franco, a mão europeia, paternal,
sobre nossa cabeça,
a sucessão de Franco, as mantilhas do franquismo
enfiadas nos armários,
gritando de inveja e respirando naftalina muito branca.
E Juan Carlos I arcando com a Espanha,
porque, senão, quem arcaria com a Espanha,
com a história da Espanha, o selo papal no dedo mínimo?
E Zapatero com sua Sonsoles, voluptuosa, sorridente,
seu tipo teria agradado a Baudelaire ou a Julio Romero.
Sonsoles parecia um Delacroix:
a anatômica Liberdade guiando o povo,
chapéus vistosos, o rito político,
a tediosa história,
os peitos caídos.

E socialistas e liberais e ultramontanos juntos,
a esquerda e a direita maridadas,
as folhas de pagamento engrandecidas até a saciedade,
buscando todos a mesma coisa, um Delacroix parecia Sonsoles,
a nova rainha da Espanha,

da divisão dos gabinetes, as glórias,
as longas viagens pelo mundo em aviões oficiais,
os ouros laicos.
Ateus convertidos sob o fulgor dos chapéus,
crentes com a carteira ateia.
O poder em todo tempo sempre igual a si mesmo.
A história humana em todo tempo como já foi faz tempo.
O mesmo tempo sempre.
Repetindo-se a essência da Espanha, a essência do mundo grande.

E nós bebendo no Actur, ao lado das gruas e do Hipercor,
felizes por nos deixarem beber este vinho
gelado em uma taça meio limpa, felizes
por poder pagar este vinho e mais dois.

E a palidez privada da rainha Rania da Jordânia.
E a chuva.

Huesca, 1969

Meu pai me levava a Huesca,
era a capital de nossa província.

Ele gostava que eu o acompanhasse.

Tinha clientes lá.

Era uma cidade pequena,
cheia de conhecidos.

Ele tinha seus lugares prediletos,
um bar, uma loja, uma confeitaria,
nenhum sobrevive hoje.

As cidades também vão embora
com os que vão embora.

Lembro-me de ele sorrindo pelos alpendres.
Cumprimentando a este e ao outro.

Trinta e nove anos
tinha ele então
e eu sete,
íamos de mãos dadas,
de vez em quando me olhava
e dizia meu nome com doçura,
cruzávamos com padres e militares

e mulheres assustadas pelo Coso Alto,
ônibus velhos,
algumas motos,
as ruas com sol,
setembro de mil e novecentos
e sessenta e nove.

Cambrils

Verão de 1975

Os Mercedes conversíveis, os BMW com olhos de tigre,
os Peugeot, os Alfa Romeo, os Opel, os Volkswagen.

É verão de 1975, no povoado turístico
de Cambrils, na costa de Tarragona
– faz muito sol e o Mediterrâneo é nosso paraíso.
Pelo longo estacionamento junto ao mar,
um menino de sunga está xeretando o velocímetro
de um Porsche: 210, 230, 250, 270, 290.

O automóvel de seu pai termina em 160 km/h.
E é novo, e era o melhor e o mais veloz,
disse o pai.

Isso o entristece.

Essa gente tão alta e tão bonita, de onde vem?

Parecem mais felizes que nós.

Algo está acontecendo. Algo está rachando.

Esses carros, não pode tirá-los do pensamento,
essas formas tão diferentes, essas marcas estranhas,
impronunciáveis,

essas rodas tão grandes,
esses velocímetros siderais.

Acaba de ver um BMW vermelho, e aproxima o rosto
da janela: 200, 220, 240, 260, 280 km/h.

Imagina o mundo a 280 quilômetros por hora
e sorri como um Deus adolescente.

Nadando no Mediterrâneo, no meio da água,
continuava pensando nessa indústria misteriosa
do automóvel, nessas formas quentes da matéria.

Já soube o menino, então, que a matéria é espírito radiante.
A alegria dos motores ardendo,
os cilindros, o volante de nobre madeira,
as rodas e seu espírito militar.

Passava as férias olhando
com estúpida fascinação
e com inesperada humilhação
os carros dos turistas europeus.

Ali, naqueles carros, havia um mistério doloroso,
também uma forma da pobreza,
e um destino.

1980

Eu me olho todas as manhãs, ainda é noite,
sob a luz elétrica,
no espelho do miserável banheiro,
já com cinquenta e um anos mal completos e bem sozinho,
e vejo você,
com a mesma idade,
no inverno de 1980.

Vejo-o às sete da manhã colocando as malas
e os mostruários no porta-malas de seu Seat 1430.

Talvez meu carro seja melhor que o seu.

A indústria automobilística ocidental oferta
à classe baixa alguns modelos com sexta marcha
e até com ar acondicionado.

O salário, contudo, é o mesmo.

O país, contudo, também é o mesmo.

Vejo o mesmo rosto no espelho, a esmagadora madrugada
e o sórdido emprego,
e o sórdido ganho de uma comissão,
a vida toda atrás de uma comissão à intempérie,
que não lhe deu para nada,
absolutamente para nada.

Eu tentei escrever e você foi
um anônimo vendedor viajante,
somos o mesmo.

Onde estão nossas capelas nas mais famosas
catedrais da Espanha,
na de Leão,
na de Sevilha,
na de Burgos,
na de Madri,
na de Santiago de Compostela?
Onde nossos rostos em bronze esculpidos
com as feridas no flanco?

Você, percorrendo absurdos povoados de Aragão,
lutando para vender o tecido catalão,
o tecido das afortunadas empresas catalãs
– barcelonesas, prósperas
e já com relações internacionais –,
a surdos e obscuros e pobretões alfaiates
de povoados atrasados
da Espanha áspera, medieval e mutilada.

Eles, sim, seus chefes catalães,
ganhavam muito dinheiro,
você, nada.

Fazemos a barba os dois ao mesmo tempo, você em 1980,
eu em 2013, um pouco evoluída, se quiser,
a indústria do barbear, um pouco de perfume,
um pouco de água no cabelo.

Saímos os dois ao mesmo tempo e entramos
cada um em seu automóvel,
o meu tem música e o seu só rádio,

seu Seat 1430, e talvez seja essa a única diferença,
Lou Reed e Johnny Cash me ajudam com suas canções,
mas a você ninguém ajudou.

Você partiu com setenta e cinco anos.
Eu vou daqui a cinco minutos.

Não, não quero vê-lo do outro lado do espelho.

Não suportaria seu olhar de fogo,
seu olhar de condenação suprema.

Coca-Cola

Acabe a Coca-Cola,
não deixe nada.
O gelo com o limão e a última gota.

O barulho da pedra de gelo
batendo no vidro do copo,
acabe,
porque ninguém virá,
até quebro o gelo
com meus dentes,
e bebo a sombra da água.

Eu a bebi com meu pai
há mais de quarenta anos.

Eu a bebi com meu filho ontem.

Eu a bebo sozinho hoje.

Acabe-a, não deixe nem uma gota.

Daniel

Dormir na mesma casa,
você em seu pequeno quarto,
eu no meu, que também é pequeno,
mas um pouco maior que o seu,
é um privilégio.

Saber que você está do outro lado da parede me dá paz.

Mas hoje você adormeceu,
e vai se atrasar para a escola.

Não sabe a pena que me dá
que você perca uma hora de aula.

As leis dos homens – eu as conheço – são inflexíveis,
e você tem que aprender a conviver com elas,
como eu fiz.

Fiquei pensando em seu futuro.

Daria minha vida por protegê-lo amanhã,
para que nenhuma desgraça nunca o alcance,
nenhuma dor, nenhum veneno dos homens.

Abro a janela de seu quarto e olho suas coisas e me comovo.

Adoro todas as suas coisas.

Adoro sua letra, pequena, doce, humilde,
a letra de uma alma bondosa.

Adoro sua roupa pendurada em meu armário,
Sua jaqueta marrom,
que eu adoro.

A fragilidade que seu corpo expressa me estremece
e me alegra ao mesmo tempo.

Passa o dia todo com os fones de ouvido, quando lhe falo não me ouve.

Vive para o celular,
e pouco para mim,
que vivo para você.

Gosto de lhe fazer sanduíches delicados.

Penso que você terá fome no meio da manhã.

Adivinho sua vulnerabilidade e sofro.

Em você me transformarei em cinza
e sua vida nova verá
a queda de todas as coisas
que me feriram.

Papai

Não beba mais, papai, por favor.
Seu fígado está morto e seus olhos ainda são azuis.
Vim buscá-lo. Mamãe não sabe.
O bar já não lhe vende fiado.
Iam chamar a polícia,
mas me avisaram antes,
por compaixão.

Papai, por favor, reaja, papai.
Faz meses que não vai trabalhar.
As pessoas não o amam, ninguém mais o ama.
Morra longe de nós, papai.
Nunca tivemos orgulho de você, papai.
Por favor, morra bem longe de nós.
Você nos deve isso.
Você estava sempre de mau humor.
Quase não nos lembramos de você, mas nos ligam do bar.
Vá para longe, você nos deve isso.
É o único favor que lhe peço.

974310439

Quem me trouxe ao mundo partiu hoje do mundo.
Ela, que me ligava o tempo todo, para saber de mim.

Tão mal a tratei e tão mal nos tratamos,
mesmo nos amando tanto; e tão pouco soube de minha vida
nos últimos tempos, ocultando-lhe quão mal ia
meu casamento e tudo
e você sabendo, porque, no fim, sabia de tudo,
via-me beber aquelas bebidas fortes,
via essa sede tão estranha, essa sede tão desconhecida para você,
que tanto a assustava e tanto você temia.

Ninguém mais vai me ligar, tão obsessivamente, para saber
se estou vivo, quem se importa se estou vivo ou morto?
Eu lhe direi: ninguém.

De modo que o grande segredo era este:
já estou completamente desamparado,
ajoelhado
para a decapitação,
para o ansiado adeus deste corpo,
desta existência meramente social e vicinal que leva meu nome,
nosso nome.

Nunca tornarei a ver
seu número de telefone na tela
de meu celular; você, que se queixava de que não tinha um,

de que eu não lhe dei um,
juro que você não teria sabido fazê-lo funcionar,
e o teria jogado pela janela,
como eu farei com o meu esta noite de supremo delírio.

Porque você era um número de telefone, cinquenta anos
nesse número encerrados: nove sete quatro, trinta e um,
zero, quatro, três, nove.
Digite agora,
digite se tem coragem e lhe atenderão
todos os mistérios incomensuráveis: o tempo e o nada,
a ira vermelha
dos piores furacões celestiais,
o árido e branco nada transformado
em uma mão negra.

Não importava onde eu estivesse: podia estar na América ou no Oriente,
você ligava, você ligava para seu filho sempre
porque eu era Deus para você, um Deus fora da lei,
poderoso e sagrado, o único real e suficiente,
sempre seu filho fora de toda ordem, sempre reinando,
porque tudo que eu fazia e fiz recebeu sua longa aprovação,
cuja moralidade não é deste mundo.

Saibam disso.

Você, que me amava até o desespero.
Você, que derramou sangue por mim e por minha discutível e obscura
    vida,
cheia de liturgias cujo sentido você desconhecia,
e fazia bem, pois nada havia para conhecer, como finalmente
acabei sabendo,
igualado nesse conhecimento
ao mais sábio dos homens.

E agora, outra vez a caminho do Crematório,
como já escrevi em um poema com esse título,
no qual falava de seu marido, meu pai,
a quem também queimamos,
uns mil graus esses fornos alcançam.

Meu grande pai, por quem você se apaixonou – sabe-se lá por quê –
em mil novecentos e cinquenta e nove,
quem diabos se importa agora, e sim eu,
quem sempre os amou tanto e os amará até o último
minuto do mundo.

Dei-lhe um beijo na santa testa gelada
num domingo
de manhã
de vinte e quatro de maio do ano de dois mil e catorze,
chovendo,
em uma primavera inesperadamente fria,
enquanto uma máquina sofisticada introduzia sua caixa barata
– somos tão pobres – no fogo final,
ao qual meu irmão e eu
a conduzimos.

Senti sua testa antiga e acabada em meus lábios
antigos e acabados,
mas ainda conscientes os meus;
os seus,
venturosamente, não.

Nunca pensei que o sentimento final fosse este:
a inveja que senti de você, a cobiça de sua morte,
cobiçando sua morte,
porque me deixava aqui,
completamente só
pela primeira vez

em nossa longa história de amor,
e sozinho para sempre.

E recordo agora todas aquelas mulheres
que queriam se deitar comigo,
fazer amor comigo,
e isso acabou sendo minha vida,
sendo que eu só queria
estar com você para sempre.

Nossa, mamãe, não sabia que a amava tanto.
Você sabia sim, porque sempre soube tudo.

Que bom que tudo acabou,
em uma culpada tarde de primavera
onde começa o mundo,
onde para você acaba o mundo,
onde para mim nem acaba nem começa,
e sim persiste involuntariamente.

Que bom este silêncio onipotente, aqui, em Barbastro,
onde fomos mãe e filho, pelos séculos dos séculos.

Aqui, em Barbastro, neste lugar tão nosso,
tão simplesmente nosso: tudo ocorreu aqui, nestas ruas.

Tudo recordo, e tudo recordarei.

Amo você, finalmente.

Como não amei ninguém: todas foram sua réplica.

Ah, estava esquecendo: você podia ter deixado algo
para pagar seu enterro,
não sabe como as coisas vão mal para mim e quão pobre sou,

você foi mão aberta e desperdiçadora,
e o que custa
o caixão mais econômico,
como dizem eles, os doces cavalheiros da funerária.

Fomos pobres e desgraçados você e eu,
ma mère, nesta Espanha de grandes filhos da puta enriquecidos
até a abominação.
E mesmo assim, pobres como ratos você e eu,
mantivemos a classe,
como dois apaixonados.

Que bom. Que lindo. Quanto a amo
ou a amei, já não sei, e quem se importa,
sem dúvida não a história da Espanha,
nosso país, se é que você sabia como se chamava
a solene nada histórica em que vivemos, papai, você e eu.

Editora Planeta Brasil | 20 ANOS

Acreditamos nos livros

Este livro foi composto em Utopia Std
e impresso pela Geográfica para a
Editora Planeta do Brasil em fevereiro de 2023.